D1730381

Von Francis Durbridge
sind außerdem im Goldmann Verlag lieferbar:

Der Andere. 3142

Die Brille. 2287

Charlie war mein Freund. 3027

Es ist soweit. 3206

Das Halstuch. 3175

Im Schatten von Soho. 3218

Keiner kennt Curzon. 4225

Das Kennwort. 2266

Kommt Zeit, kommt Mord. 3140

Ein Mann namens Hary Brent. 4035

Melissa. 3073

Mr. Rossiter empfiehlt sich. 3182

Paul Temple – Banküberfall in Harkdale. 4052

Paul Temple – Der Fall Kelby. 4039

Paul Temple und die Schlagzeilenmänner. 3190

Der Schlüssel. 3166

Die Schuhe. 2277

Der Siegelring. 3087

Tim Frazer. 3064

Tim Frazer und der Fall Salinger. 3132

Wie ein Blitz. 4205

Zu jung zum Sterben. 4157

FRANCIS DURBRIDGE

Paul Temple jagt Rex

SEND FOR PAUL TEMPLE AGAIN

Kriminalroman

Wilhelm Goldmann Verlag

Die Hauptpersonen

Paul Temple	Privatdetektiv
Steve Temple	seine Frau
Norma Rice	Schauspielerin
Carl Lathom	Schriftsteller
Dr. Charles Kohima	Psychiater
Barbara Trevelyan	seine Sekretärin
Wilfred Davis	Handlungsreisender
Sir Graham Forbes	Chefkommissar von Scotland Yard
Inspektor Emanuel Crane	Kriminalbeamter

Der Roman spielt in London.

1. Auflage Juli 1969 · 1.–15. Tsd.
2. Auflage November 1971 · 16.–27. Tsd.
3. Auflage Februar 1979 · 28.–35. Tsd.

Made in Germany 1979
© der Originalausgabe 1968 by Francis Durbridge
© der deutschsprachigen Ausgabe 1969 by Wilhelm Goldmann Verlag, München
Aus dem Englischen übertragen von Peter Th. Clemens
Umschlagentwurf: Creativ Shop, A. + A. Bachmann, München
Umschlagfoto: Photo Media, New York
Druck: Mohndruck Reinhard Mohn GmbH, Gütersloh
Krimi 3198 · Berens/Hofmann
ISBN 3-442-03198-2

1

»Bitte die Fahrkarten! Die Fahrkarten bitte!« Mit diesen ständig wiederholten Worten wanderte Arthur M. Webb, der Fahrkartenkontrolleur, wie er dies seit mehr als fünfzehn Jahren tat, auch an diesem unfreundlichen Frühherbstabend von Abteil zu Abteil durch den Manchester-London-Expreß. Er nahm es peinlich genau mit seinen Obliegenheiten, und mancher Reisende, der sich mit einer Fahrkarte für die zweite in der ersten Klasse hatte erwischen lassen, wußte ein Lied davon zu singen.

Ordnungsliebend wie er war, schob er ein geöffnetes Gangfenster hoch, ehe er das nächste Abteil betrat. Nur ein einziger Reisender befand sich darin, ein dunkelhaariger jüngerer Mann, der schlafend langausgestreckt auf den Polstern gelegen hatte und nun dem eintretenden Kontrolleur lächelnd entgegenblinzelte.

»Tut mir leid, Sie geweckt zu haben, Sir«, sagte Mr. Webb mechanisch. »Die Fahrkarte bitte.«

»Schon gut – natürlich«, gähnte der junge Mann und fischte seine Fahrkarte hervor. »Donnerwetter, habe ich fest geschlafen! Wie spät ist es eigentlich?« Sein weicher Waliser Dialekt war unverkennbar.

»Zweiundzwanzig Uhr einunddreißig, Sir!«

»Dann haben wir ja noch eine reichliche Stunde bis London. Wenig besetzt der Zug heute, nicht wahr?«

Mr. Webb nickte. »Ja, auffallend schwach besetzt.« Er gab die Fahrkarte zurück. »Besten Dank, Sir, und guten Abend.« Damit verließ er das Abteil, schloß die Schiebetür hinter sich, und der Reisende drehte sich auf die andere Seite, um weiterzuschlafen.

Mr. Webb aber blieb im Gang verwundert stehen – das Fenster, das er vor einer Minute eigenhändig und gewissenhaft geschlossen hatte, war wieder heruntergerutscht. Er zog es abermals hoch und ging weiter, zum nächsten Abteil. Dort war die

Beleuchtung ausgeschaltet und der Fenstervorhang geschlossen. Nur undeutlich ließ der vom Seitengang hereinfallende Lichtschein die Umrisse einer jungen Frau erkennen, die in sich zusammengesunken auf ihrem Fensterplatz saß.

»Bitte die Fahrkarte, Miss«, sagte der Kontrolleur, aber da der Zug in diesem Moment mit donnerndem Getöse über eine Brücke fuhr, blieben seine Worte ungehört. Er wiederholte lauter: »Die Fahrkarte bitte, Miss!«

Die Frau rührte sich nicht. Mr. Webb schüttelte sie sacht an der Schulter. »Wachen Sie auf, Miss! Bitte Ihre Fahrkarte!« Er schüttelte sie nochmals – mit einem Mal kippte ihr Kopf vornüber.

Webb erschrak, ließ die Schulter los, tastete nach dem Lichtschalter und knipste die Beleuchtung an. Die Frau war elegant gekleidet, so um die Dreißig, mit rotblondem Haar. Die Gesichtshaut unter dem Make-up schien merkwürdig fahl.

»Verwünscht«, murmelte Mr. Webb, machte kehrt und eilte in das Nebenabteil zurück.

»Was gibt's«, fuhr der junge Mann empor, als der Kopf des Fahrkartenkontrolleurs in der halbgeöffneten Tür erschien. »Was ist Ihnen denn, Schaffner? Haben Sie ein Gespenst gesehen?«

»Bitte, Sir – würde es Ihnen etwas ausmachen, mal eben in das Nebenabteil mitzukommen?« fragte Webb. »Da – da sitzt eine junge Lady, ihr scheint es nicht ganz gut zu gehen.«

Der junge Mann sprang auf. »Natürlich, ja«, murmelte er und folgte dem Kontrolleur nach nebenan. Sie fanden die Frau vom Sitz gerutscht und am Boden liegen, faßten gemeinsam zu und betteten sie auf die Polster. Dann berührte der junge Mann mit zwei Fingern vorsichtig die Augen der Liegenden, schüttelte betroffen den Kopf und tastete nach ihrem Puls.

»Was – was ist? Was hat sie?« fragte Webb beunruhigt.

»Was sie hat? Sie ist tot!«

Vor Schreck klappte dem Kontrolleur der Mund auf – er

beugte sich vor und starrte die Frau an, als könnte er es nicht glauben. Dem jungen Mann war eine jähe Röte ins Gesicht geschossen. »Sollten wir nicht die Notbremse ziehen?« fragte er.

»Was kann das nützen?« gab der Kontrolleur etwas unwillig zurück. »Wir haben sowieso Verspätung und dürfen nicht noch mehr Zeit verlieren.«

»Wir müßten doch wenigstens einen Arzt –«

»Schon gut – ich lauf' durch den Zug, vielleicht fährt ein Arzt mit«, erklärte der Kontrolleur. »Aber Sir – wo starren Sie denn hin?«

Im Seitengang war das leidige Fenster wieder heruntergerutscht, ein stetiger Luftstrom wirbelte bis ins Abteil und ließ den geschlossenen Vorhang des Abteilfensters beiseite flattern.

»Da – sehen Sie, was dort geschrieben steht«, sagte der Reisende mit plötzlich rauher Stimme und wies auf das Fenster, neben dem die Tote gesessen hatte.

»R-E-X«, las der verblüffte Kontrolleur die Buchstaben, die in kräftigem Rot auf die Scheibe gemalt waren.

Mr. Webb hob stumm die Schultern – er war völlig verwirrt und wußte es nicht zu erklären.

Die Polizei fand schnell heraus, daß die Tote keine andere als Norma Rice war, eine bekannte Schauspielerin, und binnen weniger Stunden waren mehr als ein Dutzend Reporter emsig damit beschäftigt, alles zusammenzutragen, was sie in den Archiven über diese ziemlich extravagante Künstlerin aufstöbern konnten.

Etwas Geheimnisumwittertes hatte die Laufbahn dieser Schauspielerin fast von Anbeginn an gehabt, obschon Norma aus ihrer Herkunft nie ein Geheimnis machte. Sie war die Tochter der Chefgarderobiere des weltberühmten Londoner Königlichen Theaters in der Drury Lane und im Theatermilieu aufgewachsen, wurde schon als Kind von der Leiterin einer angesehenen Nachwuchsbühne entdeckt und ausgebildet und errang gewisse Erfolge. Mit fünfzehn Jahren aber verschwand sie plötzlich spurlos und blieb volle vier Jahre lang unsichtbar, um dann unversehens als Star eines Musicals am Broadway in New York wieder aufzutauchen, wo sie sogar die hartgesottensten Kritiker entzückte. Das dauerte sechs Monate – dann verschwand sie abermals.

Zwei Jahre später war sie wieder da, und man feierte sie allgemein als einen neuen leuchtenden Stern am Filmhimmel, die großen Hollywood-Filmgesellschaften rissen sich um sie und überboten sich in unwahrscheinlich großzügigen Vertragsvorschlägen. Doch Norma verschwand mitten in den Verhandlungen von einer Stunde auf die andere zum dritten Male, und niemand konnte auch nur die leiseste Spur von ihr entdecken.

Anderthalb Jahre danach tauchte sie wie aus dem Nichts wieder auf, und zwar dieses Mal in England, stellte ein Gastspielensemble zusammen und unternahm mit ihm eine Provinzbühnentournee, bei der sie Erfolg über Erfolg errang, bis die bedeutendste Agentur des Landes sie und ihre Truppe an das Viceroy-Theater in London engagierte. Hier machte sie die Komödie »Diese Lady hat einiges erlebt« zur Sensation, das Erstlingswerk eines unbekannten jungen Dramatikers namens Carl Lathom. Sechs Monate lang brachte das Stück ausverkaufte Häuser, doch dann geschah das anscheinend Unvermeidliche – Norma Rice verschwand zum vierten Male von der Bildfläche. Und mit ihr war der Erfolg des Stückes dahin – nach zwei Wochen mußte es abgesetzt werden, obwohl eine der bestbezahlten Bühnenschauspielerinnen sich herabgelassen hatte, die verwaiste Rolle zu übernehmen.

Und jetzt, anderthalb Jahre danach, hatte man Norma Rice tot im Eisenbahnabteil aufgefunden. Kein Wunder, wenn gewisse Zeitungen sich bemühten, eine kräftige Sensation daraus zu machen. Doch soviel auch über Norma, über die glanzvollen Intervalle ihrer Laufbahn, über ihr geheimnisvolles Verschwinden und über ihr ungewöhnliches Ende geschrieben wurde – zunächst wenigstens verfiel keiner der eifrigen Schreiber auf die Vermutung, daß eine Überdosis eines bestimmten Rauschgiftes ihren Tod verursacht haben könnte. Und ebensowenig konnte einer von ihnen mit einem Hinweis auf die Identität der geheimnisvollen Persönlichkeit aufwarten, die das Wort »Rex« an die Abteilfensterscheibe geschrieben hatte.

Indessen rührte der mysteriöse Tod einer so bekannten Frau wie Norma Rice allmählich immer mehr heikle Fragen und Probleme auf. Exzentrische Menschen pflegen sich Feinde zu machen – nach und nach kam heraus, daß Norma sowohl in England wie in Amerika ziemlich viele Feinde besaß, zumal ihr wiederholtes Verschwinden den betroffenen Produzenten jedesmal bedeutende Verluste gebracht hatte. Daß sie es verstanden hatte, ihre außerordentlich scharfe Zunge stets eifrig zu gebrauchen, war nicht etwa üble Nachrede, sondern bedauerliche Wahrheit – immer hatte es rings um sie Krach, Skandale und erbitterte Intrigen gegeben. Sie war streitsüchtig und aggressiv gewesen und hatte zum Beispiel bei einer einzigen Party hintereinander gleich drei bekannte Zeitungskritiker mit Ohrfeigen bedacht. Dazu kamen andere Begebenheiten, die das Bild nicht gerade erfreulicher gestalteten. Man raunte, der Earl von Dorrington hätte es sich viele Tausende von Pfund kosten lassen müssen, ehe Norma bereit gewesen wäre, seinen einzigen Sohn und Erben aus ihrer Umgarnung freizugeben. Überhaupt wurde ihr nachgesagt, sie hätte es von früh auf verstanden, sich große Summen Geld, kostbaren Schmuck, Edelsteine, Perlen und ähnliche Werte durch ausgesprochen üble Tricks zu ergattern, und schließlich begann man sich auch zu erzählen, daß sie rauschgiftsüchtig gewesen sei.

In Scotland Yard zeigte man sich wenig erbaut, als diese Hintergründe ans Tageslicht kamen – sie waren geeignet, die ohnehin verfahrene Angelegenheit noch mehr zu komplizieren. Für den Yard stand zwar fest, daß Norma Rice ermordet worden war, aber außer dem mysteriösen Signum »Rex« besaß man nicht den geringsten Anhaltspunkt, tappte bei den Ermittlungen immer noch im dunkeln, und zu allem Überfluß begann der ungeduldig gewordene Innenminister sich einzumischen, woraufhin binnen weniger Tage drei Konferenzen stattfanden, von denen insbesondere die dritte recht unerfreulich für den Yard verlief. Doch sollte diese dritte Konferenz keineswegs die letzte sein, denn dem Mord an Norma Rice folgten bald zwei weitere, bei denen Rex gleichfalls seinen Namenszug hinterließ.

Daraufhin brach eine wahre Hölle los. Rex wurde zum Gegenstand außergewöhnlich kritischer Leitartikel gegen den Yard und zum allgemeinen Gesprächsthema der Öffentlichkeit, sogar das Unterhaus beschäftigte sich mit diesem Skandal. Als sich dann gar noch ein vierter Mord ereignete, schien das Maß voll – der Innenminister verlangte endlich Taten zu sehen, und er verlangte es in unmißverständlicher Form.

»Es ist sinnlos, Forbes«, erklärte er dem zuständigen Chefkommissar, »und läßt sich nicht länger verantworten, wenn Sie in diesem Fall, der die ganze Nation alarmiert, bei Ihren sogenannten bewährten Polizeimethoden bleiben und darauf warten wollen, daß dieser geheimnisvolle Rex schließlich doch den unvermeidlichen Fehler begehen wird, der seine Verhaftung ermöglicht. Nein – hier sind andere Maßnahmen am Platz! Die gesamte Öffentlichkeit muß zur Mitfahndung aufgerufen werden. Das Erforderliche ist bereits veranlaßt – heute abend nach den Neun-Uhr-Nachrichten werde ich über alle Sender der British Broadcasting Corporation an die britische Nation appellieren. Das wird diese Sache endlich vorantreiben!«

Chefkommissar Sir Graham Forbes, der den Erfolg derartiger Appelle aus Erfahrung kannte, murmelte als Antwort etwas Unverständliches. Ganz nebenbei konnte er sich den Gedanken nicht versagen, daß sein hoher Vorgesetzter wirklich keine Gelegenheit ausließ, sich »an die Nation« zu wenden . . .

*

Nur undeutlich ließ der diskrete Lichtschein einer Leselampe die seltsame, teils exotische, teils moderne Ausstattung des Raumes erkennen – auf dem Kaminsims und anderen Piedestalen ostasiatische Götzenfiguren, an den Wänden persische Dolche und andere orientalische Raritäten, dazwischen Handzeichnungen und Gemälde von Picasso und seinen Schülern. Als die große Standuhr rasselnd begann, zum Viertelnachneunschlag anzusetzen, regte sich die schmale Gestalt in einem der riesigen Sessel, streckte die gepflegte Hand aus und schaltete das Radio ein. Kaum war der Schlag der Standuhr verklungen, als die Stimme des Ansagers ertönte: »Ladies and Gentlemen – Sie hören jetzt Lord Flexdale, den Innenminister Ihrer Majestät, der sich mit einem Sonderappell an alle Bürger des Landes wendet.«

Dann war ein diskretes Räuspern zu vernehmen, dazu ein leises Papierrascheln, und gleich darauf ertönte die Stimme des Ministers. »Es ist jetzt fast zwei Monate her«, lautete die Ansprache, »daß die Öffentlichkeit durch Presse und Radio von dem plötzlichen Tod der bekannten Schauspielerin Norma Rice erfuhr. Für die Polizei stand sehr bald fest, daß Norma Rice ermordet worden war. Wie sich die meisten meiner Hörer zweifellos erinnern, wurde die Leiche von Norma Rice in einem Abteil des Manchester-London-Expreß aufgefunden, an dessen Fensterscheibe das Wort ›Rex‹ geschrieben war. Ungeachtet aller polizeilichen Bemühungen ist dieser Mord bis heute ungeklärt geblieben. Bedauerlicherweise haben sich seither drei weitere Morde ereignet, bei denen der gleiche Täter wohl sein geheimnisvolles Signum ›Rex‹, sonst aber keine andere Spur hinterließ, die zu seiner Entdeckung hätte führen können, so daß diese Taten bis heute ungeklärt geblieben sind.« An dieser Stelle legte der Minister eine wohlberechnete kleine Pause ein, um dann in etwas gesteigertem Tonfall fortzufahren: »Im Interesse der Sicherheit der gesamten britischen Öffentlichkeit hat die Regierung Ihrer Majestät mich ermächtigt, ohne Ansehen der Person, ausgenommen im Fall eines vorsätzlich begangenen Mordes, jedermann völlige Straffreiheit zuzusichern, der uns Hinweise zu geben vermag, die zur Feststellung und Verhaftung des für diese Mordtaten verantwortlichen Verbrechers führen. Mit der Regierung Ihrer Majestät erwarte ich, daß dieser Appell . . .«

Wieder regte sich die schmale Gestalt in dem riesigen Lehnsessel, schaltete mit einer lässigen Bewegung das Radio aus und murmelte vor sich hin: »Abwarten, Lord Flexdale, abwarten . . .«

Welchen Widerhall die Worte des Innenministers in der Öffentlichkeit auch gefunden haben mochten – zu greifbaren Ergebnissen führten sie anscheinend nicht. Jedenfalls war eine knappe Woche später zuerst im »Evening Courier« eine Meldung zu lesen, die tags darauf in etwas abgewandelter Form auch in allen anderen Zeitungen stand. Unter der Überschrift »Scotland Yard zieht Paul Temple wieder zur Mitarbeit heran« hieß es: »Wie wir von gutinformierter Seite erfahren, wird Chefkommissar Sir Graham Forbes sich mit Paul Temple, dem bekannten Schriftsteller und Privatdetektiv, über die geheimnisvollen Rex-Morde beraten. Mr. Temple, der sich vor einiger Zeit auf seinen Landsitz Bramley Lodge zurückgezogen hat, um ein neues Buch zu vollenden, hält sich vorübergehend in London auf, wo er heute abend an einem Gespräch im Rahmen einer Sendung der BBC teilnimmt. Ob Mr. Temple über die erwähnte Beratung hinaus aktiv bei den Ermittlungen gegen Rex tätig werden wird, steht allerdings noch nicht fest.«

Tatsächlich erschien am nämlichen Abend Sir Graham Forbes in Begleitung seines Inspektors Emanuel Crane vor der Tür von Paul Temples Stadtwohnung in den Eastwood Mansions in London-Mayfair, ohne unbedingt sicher zu sein, daß er Temple auch wirklich antreffen würde. Zu seiner Erleichterung war es Temple selbst, der die Tür öffnete und den Besuchern amüsiert entgegenlächelte. »Ich wäre auf diese hohe Ehre gar nicht gefaßt gewesen, Sir Graham«, sagte er, »wenn ich nicht eben einen Blick in den ›Evening Courier‹ geworfen hätte.«

»Es ist aber auch eine schreckliche Sache mit Ihrem Telefon, Temple«, gab der Chefkommissar etwas verlegen zurück. »Tagelang haben wir uns vergeblich bemüht, Sie in Bramley Lodge zu erreichen. Dort meldete sich niemand, und hier auch nicht!«

»Ich habe den Telefonisten im Dorfpostamt bestochen«, erklärte Temple lachend, »indem ich ihm alle meine früheren Bücher zu lesen gab. Das hat er mir gedankt, indem er mich vor Anrufen bewahrte, damit ich ungestört an meinem neuen Buch arbeiten konnte.« Er ließ Sir Graham und Inspektor Crane Platz nehmen, versorgte sie mit Getränken und kam dann direkt zur Sache. »Da ich nicht zu unterstellen wage, daß Zeitungen jemals die Unwahrheit berichten, ist es also wirklich ›Rex‹, der Sie zu mir führt, Sir Graham?«

Der Chefkommissar bejahte und fragte erwartungsvoll: »Und Sie sind doch gewiß bereit, uns auch in diesem Fall wieder zu helfen?«

Temple schüttelte bedauernd den Kopf. »Tut mir leid, Sir Graham. Ich würde Ihnen gern behilflich sein. Doch mein neues Buch muß bis Ende des Monats fertig werden, und im Anschluß daran habe ich mich einer Artikelserie für ein amerikanisches Magazin zu widmen. Es geht also wirklich nicht.«

»Mein lieber Temple«, sagte Sir Graham und setzte sein Glas beiseite, »Sie können sich kaum vorstellen, wie verdammt ernst diese Angelegenheit ist. Ich mußte heute früh wieder mal zu Lord Flexdale –«

»Lord Flexdale«, unterbrach Temple mit vielsagendem Lächeln, »ich habe neulich seinen Radioappell an die Nation gehört. Eine bemerkenswerte rednerische Leistung, möchte ich sagen.«

»Aber selbst mit der eindrucksvollsten Rede fängt man keinen Mörder«, äußerte Sir Graham ohne jegliche Begeisterung, »und das hat inzwischen sogar Lord Flexdale begriffen. Jedenfalls trug er mir heute früh auf, Sie unter allen Umständen zu Rate zu ziehen.«

»Diese Ehre weiß ich zu würdigen«, entgegnete Temple. »Sagen Sie dem Minister, Sir Graham, daß ich bereit bin, Rex für ihn zu fangen, wenn er inzwischen mein Buch für mich zu Ende schreiben will.«

»Rex fangen?« mischte sich hier Inspektor Crane mit recht ungläubigem Lächeln ein. »So, wie man – äh – eine Fliege fängt, ja?« Er machte eine entsprechende Handbewegung.

»Warum nicht, Inspektor?« meinte Temple ruhig. »Es wäre ja nicht das erstemal. Immerhin habe ich für Scotland Yard schon einige dicke Fliegen gefangen – denken Sie an ›Karobube‹, an den ›Schlagzeilenmann Nummer eins‹, an ›Z vier‹, an den ›Marquis‹.«

»Gewiß, Mr. Temple«, der Inspektor wiegte skeptisch den Kopf hin und her, »aber – verzeihen Sie – ich finde, diesmal liegt der Fall doch ganz anders.«

»Jeder Fall liegt anders«, pflichtete Temple lächelnd bei und wandte sich an Sir Graham Forbes. »Wann haben Sie eigentlich das erstemal von Rex gehört? Ich bin in letzter Zeit so mit meiner Arbeit beschäftigt gewesen, daß ich mich um nichts anderes gekümmert habe.«

»Vor sechs Monaten«, erwiderte der Chefkommissar. »Damals wurde ein gewisser Richard East ermordet in seinem Auto auf der Nord-Süd-Autostraße aufgefunden, in den Kopf geschossen. Und auf der Windschutzscheibe seines Wagens stand ›Rex‹ geschrieben. Ein Tatmotiv war, wie bisher bei allen Rex-Morden, schon damals nicht zu ermitteln. Allerdings steht fest, daß es kein Raubmord war, denn der Ermordete hatte über hundertfünfzig Pfund bei sich.«

»Und der nächste Fall?«

»Der Mord an Norma Rice im Manchester-London-Expreß.«

»Norma Rice – richtig! Ich habe sie persönlich gekannt und sogar mal die Absicht gehabt, ein Stück für sie zu schreiben. Wurde sie eigentlich gleichfalls in den Kopf geschossen?«

»Nein, vergiftet!« erklärte Sir Graham. »Und danach hat

es bisher noch drei weitere Rex-Morde gegeben. Bei einem fanden wir das Wort ›Rex‹ mit Lippenstift auf ein Taschentuch geschrieben, beim nächsten war es in das Uhrglas des Ermordeten gekratzt, beim dritten schließlich auf primitive Art mit einem Füllhalter auf das Handgelenk des Toten gekritzelt.«

»Dieses Wort ›Rex‹ ist also die einzige Verbindung zwischen den fünf Morden? Und der einzige Grund, der Sie vermuten läßt, daß alle fünf Morde von dem gleichen Täter begangen wurden?«

»Eigentlich ja. Daneben gibt es allerdings in den Fällen eins und zwei noch eine weitere Übereinstimmung, die jedoch wohl nur auf einem dieser merkwürdigen Zufälle beruht, die uns so häufig begegnen. Bei Richard East fanden wir eine alte Visitenkarte, auf deren Rückseite ein bestimmter Name geschrieben stand – alte Visitenkarten dienen ja vielen Leuten als Notizzettel. Den gleichen Namen entdeckten wir auch auf den letzten Seiten des Notizbuches von Norma Rice. Es ist seltsam, gewiß – aber wir maßen dieser Sache schließlich keine Bedeutung bei.«

»Dennoch bleibt es seltsam«, murmelte Paul Temple. »Wie lautet dieser Name denn?«

»Mrs. Trevelyan – ohne Vornamen, ohne Adresse, ein ziemlich verbreiteter Name. Wir konnten, wie gesagt, nichts damit anfangen«, erklärte Sir Graham und fügte recht sorgenvoll hinzu: »So, Temple, und damit wissen Sie nun über diese Fälle alles, was auch wir wissen. Ich würde Sie damit nicht behelligen, wenn die Sache nicht so verdammt dringend wäre. Ich habe Lord Flexdale heute früh daran erinnert, daß Sie bis über beide Ohren in Ihrer eigenen Arbeit stecken. Aber er bestand darauf, daß ich alles versuchen sollte, Sie zur Mitarbeit zu gewinnen.«

Temple seufzte. »Ich würde Ihnen gern helfen, Sir Graham. Aber Sie müssen wissen – außer meiner Arbeit gibt es noch einen Hinderungsgrund. Nach der Affäre mit dem ›Marquis‹ habe ich Steve, meiner Frau, versprochen, unter keinen Umständen einen neuen Fall zu übernehmen.«

Er hatte kaum ausgesprochen, als die Tür aufging und Steve hereinkam, in ein elegantes Kostüm gekleidet, auf dem Kopf einen offenbar eben erst neuerstandenen ziemlich extravaganten Hut. Temple konnte ein amüsiertes Lächeln nicht unterdrücken, als er sie mit den Worten begrüßte: »Hallo, Darling – sieh mal, wer uns mit seinem Besuch beehrt.«

Steve schien entzückt, Sir Graham zu sehen. »Wie nett, Sie mal wieder bei uns begrüßen zu können«, sagte sie, als sie ihm die Hand reichte.

»Und Sie sind seit unserer lezten Begegnung abermals jünger geworden, Steve, Sie sehen famos aus«, gab der Chefkommissar galant zurück, stellte Inspektor Crane vor und verlor sich mit merklichem Vergnügen in die übliche heitere Plauderei über eine Handvoll Nichtigkeiten, bis ihm plötzlich und zu seinem Unbehagen all die dringenden Dinge wieder einfielen, die im Yard auf ihn warteten. »So gern ich mich noch ein wenig mit Ihnen unterhalten hätte«, sagte er bedauernd, »wir müssen nun doch leider gehen. Aber ich würde mich freuen, Sie noch einmal wiederzusehen, solange Sie jetzt in London sind.«

»Morgen sind wir bestimmt noch hier«, entgegnete Steve, »und es wäre nett, wenn Sie morgen abend zum Dinner kämen.«

»Das wird sich voraussichtlich kaum einrichten lassen«, meinte Sir Graham achselzuckend, »aber wir können ja noch telefonieren.« Dann verabschiedete er sich, Inspektor Crane folgte seinem Beispiel, und Paul Temple begleitete die beiden Besucher bis an den Fahrstuhl.

Als er zurückkam, blickte Steve ihm gespannt entgegen. »Und was wollte Sir Graham wirklich, Paul?« fragte sie und lächelte, als ob sie einen bestimmten Verdacht hätte.

»Sir Graham?« wiederholte Temple. »Ach – er kam nur ganz zufällig vorbei.«

Steve lächelte noch belustigter, öffnete ihre Handtasche, holte den »Evening Courier« hervor und hielt ihn Paul hin. Der hob die Schultern und äußerte allzu gleichmütig: »Ach, Darling –

du weißt doch selbst am besten, was man sich in Fleet Street manchmal leistet.«

»Und ob ich das weiß«, erwiderte Steve, die sich ihrer eigenen Tätigkeit als Reporterin recht gut erinnerte. »Aber du willst doch nicht etwa sagen, daß Sir Graham die Rex-Fälle überhaupt nicht erwähnt hätte?«

»Erwähnt hat er sie schon«, lautete die etwas beklommene Antwort, »aber nur so ganz allgemein und obenhin.« Temple warf einen zufälligen Blick auf die Uhr und sprang auf. »Himmel – ich muß ja fort! Punkt sieben soll die Aufnahme des Gesprächs bei der BBC beginnen!«

»Ich kann dich ja mit dem Auto hinfahren«, schlug Steve vor.

»Großartig«, stimmte Paul zu. »Die Aufnahme dauert höchstens eine halbe Stunde – wenn du so lange warten willst, fahren wir nachher noch irgendwohin zum Dinner, ich erzähle dir unterwegs alles.«

»Paul«, seufzte Steve und war plötzlich recht ernst, »was willst du aber tun, wenn man dich in irgendwelche verfänglichen Fragen zu verwickeln versucht, zum Beispiel über Rex? Du weißt doch, was du mir versprochen hast.«

»Ich werde an mein Versprechen denken und völlig unverfängliche Antworten geben«, versicherte Paul Temple leichthin. »Aber nun komm, Darling – wir müssen uns beeilen.«

Als Temple fünf Minuten vor sieben das Haus der BBC betrat, erwartete man ihn bereits voller Unruhe und geleitete ihn schleunigst in den Aufnahmeraum, wo Donald McCullough, der Leiter der »Brain-Trust-Gespräche« aufatmete, als er das letzte Mitglied seiner Runde kommen sah. Die übrigen Gesprächsteilnehmer waren schon um den runden Tisch mit dem Mikrofon versammelt – Lady Weyman, eine pompöse Dame mit durchdringendem Blick, bekannt als Expertin für internationale Fragen, daneben A. P. Mulroy, der verhältnismäßig junge Herausgeber der »London Tribune«, ein Zeitungsmann, der niemals zögerte, auch zu drucken, was er dachte, dann Sir Ernest Cranbury, der Wirtschaftswissenschaftler, Anfang der Fünfzig, mit wasserhellen Augen und eisengrauem Haar. Neben ihm war der Platz für Paul Temple freigehalten. C. E. M. Joad, der populäre Kommentator, der über alles zu schreiben und zu sprechen wußte und durch keine Frage in Verlegenheit zu bringen war, und Donald McCullough, der Leiter des Gesprächs, vervollständigten die Runde.

Kaum hatte Temple die Anwesenden stumm begrüßt und sich auf seinen Stuhl gesetzt, als der Aufnahmeleiter auch gleich die einführenden Worte sprach, die Teilnehmer vorstellte und das Gespräch begann. Nach wenigen Sätzen brach es jäh ab, denn etwas Unerwartetes geschah – unter dumpfem Stöhnen sank Sir Ernest Cranbury vornüber auf den Tisch und warf dabei eine Wasserkaraffe um, die gluckernd auslief. Lady Weyman konnte einen Schrei nicht unterdrücken, McCullough beugte sich zum Mikrofon und rief: »Halt – die Aufnahme ist unterbrochen! Mikrofon abschalten!«

Temple war aufgesprungen und richtete Sir Ernest Cranbury behutsam auf. Sir Ernest sank schlaff gegen die Lehne seines Sessels und flüsterte: »Mein Herz – es ist mein Herz – ich fühle, wie es rast. Aber bitte beunruhigen Sie sich nicht, es wird gleich wieder vorüber sein.«

»Wasser«, fuhr McCullough einen der anwesenden technischen Assistenten an, »holen Sie schnell eine neue Karaffe Wasser. Und benachrichtigen Sie den Arzt vom Dienst.«

Sir Ernest versuchte sich aufzusetzen. Temple, der ihm den Puls fühlte, drückte ihn sanft gegen die Sessellehne zurück und sagte: »Bleiben Sie lieber so entspannt wie möglich sitzen, Sir Ernest – keine Anstrengung.«

Der technische Assistent kam mit einer neuen Karaffe herbeigeeilt, goß ein Glas voll und raunte McCullough zu: »Der Arzt ist schon unterwegs.«

Sir Ernest trank einen Schluck aus dem Glas, das Temple ihm

an die Lippen hielt, und flüsterte: »Temple – hören Sie zu, ich möchte, daß Sie etwas erfahren. Ich – ich meine, für den Fall, daß mir etwas passiert –«

»Nichts wird Ihnen passieren, Sir Ernest«, beruhigte ihn Temple, obschon er sich in diesem Moment durchaus nicht ruhig und sicher fühlte.

»Was soll passieren«, mischte sich Mulroy ein, »machen Sie sich keine Sorgen, Sir Ernest – ein kleiner Schwindelanfall.«

»Nein – nein«, keuchte Cranbury, »es ist kein Schwindelanfall. Ich weiß es. Hören Sie, Temple – ich muß Ihnen etwas sagen. Über – über Rex.«

So leise Cranbury sprach – alle hatten dieses Wort verstanden.

»Rex!« rief Mulroy alarmiert.

»Rex!« echote Lady Weyman entsetzt.

»Ja – Rex!« wiederholte Cranbury schwer atmend. »Hören Sie, Temple – zuerst bekam ich diesen Brief –« Seine Stimme erstarb, der Kopf sank ihm kraftlos auf die Brust.

»Der Arzt muß sofort hier sein«, raunte McCullough Temple zu, »vielleicht wird eine Injektion –«

»Nein«, unterbrach Temple, »dafür ist es zu spät. Cranbury ist tot!«

2

Sobald der Tote aus dem Aufnahmeraum entfernt worden war, erhob sich unter den Anwesenden ein lebhafter Meinungsaustausch über Bedeutung und mögliche Hintergründe des tragischen Zwischenfalles. Da Sir Ernest von Rex gesprochen hatte, bestürmte man nun Paul Temple mit hunderterlei ›Fragen. Man wußte ja aus der Zeitung, daß Scotland Yard ihn an der Aufklärung der Rex-Morde beteiligen wollte. Als sich dann aber herausstellte, daß er über den mysteriösen Mörder offenbar auch nicht mehr zu wissen schien als jeder andere, zeigte man sich enttäuscht.

Temple benutzte die erstbeste Gelegenheit, sich still und ohne Aufsehen aus dem Aufnahmeraum zu verdrücken, stieß aber in der Eingangshalle auf einige Journalisten, die ihn sofort umringten. »Nun, Mr. Temple – wie wär's mit einer kleinen Story über Rex?«

»Tut mir leid! Sie wissen darüber vermutlich mehr als ich.«

»Aber der Yard will Sie doch zur Bearbeitung dieses Falles heranziehen, der Chefkommissar hat mit Ihnen gesprochen. Werden Sie denn nicht mitmachen?«

»Das hängt davon ab, wie eine gewisse Lady sich zu dieser Frage stellt. Nur wenn sie es erlaubt, werde ich wieder einen Fall übernehmen – das gilt auch für diesen. Übrigens wartet diese Lady draußen mit dem Auto auf mich, und ich möchte sie nicht unnütz warten lassen. Also – bis zum nächstenmal!«

Als er die Autotür öffnete, blickte ihm Steve fragend entgegen. »Ist etwas geschehen, Paul? Hier kam eine Polizeiambulanz vorgefahren, eine Bahre mit einer zugedeckten Gestalt wurde hineingeschoben, und dann fuhr die Ambulanz wieder ab.«

»Ein tragischer Zwischenfall, Darling. Die Aufnahme mußte abgebrochen werden – Sir Ernest Cranbury, der neben mir saß, erlitt einen schweren Herzanfall. Ich fürchte –« Der Rest blieb unausgesprochen, aber Steve verstand. Betroffen startete sie den Wagen und schleuste ihn in das Verkehrsgewühl der Regent Street.

Nach einem Weilchen sagte sie leise: »Das hat gewiß allen Anwesenden einen schweren Schock versetzt, nicht wahr?«

Temple nickte. »Ja – man fühlt sich in solchen Augenblicken so schauderhaft hilflos.«

»Was sagte der Arzt?«

»Der Arzt mußte sich damit begnügen, den Tod festzustellen. Über die Todesursache wird eine gerichtliche Untersuchung stattfinden.« Temple räusperte sich. »Ich möchte dir etwas anvertrauen, Steve – du würdest es ja doch bei den Berichten über die Leichenschau in der Zeitung lesen. Ich habe den Verdacht, daß Sir Ernest vergiftet worden ist. Unmittelbar vor seinem Tode wollte er mir etwas über Rex sagen.«

»Oh«, rief Steve erschrocken, »wieder Rex! Was kann aber Sir Ernest Cranbury bloß mit Rex zu tun gehabt haben?«

»Das habe ich mich natürlich auch gefragt, aber ich weiß es noch nicht. Doch wenn wir bei der nächsten Verkehrsampel halten müssen, sieh dir mal das hier an.« Er hielt ihr ein Stück Papier hin. »Wir durchsuchten Sir Ernests Taschen, um seine Adresse zu finden. Dabei fiel dieses Papier zu Boden – niemand bemerkte es, ich hob es heimlich auf.«

Steve mußte lachen. »Natürlich – Paul Temple! So – hier muß ich das grüne Licht abwarten. Zeig es mir bitte.«

Temple tat es. »Dort unten in der Ecke steht ein Name gekritzelt. Kannst du ihn entziffern?«

»Mrs. Trevelyan!« flüsterte Steve erstaunt. »O Paul – von dieser Mrs. Trevelyan hast du mir ja vorhin erzählt! Ihr Name wurde doch auch bei Richard East und bei Norma Rice gefunden!«

»Na eben, und das . . . Aber paß auf, Steve, das Licht wechselt auf grün.«

Steve ließ den Wagen wieder anrollen und hielt dann, wie sie es meistens tat, ein mäßiges Tempo. Aus irgendeinem unerklärlichen Grund fühlte Temple sich plötzlich veranlaßt, zur Seite und halb nach rückwärts zu schauen. »Heiliger Timotheus«, sagte er vor sich hin, »der scheint's aber eilig zu haben!« Er hatte eine große schwarze Limousine bemerkt, die in hohem Tempo von hinten herankam.

Die Limousine schoß scharf neben ihnen vorbei, schwenkte plötzlich ein und schnitt ihnen den Weg ab, so daß Steve den Wagen hart zur Seite reißen mußte. Dennoch gab es ein leichtes Krachen, ein knirschendes metallisches Schrapen – Steve trat mit aller Kraft auf das Bremspedal.

»Donnerwetter«, knurrte Temple, »das ist gerade noch mal gut gegangen! Das war aber kein Zufall – es muß volle Absicht gewesen sein! Ich konnte mir die Nummer merken – DVC 629.«

Steve, die sich vom ersten Schrecken erholt hatte, meinte: »Laß uns schnell zum nächsten Polizeirevier fahren, Paul, und Anzeige erstatten.« Sie setzte den Wagen wieder in Gang.

»Nein, Steve – nicht zum nächsten Polizeirevier«, widersprach Temple. »Ich möchte nicht, daß dieser Zwischenfall offiziell verfolgt wird. Ich weiß nicht, ob man ihn überhaupt verfolgen soll. Nimm mal an, Rex steckt dahinter –«

»Rex«, flüsterte Steve beklommen, »aber das kann doch nicht sein!«

»Nimm mal an, es wäre doch so, Darling! Soll der Sache auch dann nachgegangen werden? Soll ich sie etwa selbst verfolgen? Du weißt ja, worauf das hinauslaufen würde!«

»Ja, Paul – das weiß ich«, erwiderte Steve mit fester Stimme. »Es würde einen neuen Fall bedeuten! Aber ich meine – vergiß das Versprechen, das du mir gegeben hast, Paul, und widme dich dieser Angelegenheit!«

Temple schlug sich vor Überraschung mit der rechten Faust in die linke Handfläche, daß es knallte. »Mrs. Temple – das soll ein Wort sein! Bitte, halt an und laß uns die Plätze wechseln.«

Eine halbe Minute später saß Paul am Steuer und lenkte den Wagen eilends zur nächsten Telefonzelle. Das Gespräch, das er von dort aus führte, war nur kurz. Als er in den Wagen zurückkam, sagte er unternehmungslustig: »So, Darling – jetzt geht's ab nach Limehouse. Dort werden wir den ›Golden Key‹ aufsuchen, eine gemütliche kleine Kneipe, nicht gerade vornehm, aber recht interessant und mit langer historischer Vergangenheit.«

»Aha«, meinte Steve heiter, »und das ist dann gewiß auch gleich der Ersatz für das in Aussicht gestellte Dinner! Na gut, Paul – ich bin zu allem bereit!«

Nach außen hin wirkte der »Golden Key« zwar nicht unbedingt einladend. Aber drin zeigte es sich wieder einmal, daß der äußere Schein trügen kann – das alte Lokal erwies sich als hübsch und sauber. Als sie durch die kleinen Räume gingen, sah sich Paul aufmerksam um und raunte Steve zu: »Wir wollen hier ›Spinne‹ Williams treffen, einen guten Bekannten aus der – äh – Autobranche. Ein ulkiger kleiner Kerl – er sitzt wie eine Spinne im Netz und erfährt binnen kürzester Zeit von jedem gestohlenen Wagen. Wenn also die schwarze Milford-Limousine, die uns den Weg abschneiden wollte, gestohlen war, werden wir von Spinne Williams alles Erforderliche hören.«

»Aber Paul«, wandte Steve ein, »das hätte uns doch bestimmt auch Sir Graham sagen können! Wollen wir uns nicht an diesen netten Ecktisch setzen?«

»Ja, eine gute Idee«, stimmte Paul zu. Nachdem sie Platz genommen und etwas zu trinken bestellt hatten, fuhr er fort: »Sir Graham und die Polizei – natürlich hätten wir auch von ihnen alle Auskünfte erhalten können. Aber du weißt ja, Steve – wenn ich etwas ermitteln will, gehe ich gern meine eigenen Wege, es ist fast immer interessanter als Polizeiermittlung. Übrigens – dort kommt schon Spinne Williams.«

Betont gemessen und gleichmütig näherte sich ein kleiner Mann dem Tisch, eine jener Typen, wie sie vielfach unter den ständigen Rennplatzbesuchern zu finden sind – schlau und gerissen, bestimmt nicht ganz ehrenhaft und doch irgendwie vertrauenerweckend, mit auffallender, aber etwas abgeschabter Eleganz gekleidet.

»Hallo, Spinne«, grüßte Paul Temple, »kommen Sie – setzen Sie sich zu uns.«

»Hallo, Mr. Temple«, grinste Williams und vollführte eine höfliche Verbeugung gegen Steve, »Sie brauchen mir gar nicht erst zu sagen, wer die Lady ist – hab's mir sofort denken können! Erfreut, Sie kennenzulernen, Mrs. Temple! Tut mir leid, daß ich mich verspätet hab' – klappte nicht so schnell.«

Temple bestellte einen Drink für Williams. Dann fragte er: »Na – Glück gehabt?«

Williams hob die Schultern. »Bis jetzt kaum, Chef – war ja so wenig Zeit. Aber ich erwarte einen Anruf, danach weiß ich bestimmt mehr. Ist nicht ganz einfach, auf Anhieb schon da zu sein. Entschuldigen Sie bitte einen Moment!« Er erhob sich und ging zu der Serviererin, die ihm vom Nebenraum aus zugewinkt hatte.

Temple bestellte neue Getränke und beugte sich dann zu Steve, um ihr etwas zuzuflüstern, als ihm jemand jovial auf die Schulter klopfte und eine freundliche Männerstimme in unverkennbarem Waliser Dialekt freudig ausrief: »Hallo, Simon – ausgerechnet hier muß ich dich wiedersehen!«

Temple drehte sich zur Seite und erblickte einen kaum mittelgroßen, netten, dunkelhaarigen jungen Mann, der nun plötzlich recht verlegen wurde und entschuldigend murmelte: »Gott im Himmel – Sie sind ja gar nicht Simon!«

»Da haben Sie allerdings recht«, entgegnete Temple gut gelaunt und mußte über den betroffenen Ausdruck des Mannes lächeln. Daß es sich um genau den gleichen Mann handelte, der damals bei der Auffindung der Leiche von Norma Rice dabeigewesen war, konnte er freilich nicht wissen.

»Bitte, entschuldigen Sie, Sir«, stammelte der Mann. »Ich habe wirklich geglaubt, Sie wären mein alter Freund Simon Phipps!«

»Na – es sollte mich freuen, wenn ich Ihren Mr. Phipps gelegentlich kennenlernen könnte – man interessiert sich doch dafür, seinen Doppelgänger mal zu sehen. Aber bei dieser Gelegenheit – ich heiße Temple.«

»Temple«, rief der Mann und fügte mit dramatischer Geste hinzu: »Etwa Paul Temple?«

»In der Tat – Paul Temple.«

»Ja, natürlich – jetzt erkenne ich Sie nach den Fotos auf Ihren Büchern! Übrigens habe ich gerade eben ein Buch von Ihnen ausgelesen – ›Mord auf der Mayflower‹, ein großartiges Buch! Ich lese ja nur Kriminalromane, in den letzten zwei Jahren waren es genau vierhundertdreiunddreißig. Ganz nette Leistung, nicht wahr?«

Steve zeigte sich amüsiert, Temple schien beeindruckt und meinte: »Das dürfte Sie ja befähigen, zumindest theoretisch jede nur denkbare Art von Verbrechen zu begehen.«

Der Mann mit dem Waliser Dialekt lachte herzlich auf. »Sie scherzen, Mr. Temple! Ich bin absolut unbegabt für jedes Verbrechen – nicht mal in Gedanken könnte ich auch nur einer Fliege etwas zuleide tun. Andererseits – die vielen Kriminalromane würden mich im Lauf der Zeit zu einem ganz guten Detektiv machen, wenn ich nicht schon Handlungsreisender von Beruf wäre. Doch entschuldigen Sie, Mr. Temple – dieser Gentleman scheint etwas von Ihnen zu wünschen. Ich darf mich empfehlen!« Er wies auf Williams, der vom Telefon zurückgekommen war, machte eine kleine Verbeugung und ging davon.

Williams nahm wieder Platz und raunte Temple zu: »Jetzt klingt's schon besser, Chef! Einer meiner Boys hat's herausgefunden – der betreffende Wagen ist eine Milford-Sechszylinder-Limousine, die von Ihnen genannte Nummer ist die richtige Zulassungsnummer – es hat sich also wohl nicht um einen gestohlenen Wagen gehandelt. Der Wagen gehört einem gewissen Doktor Kohima, Great Wigmore Street 497.«

»Alle Achtung, Spinne«, lobte Temple, »Sie sind doch wirklich auf Draht! Ist dieser Doktor Kohima jemals in irgend etwas verwickelt gewesen?«

»Soviel festzustellen war – nein.«

»Hm«, machte Temple, »aber der Name ist mir sicher schon irgendwo begegnet. Richtig – jetzt erinnere ich mich! Doktor Kohima ist ja der bekannte ägyptische Nervenarzt und Psychiater!«

»Stimmt«, bestätigte Steve, »und er scheint ziemlich in Mode zu sein – jedenfalls hörte ich neulich beim Friseur zwei Damen in der Nebenkabine angeregt über seine fabelhaften Behandlungsmethoden plaudern.«

Temple mußte lächeln. »Na – wenn er selbst vorhin am Steuer gesessen haben sollte, dürften seine eigenen Nerven aber wohl auch ziemlich behandlungsbedürftig sein.« Dann nickte er Williams zu und sagte: »Sie haben Ihre Sache wieder mal ausgezeichnet gemacht. Hier, nehmen Sie.« Unter dem Tisch reichte er ein paar zusammengefaltete größere Banknoten hinüber, die Spinne mit zufriedenem Grinsen in einer seiner Taschen verschwinden ließ. »So – das wär's für heute. Vielleicht melde ich mich bald wieder. Jetzt müssen wir aufbrechen.« Damit erhob er sich, auch Steve stand auf, sie verabschiedeten sich von Spinne Williams und gingen hinaus.

Auf dem Heimweg war Temple recht schweigsam. Er dachte über die Ereignisse des Abends nach. Konnte zwischen Sir Ernest Cranburys plötzlichem Tod und dem Vorfall mit der schwarzen Limousine ein Zusammenhang bestehen? Welche Bedeutung hatte Dr. Kohima? Warum mochte er, falls er selbst am Steuer gesessen hatte, mörderische Absichten gegen Temple hegen? Und welche Rolle kam dem schlanken Mann mit dem Waliser Dialekt und seinem ungeheuren Bedarf an Kriminalromanlektüre zu? Hatte dieser junge Mann den ganzen Simon-Phipps-Auftritt nicht vielleicht nur gespielt, um irgendwie seine, Temples, Bekanntschaft zu machen?

Schon früh am nächsten Vormittag ließ sich Paul Temple von Steve zur Great Wigmore Street fahren. »Hast du dich denn inzwischen mit dem Doktor wenigstens verabredet, Paul?« fragte Steve, als sie vor dem ansehnlichen Gebäude hielten, an dessen Eingang eine Tafel mit der Aufschrift »Dr. C. Kohima« prangte.

»Natürlich Darling«, gab Temple beim Aussteigen zurück, »ich habe meinen Besuch telefonisch angekündigt und bin sofort vorgemerkt worden. Es wird übrigens nicht lange dauern. Willst du hier auf mich warten, oder hast du etwas anderes vor?«

»Und ob ich etwas anderes vorhabe«, entgegnete Steve. »Ganz

in der Nähe gibt es eine Agentur für Hausangestellte. Dort will ich hin und sehen, ob ich nicht endlich wieder einen dienstbaren Geist für uns auftreiben kann.«

»O du Optimistin«, lachte Temple. »Jedenfalls wünsche ich dir gutes Gelingen. Hoffentlich hast du Glück und kannst ein recht tüchtiges und obendrein graziöses französisches Mädchen engagieren. Wenn ich dich nachher nicht hier vor dem Haus wiedertreffe, bin ich spätestens zum Lunch daheim.«

Steve lächelte, nickte ihm zu und fuhr davon, Temple aber ging die Vortreppe hinauf, läutete, wurde eingelassen und in ein Wartezimmer geführt, das in Art und Aufmachung eher dem Salon einer kultiviert eingerichteten Wohnung glich. Hier wartete bereits ein anderer Patient, ein elegant gekleideter schlanker Vierziger mit schmalem, gefühlvollem Gesicht, der Temple höflich begrüßte und sogleich eine Konversation über das Wetter begann, um schließlich ein bißchen neugierig zu fragen: »Verzeihen Sie, Sir – aber offenbar kommen Sie heute zum erstenmal hierher?«

Temple bejahte.

»Sie werden es nicht bedauern«, versicherte der andere enthusiastisch, »denn Doktor Kohima ist wirklich ein hervorragender Arzt – ich gebe Ihnen mein Wort darauf!«

Temple lächelte vor sich hin und überlegte, zu welcher Sorte Patienten dieser Mann gehören könnte, der ihm übrigens irgendwie bekannt vorkam. »Entschuldigen Sie die Frage, Sir«, meinte er dann, »mir will es scheinen, als ob wir uns schon begegnet sind. Können Sie sich nicht erinnern?«

Der andere schüttelte bedauernd den Kopf. »Leider nicht. Aber ich heiße Lathom – Carl Lathom.«

»Ah – Mr. Lathom! Wir haben uns tatsächlich schon getroffen«, entgegnete Temple und empfand eine gewisse Genugtuung, daß sein vorzügliches Personengedächtnis sich wieder einmal bewährt hatte. »Es ist allerdings schon über sechs Jahre her – bei Lady Forrester.«

Lathom runzelte nachdenklich die Stirn. »Ich fürchte, ich habe es wirklich völlig vergessen.«

»Nun, Mr. Lathom – dann können Sie auch meinen Namen nicht mehr wissen – Temple, Paul Temple.«

Lathoms Züge erhellten sich. »Aber ja, natürlich! Mr. Temple! Sie schreiben Kriminalromane.«

»Stimmt – ich schreibe Kriminalromane, überwiegend Kriminalromane.«

»Ein interessanter Beruf, Mr. Temple! Ich selbst habe übrigens auch geschrieben, ein einziges Mal. Aber keinen Kriminalroman, sondern ein Theaterstück, eine Komödie.«

»Ja, ich weiß, Mr. Lathom – die Komödie heißt ›Diese Lady hat einiges erlebt‹. Sie war ein großer Erfolg, solange Norma Rice die Hauptrolle spielte.«

»Norma Rice war unvergleichlich, wirklich unvergleichlich! Ohne sie taugte mein Stück nicht viel, wie sich dann ja erwies. Sie erinnern sich bestimmt, daß es mit Norma Rice ein schreckliches Ende nahm – man fand sie ermordet in einem Eisenbahnabteil. Ach – diese Norma Rice! Sie war eine große Schauspielerin! Und eine charmante Frau! Recht extravagant, aber das muß man verstehen – Künstlerblut, wissen Sie. Als ich die erste Nachricht von ihrem Tod las, bei der ja noch nicht von Mord die Rede war, bin ich überzeugt gewesen, daß sie Selbstmord begangen hätte.«

Temple schüttelte den Kopf. »Etwas unwahrscheinlich, daß jemand eine Überdosis Rauschgift einnimmt und dann, ehe er sich zum Sterben niedersetzt, das Wort ›Rex‹ an die Scheibe malt.«

»Üblicherweise schon«, gab Lathom zurück, »aber bei Norma wäre so etwas möglich gewesen. Vor allem, wenn sie kurz vorher zufällig etwas über den ersten Rex-Mord gelesen haben sollte. Die Zeitungen waren zu dieser Zeit gerade wieder mal voller Angriffe gegen Scotland Yard, das sechs Monate nach dem ersten Mord noch nicht den geringsten Fortschritt erzielt hatte. Norma ist eben wirklich ein sehr seltsamer Mensch gewesen.«

Temple nickte nachdenklich. Nach einer Weile fragte er: »Und Sie, Mr. Lathom – hatten Sie inzwischen keine Lust mehr, wieder ein Stück oder etwas anderes zu schreiben?«

»Nein, Mr. Temple. Diese Komödie war etwas Einmaliges. Ich schrieb sie aus einer Laune heraus – eigentlich schrieb sie sich fast von allein, Sie kennen das ja, Mr. Temple. Danach war es aus und vorbei mit der Schaffenskraft. Außerdem wurde ich dann ziemlich schwer krank.«

»Oh – das tut mir leid.«

Lathom lächelte. »Vielen Dank, Mr. Temple. Doch jetzt geht es mir schon längst wieder viel besser – dank Doktor Kohima! Es mag wie überschwengliches Schulmädchengefasel klingen – aber er ist wirklich ein fabelhafter Arzt! Man fühlt sich in seiner Behandlung geborgen – man fühlt mit jeder Nervenfaser, daß er sein Äußerstes tut, um dem Patienten über seine Schwierigkeiten hinwegzuhelfen. Er erweckt unbedingtes Vertrauen. Und dieses restlose Vertrauen ist ja gerade gegenüber einem Psychiater sehr wichtig. Ich war wirklich völlig herunter, machte zwei schwere Nervenzusammenbrüche durch, litt sogar – dies ganz unter uns, Mr. Temple – an Wahnvorstellungen –«

»Oh – welcher Art waren diese Wahnvorstellungen?«

»Ich hatte den Eindruck, ständig verfolgt zu werden.«

»Von wem? Hoffentlich doch nicht etwa von der Polizei?«

»Nein, nein!« lachte Lathom. »Von einem Mädchen! Einem sogar sehr hübschen Mädchen! Ich glaubte dieses Mädchen so deutlich zu sehen, wie ich Sie jetzt vor mir sehe. Sie war stets in Braun gekleidet – braune Schuhe, braunes Kostüm, braune Handtasche, brauner Hut, braune Nylons. Eine sympathische Art von Wahnvorstellung, nicht wahr? Aber immerhin –«

»Haben Sie je versucht, Mr. Lathom, dieses ›Mädchen in Braun‹ irgendwie zu stellen?« fragte Temple interessiert, denn er wußte, daß manche Wahnvorstellung einen ganz realen Hintergrund haben kann.

»Ich habe es mehrmals versucht. Aber dann war plötzlich

kein ›Mädchen in Braun‹ mehr da. Sie löste sich auf, sie verschwand, sie wurde zu Luft! Eine verrückte Angelegenheit – Sie können sich vorstellen, wie ich darunter zu leiden hatte.«

»Und Doktor Kohima konnte Sie davon überzeugen, daß dieses Mädchen in Wirklichkeit gar nicht existiert?«

»Genau das«, beteuerte Lathom. »Er hat sich bei der Behandlung förmlich aufgeopfert. Ich kann es Ihnen nicht im einzelnen beschreiben. Aber das ›Mädchen in Braun‹ erscheint nicht mehr. Kein Zweifel – Doktor Kohima ist wirklich ein großartiger Arzt! Ein hervorragender Psychiater! Ein Genie –«

Mr. Lathoms Begeisterungsausbruch verstummte jäh – die Tür zum Ordinationszimmer tat sich auf und eine hübsche, gutgekleidete Frau von etwa fünfunddreißig Jahren erschien. Sie nickte Temple zu und sagte: »Der Doktor bittet zu entschuldigen, daß er Sie warten lassen muß, Mr. Temple. In fünf Minuten steht er Ihnen zur Verfügung.«

»Vielen Dank, Madam«, murmelte Temple.

Dann bemerkte die Frau den anderen Wartenden. »Oh, Mr. Lathom – Sie sind schon hier? Ich habe Sie erst für später vorgemerkt.«

Lathom erhob sich und lächelte. »Gewiß – aber ich hatte sowieso in der Nähe zu tun und dachte mir, eine halbe Stunde Entspannung könnte nicht schaden.«

»Freilich, Mr. Lathom – wenn es Ihnen nichts ausmacht, zu warten. Ich sage dem Doktor Bescheid, daß Sie da sind.« Damit nickte sie den beiden Besuchern zu und ging in das Konsultationszimmer zurück.

»War das Doktor Kohimas Sekretärin?« fragte Paul Temple.

»Ja – seine Sekretärin und Sprechstundenassistentin zugleich. Eine reizende Frau, nicht wahr? Übrigens heißt sie Mrs. Trevelyan.«

3

»Mrs. Trevelyan?« wiederholte Temple und konnte seine Überraschung nicht ganz unterdrücken.

»Ja gewiß. Wieso?«

»Ach, nichts weiter – ich überlegte nur, ob sie mir nicht schon mal begegnet sein könnte.«

»Sie kennen und kannten wohl unzählig viele Menschen, Mr. Temple, nicht wahr?«

Temple wollte es scheinen, als hätte er ein amüsiertes Aufblitzen in Mr. Lathoms eisblauen Augen bemerkt. »Auch nicht mehr als mancher andere«, gab er lächelnd zurück, »aber meine Erinnerungen bleiben länger lebendig. Ich vergesse kaum einen Menschen, dem ich einmal begegnet bin.«

»Oh – das ist eine für Ihren Beruf äußerst nützliche Gabe! Aber sagen Sie, Mr. Temple – stimmt es, was der ›Evening Courier‹ gestern abend berichtet hat? Es steht heute auch in den anderen Zeitungen?«

»Was meinen Sie, Mr. Lathom?«

»Daß Sie Scotland Yard bei den Ermittlungen gegen Rex helfen werden?«

»Interessieren Sie sich dafür, Mr. Lathom?«

»Wie die Dinge liegen, muß man sich ja dafür interessieren. Mordgeschichten und andere Kapitalverbrechen sind mir sonst recht gleichgültig. Doch diese Affäre ist eine Sensation. Außerdem berührt sie mich irgendwie persönlich – vielleicht weil ich Norma Rice ganz gut kannte. Ich habe manche Überlegung darauf verwendet und bin zu der Überzeugung gekommen, daß dieser Rex eine Bestie in Menschengestalt sein muß, ein Verrückter.«

»Eine interessante Theorie! Wie kamen Sie darauf, Mr. Lathom?«

»Nun, Mr. Temple – nehmen Sie bloß den Mord an Norma Rice. Welches Motiv könnte Rex gehabt haben?«

»Norma Rice hatte es offenbar verstanden, sich eine Menge Feinde zu machen.«

»Sie meinen – durch ihre Launen, ihre Extravaganzen? Ach, Mr. Temple, die gute Norma hat niemals und niemandem etwas Böses tun wollen. Und wer sie kannte, hat auch ihre Absonderlichkeiten richtig einzuschätzen gewußt. Keiner ihrer sogenannten Feinde kann wirklich den Tod dieser unvergleichlich charmanten Person gewünscht, geschweige denn den Mord verübt haben. Das muß ein Irrsinniger gewesen sein, eine andere Erklärung gibt es für mich nicht. Oder nehmen Sie den neuesten Fall – die Ermordung Sir Ernest Cranburys. Die Zeitungen sind heute voll davon. Aber Sie, Mr. Temple, waren ja selbst zugegen. Welches Motiv könnte Rex gehabt haben, den guten alten Sir Ernest umzubringen?«

»Wer sagt denn, daß Sir Ernest ermordet wurde? Und daß es Rex getan hat?«

»Die Zeitungen. Haben Sie denn heute noch keine gelesen?«

»Nein, manchmal hebe ich mir dieses Vergnügen bis zum Abend und noch länger auf. Aber es ist Unsinn, was die Zeitungen berichten, zumindest ist es leichtfertig, von Mord zu schreiben, bevor das Untersuchungsergebnis vorliegt. Sir Ernest hatte einen schweren Herzanfall mit allen typischen Symptomen – das war die unmittelbare Todesursache.«

»Wie können die Zeitungen dann behaupten, Rex hätte ihn ermordet?«

»Sie bauschen die Sache eben auf. Sir Ernest erwähnte Rex, und zwar unmittelbar vor seinem Tode.«

»Tatsächlich?« rief Lathom höchst interessiert. »Das ist aber seltsam! Dürfen Sie mir anvertrauen, was er gesagt hat? Oder ist es ein Geheimnis?«

Temple lächelte. »Daran ist nichts Geheimnisvolles. Sir Ernest sagte nur: ›Temple – ich muß Ihnen etwas über Rex mitteilen.‹«

»Das war alles?«

»Ja – mehr Zeit blieb dem guten Sir Ernest nicht. Gleich darauf war er tot.«

Lathom nickte gedankenvoll. »Da sehen Sie es wieder, Mr. Temple – dieser Rex kann nur ein Irrsinniger sein! Den braven alten Cranbury umzubringen!«

»Kannten Sie Sir Ernest persönlich, Mr. Lathom?«

»Natürlich! Sir Ernest gehörte doch zu denen, die man immer und überall trifft, auf jeder Gesellschaft, in jedem Klub, auf Partys, in Konzerten, in der Oper, bei jedem Ereignis. Ein harmloser, liebenswürdiger Gentleman, ein bedeutender Wissenschaftler, ein stiller, bescheidener Mensch! Einer der letzten, die man mit einer möglichen Ermordung in Verbindung bringen würde. Nur ein Irrsinniger kann den Tod eines solchen Mannes wünschen!« Lathom hatte sich heftig ereifert und schien noch einiges hinzufügen zu wollen. Doch da öffnete sich abermals die Tür zum Konsultationszimmer, Mrs. Trevelyan streckte ihren Kopf herein und sagte: »Doktor Kohima läßt jetzt bitten, Mr. Temple.«

Temple erhob sich. »Ja, danke.«

»Würde mich freuen, wenn wir uns mal wieder begegneten, Mr. Temple«, ließ Lathom sich vernehmen.

Temple nickte ihm zu. »Bestimmt treffen wir uns wieder, Mr. Lathom. Ich jedenfalls treffe die meisten wieder, denen ich einmal begegnet bin. Ihre Theorie wird mich übrigens noch eine Weile beschäftigen.« Das war keine billige Redensart – ganz klar war sich Temple über Mr. Carl Lathom nämlich nicht geworden . . .

Die Tür, durch die Temple ging, führte in einen Vorraum des eigentlichen Konsultationszimmers. Mrs. Trevelyan schloß sie sorgfältig, warf Temple einen außerordentlich beunruhigten Blick zu und fragte hastig und mit angsterfüllter Stimme: »Mr. Temple – darf ich Sie mit einer Bitte behelligen, ehe Sie jetzt zu Doktor Kohima hineingehen?«

»Aber sicher.«

»Danke! Ich muß Sie unbedingt sprechen, Mr. Temple. Es ist dringend, sehr dringend. Hier geht es aber nicht.«

»Und welchen Ort wollen Sie vorschlagen?«

»Daß Sie – bitte – mich heute abend unter dieser Adresse besuchen.« Sie hielt Temple einen Zettel hin, den sie aus ihrem Gürtel gezogen hatte.

»Hm. Und um welche Zeit?«

»Halb elf, wenn es Ihnen paßt.«

»Gut – ich komme.«

»Versprechen Sie es?«

Temple sah ihr prüfend in das apart geschnittene Gesicht mit den großen Augen. »Ich verspreche es.«

Sie nickte ihm dankbar und erleichtert zu und sagte mit jetzt wieder normaler Stimme: »Hier hinein, bitte, Mr. Temple!«

Damit stieß sie die Tür zum eigentlichen Konsultationszimmer auf, einem nüchtern und sachlich möblierten, ziemlich großen Raum, in dessen Mitte Dr. Kohima an seinem Schreibtisch saß.

Der Doktor erhob sich und kam Temple freundlich lächelnd entgegen – ein mittelgroßer, wohlgestalteter Mann mit ausdrucksvollen dunklen Augen, sympathischem Gesicht und einer melodiösen Stimme, deren sanfter Klang an das Schnurren einer zufriedenen Katze erinnerte, ein Mann, der eine außergewöhnliche geistige und moralische Kraft ausströmte und sofort Vertrauen einflößte. »Tut mir aufrichtig leid, Mr. Temple, daß ich Sie warten lassen mußte. Bitte, nehmen Sie Platz! Wie aus Ihrem Anruf hervorzugehen schien, besuchen Sie mich nicht als Patient?«

»Um ganz offen zu sein, Doktor – ich bin gekommen, um Ihnen einige Fragen zu stellen.«

»Aber doch nicht etwa als Journalist?«

»Nein, keineswegs.«

»Gut, dann stehe ich Ihnen gern zur Verfügung, Mr. Temple. Es wird mir eine willkommene Abwechslung sein, auch mal Fragen zu beantworten. Sonst bin ich es, der unaufhörlich Frage über Frage stellen muß, um bis in die geheimsten Gedanken und Empfindungen meiner Patienten vorzudringen. Also, bitte – fangen Sie an.«

Temple zögerte einen Moment. »Haben Sie ein Auto, Doktor?«

»Ein Auto?« wiederholte Kohima etwas befremdet. »Natürlich! Jeder Arzt braucht ein Auto.«

»Welche Marke, bitte?«

»Milford, Sechszylinder. Eine schwarze Limousine.«

»Und die Zulassungsnummer?«

»DVC 629«, entgegnete der Doktor. »Aber warum wollen Sie das wissen, Mr. Temple?«

Temple erzählte von dem Zwischenfall in der Regent Street.

»Nein, Mr. Temple, das ist unmöglich«, erwiderte der Doktor, »Sie müssen sich in der Nummer irren. Mein Wagen ist seit vorgestern abend in einer Werkstatt – einiger kleiner Reparaturen wegen. Und ich bekomme ihn erst heute abend zurück. Bitte, Mr. Temple, Sie können die Werkstatt gleich jetzt von hier aus anrufen und sich erkundigen. Ich würde es begrüßen, wenn Sie es täten. Die Nummer ist Picadilly 7178.«

»Danke, Doktor! Seien Sie versichert, daß ich Ihnen aufs Wort glaube«, sagte Temple, der schnell die Überzeugung gewonnen hatte, von Kohima die Wahrheit zu hören. »Aber da Sie es selbst anbieten, möchte ich der Ordnung halber wirklich in der Werkstatt anfragen.« Er nahm den Hörer auf, wählte die angegebene Nummer, die Werkstatt meldete sich.

»Sloans Garage?« wiederholte Temple. »Ja, gut – ich rufe im Auftrag von Doktor Kohima an. Bleibt es dabei, daß Doktor Kohimas Wagen heute abend zur Abholung fertig ist? . . . Ja, die schwarze Milford-Limousine . . . Oh, der Wagen war gestern schon fertig, sagen Sie? . . . Ja, verstehe. Wissen Sie zufällig, ob der Wagen gestern abend unterwegs war? . . . Ja? Und um welche Zeit etwa? . . . Zwischen halb acht und Viertel vor zehn, aha! Wer hat ihn denn abgeholt und zurückgebracht? . . . So, der Chauffeur, natürlich . . . Ja, vielen Dank.«

»Das ist doch wirklich seltsam«, murmelte der Doktor verblüfft, »sehr seltsam sogar! Nun muß ich Ihnen eine Enttäuschung bereiten, Mr. Temple, indem ich Ihnen sage –«

»O nein, Doktor«, unterbrach Temple lächelnd, »eine Enttäuschung wird das nicht. Denn ich weiß, was Sie mir sagen wollen, daß Sie nämlich gar keinen Chauffeur haben ...«

Temple kehrte zu Fuß nach Hause zurück – beim Gehen läßt sich gut nachdenken, und es gab manches zum Nachdenken. Mit dem Zwischenfall in der Regent Street hatte Dr. Kohima persönlich nichts zu tun, das mochte als feststehend gelten. Aber warum hatte man sich ausgerechnet seines Wagens bedient? War es denkbar, daß sich der Doktor, ungeachtet seines untadeligen Rufes als Arzt und als Mensch, in irgendeine zwielichtige Angelegenheit verstrickt hatte? Er war Ägypter, gewiß; aber berechtigt diese Tatsache wirklich schon dazu, nun gleich an geheimnisvolle Verbindungen zu denken? Andererseits – ausgerechnet Mrs. Trevelyan war bei Dr. Kohima Sekretärin.

Was mochte mit Mrs. Trevelyan sein? Zweifellos gab es eine Verbindung zwischen ihr und dem skrupellosen Mörder, der sich Rex nannte. Ihr Name stand auf den Zetteln, die man bei drei der von Rex Ermordeten gefunden hatte. Ihr eigenes Verhalten, ihre dringliche Bitte um eine Aussprache – war dies beides nicht verdächtig? Hoffentlich würde sie heute abend mehr verraten.

Mochte es etwas sein, daß Rex niemand anders war als sie selbst? Daß die Verabredung eine Falle darstellen sollte? Temple mußte lächeln – selbstverständlich würde er die Verabredung einhalten und – wachsam sein. Man riskiert nicht allzuviel, wenn man in eine Falle geht und sich dabei genau bewußt ist, was man tut. Gefangen wird dann nämlich meistens der Fallensteller selbst ...

Als Temple vor seiner Wohnung ankam, merkte er, daß er sein Schlüsselbund nicht bei sich hatte. Er mußte läuten. Hierauf ereignete sich zunächst gar nichts, und Temple begann schon zu überlegen, ob Steve wohl noch nicht zurückgekehrt war. Doch dann öffnete sich die Tür plötzlich einen Spalt breit, und ein freundliches gelbes Gesicht spähte heraus. Temple war verblüfft. Sollte er sich in der Etage geirrt haben?

»Ah – guten Tag! Sie sind Mr. Temple, nicht wahr?« sagte eine leise, angenehme Stimme in unverkennbar asiatischem Tonfall.

»Ja – äh – aber –?« war alles, was Temple zu antworten vermochte.

»Willkommen daheim, Mr. Temple«, fuhr der kleine gelbhäutige Mann fort und verbeugte sich. »Bitte, geben Sie mir Ihren Hut und Ihren Mantel – oh, danke Ihnen.«

»Danke Ihnen«, murmelte Temple, und das Traumbild von dem graziösen französischen Mädchen löste sich endgültig auf. Glücklicherweise erschien in diesem Moment Steve in der Diele.

»Hallo, Paul – da bist du ja«, rief sie strahlend. »Ricky hat sich wohl schon mit dir bekannt gemacht – er ist unser neuer Hausgeist.«

»Und ich werde Ihnen ein guter Hausgeist sein«, versicherte Ricky eifrig, »es ist mir ein Vergnügen, Ihnen zu dienen, Missie, und Ihnen zu dienen, Mr. Temple!« Er lächelte bestrickend, vollführte eine Anzahl schneller Verbeugungen und huschte in die Küche zurück.

Temple gewann seine Fassung allmählich wieder. »O Steve – wo in aller Welt hast du bloß dieses originelle Prachtstück aufgetrieben?«

»In der Dienstbotenagentur! Trotz allem Dienstbotenmangel! Er war gerade erschienen, als ich kam, und man hatte ihn noch nicht mal registriert. Da habe ich ihn schleunigst engagiert. Wer weiß, ob ich sonst überhaupt jemanden erwischt hätte. Und ich dachte mir, versuchen könnten wir es ja wenigstens mal mit ihm.«

»Versuchen wir es also!« seufzte Paul. »Was haben wir schon alles im Haus gehabt, seit unser guter altehrwürdiger Diener

Pryce sich in sein Heimatstädtchen zurückzog – zwei Tschechen, eine Wienerin, einen Ungarn, eine Weißrussin, einen Griechen! Und jetzt als Krönung einen Chinesen!«

»Nein, Paul – Ricky ist Siamese! Das ist ein gewaltiger Unterschied. Übrigens hat er großartige Zeugnisse. Und außerdem ist er begeistert, dir dienen zu können – er verehrt dich, er kennt alle deine Bücher! Was willst du mehr?«

Paul lachte auf und hob resignierend die Schultern. Dann wies er auf die Garderobenablage. »Diese Hüte, diese Hüte! Sind etwa –?«

»Ja«, gab Steve eifrig zurück, »ja – Sir Graham und Inspektor Crane sind da, sie warten im Salon.«

»Na schön«, murmelte Temple ohne besondere Begeisterung und ging, um seine ungebetenen Besucher zu begrüßen, deren lebhafte Unterhaltung bei seinem Eintritt verstummte.

»Tut mir leid, daß Sie warten mußten, Sir Graham«, sagte Temple, als er dem Chefkommissar die Hand schüttelte. »Welche Neuigkeiten bringen Sie denn?« Dann bedachte er Inspektor Crane mit einem Kopfnicken.

Sir Graham tat einen tiefen Atemzug. »In diesem verdammten Fall ist immer etwas los. Ich meine jetzt nicht mal den merkwürdig plötzlichen Tod von Sir Ernest Cranbury, von dem die Zeitungen heute schon wieder behaupten, daß es ein neuer Rex-Mord sei, obwohl die Ermittlungen noch längst nicht abgeschlossen sind und niemand sicher sagen kann, daß ein unnatürlicher Tod vorliegt. Nein – auch hinter den Kulissen gibt es ständig etwas Neues. Haben Sie zufällig mal von einem gewissen Jan Mullin gehört, Temple?«

»Jan Mullin? Ja – ich glaube, ich bin ihm sogar mehrmals persönlich begegnet. Ein großer dicker Holländer, wohlhabender Diamantenhändler. Anscheinend nebenher als Hehler in eine Reihe von obskuren Edelsteingeschäften verwickelt, was aber nie bewiesen werden konnte. Keinesfalls das, was man nur einen kleinen Lumpen nennen würde. Warum fragen Sie?«

»Wir haben einen Brief von ihm erhalten, das heißt, der Brief ist an Inspektor Crane gerichtet.«

Crane zog den Brief aus der Tasche und reichte ihn Temple. »Sie dürfen nun aber nicht etwa glauben, Mr. Temple«, erläuterte er, »daß Jan Mullin näher mit mir bekannt wäre. Ich bin ihm nur ein einziges Mal bei einer schon länger zurückliegenden Nachforschung begegnet. Der Brief war also eine absolute Überraschung. Lesen Sie bitte, Mr. Temple.«

Temple entfaltete das Papier und las laut: »Lieber Inspektor Crane! Wie ich hörte, sind Sie mit den Ermittlungen gegen ›Rex‹ befaßt. Ich erlaube mir, Ihnen höflichst vorzuschlagen, daß wir uns heute kurz vor Mitternacht auf dem Gelände der Granger-Werft in Rotherhithe treffen. Ich werde Ihnen dann Rex' Identität enthüllen. Ergebenst Ihr Jan Mullin.«

Temple gab den Brief an Crane zurück. »Hm – scheint echt zu sein«, meinte er. »Was wollen Sie tun?«

»Hingehen natürlich«, antwortete Sir Graham. »Nur – wir hätten uns vorher recht gern noch ein wenig über Mullin informiert. Im Yard haben wir bloß dürftige Unterlagen über ihn. Aber Sie besitzen doch Ihr ausgezeichnetes Privatarchiv, nicht wahr, Temple?«

Temple nickte, erhob sich, öffnete ein Geheimfach seiner Bibliothek und zog einen umfangreichen, handgebundenen Wälzer hervor, in dem er zu blättern begann. »Da haben wir ihn – Jan Mullin, um 1900 in Amsterdam geboren, seit 1912 in England. Juwelenhändler, kein Ladengeschäft, Privatbüro in Hatton Garden 34, erster Stock. Mehrfach aufgetauchter Verdacht, daß M. sich mit Hehlerei und dem Schmuggel gestohlener Edelsteine befaßt; Verdacht konnte nie bewiesen werden. Ausgezeichneter Fachmann, erstklassiger Edelsteinschleifer. Vielfältige Auslandsbeziehungen. Reiche Sprachkenntnisse – akzentfreies Englisch, fließendes Holländisch, Flämisch, Französisch, Deutsch, Dänisch. Versteuerte im letzten Jahr einen legitimen Umsatz von fast einer Viertelmillion Pfund.«

»Großartig!« rief Sir Graham aus. »Das gibt ein ziemlich klares Bild. Wie wär's denn, Temple, wollen Sie uns nicht heute gegen Mitternacht zur Granger-Werft begleiten?«

»Wenn es zeitlich geht, gewiß. Aber ich habe um halb elf noch eine andere Verabredung.«

»Eine Verabredung, Paul?« fragte Steve, die sich bisher still verhalten hatte, überrascht dazwischen.

»Ja«, bestätigte Temple beiläufig, »ich erzähle dir nachher davon, Darling.« Zu Sir Graham gewandt, fügte er hinzu: »Wann und von wo aus wollen Sie sich denn auf den Weg nach Rotherhithe machen?«

»Wir nehmen eine Polizeibarkasse vom Westminster-Pier aus, kurz nach elf, wie wir errechnet haben.«

»Sagen wir elf Uhr fünfzehn«, schlug Temple vor, »dann läßt es sich machen.«

»Gut«, stimmte Sir Graham zu, »elf Uhr fünfzehn, aber nicht später, Temple, sonst schaffen wir es nicht. Ziehen Sie einen warmen Mantel an, auf dem Fluß ist es nachts schon recht kalt. Ja, das wär's. Dann könnten wir also gehen, Crane.«

Sie standen auf und verabschiedeten sich. Aber noch ehe sie die Tür zur Diele erreicht hatten, tat sich diese Tür auf, Ricky stand da, Ihre Mäntel und Hüte in den Händen.

»Sir Graham und Inspektor Crane wollen gehen, Ricky«, erklärte Steve recht überflüssigerweise.

»Gewiß, Missie«, gab der kleine Siamese zurück. »Hier entlang, bitte, Sir Graham.«

Als die Besucher verschwunden waren und Ricky sich wieder in die Küche begeben hatte, meinte Steve: »Nun, was denkst du, Paul? Macht er seine Sache nicht wundervoll? Er scheint schon vorweg zu ahnen, was gewünscht wird.«

»Dann wird er hoffentlich auch bald ahnen, daß ich dieses ›Missie‹ nicht mehr hören möchte. Warten wir es ab. So – und nun will ich dir von der Verabredung heute abend erzählen.«

»Oh – ich bin sehr gespannt.«

»Ja, stell dir vor, ich will mich mit einer hübschen, kultivierten, gepflegten Lady von wenig mehr als dreißig Jahren in ihrer Wohnung treffen. Sie ist die Sekretärin von Doktor Kohima, dessen Auto uns gestern abend in die Quere kam. Der Doktor hatte übrigens keine Ahnung von diesem Ereignis, er glaubte seinen Wagen wohlbehalten in einer Werkstatt.« Temple erzählte den Sachverhalt.

»Wer mag sich aber als Kohimas Chauffeur ausgegeben haben?« fragte Steve gespannt. »Und wie ist es ihm gelungen, den Wagen zu kriegen? Die Werkstätten geben die Wagen doch nur gegen einen Kontrollschein heraus.«

Temple nickte. »Eben. Das macht die Sache kompliziert. Ich habe zwar den ziemlich sicheren Eindruck, daß der Doktor persönlich mit dem Autozwischenfall nichts zu tun hat. Aber mir ist noch nicht klar, was möglicherweise dahintersteckt, ich habe ihm gegenüber ein merkwürdiges unsicheres Gefühl. Ich weiß nicht recht, wie ich es erklären soll; es ist so, als wäre er einem immer um einen Gedanken voraus. Verstehst du, wie ich das meine, Darling?«

»O ja, ich denke schon«, versicherte Steve. »Aber nun sag mir, Paul, warum hast du diese Verabredung mit der attraktiven Sekretärin getroffen?«

»Weil sie mich ganz dringend darum gebeten hat. Übrigens heißt sie nicht nur zufällig, sondern ist – Mrs. Trevelyan.«

Steve, die neuerdings jede freie Minute durch Stricken ausfüllte, ließ vor Verblüffung ihr Strickzeug fallen. »Aber Paul, das ist doch ein Scherz!«

Temple schüttelte bedächtig den Kopf. »Nein, nein, es ist kein Scherz, das wirst du selbst erleben! Du sollst nämlich mitkommen. Ich sagte ja, daß Mrs. Trevelyan eine sehr hübsche Frau ist. Nun, es gibt nur ein einziges Mittel, die gefährlichen Reize einer sehr hübschen Frau zu neutralisieren – man muß sich von einer noch hübscheren Frau begleiten lassen!«

»So ist auch eine arme vernachlässigte Detektivfrau doch endlich mal wieder von Nutzen«, lachte Steve. »Weiß übrigens Doktor Kohima von der Verabredung?«

»Nein, und Mrs. Trevelyan schien sehr besorgt, ihn nichts merken zu lassen. Sie hat vor irgendwem oder irgend etwas eine geradezu panische Angst.«

»Paul, hast du vergessen, daß viele hübsche Frauen zugleich recht gute Schauspielerinnen sind? Aber sei unbesorgt, ich begleite dich bestimmt.«

»Wie wär's – willst du dann nicht dein Strickzeug mitnehmen?« fragte Paul scherzend. »Ich habe neulich mal irgendwo gelesen, daß Stricknadeln, von geschickter Hand geführt, zur gefährlichen Mordwaffe werden können.« Er streckte sich im Sessel und gähnte. »Ah, jetzt hätte ich Lust auf ein Bad!«

Da wurde die Tür zu den rückwärtigen Räumen geöffnet, Ricky schob sich durch den Spalt, kreuzte die Arme über der Brust und lächelte auf seine unbeschreibliche Weise.

»Nun, Ricky, was gibt's?« fragte Steve und mußte gleichfalls lächeln.

»Es tut mir leid, wenn ich störe«, sagte der kleine Siamese so leise, daß es eben noch zu verstehen war, »aber das Bad für Mr. Temple ist bereit.«

Temple fuhr förmlich zusammen und sah Steve fassungslos an. Dann richtete er seinen Blick auf Ricky und fühlte sich beinahe unheimlich angerührt. »Oh – danke – äh – ja, danke, Ricky. Aber einen Moment noch – woher glaubten Sie denn zu wissen, daß ich baden möchte?«

Rickys Lächeln wurde noch breiter. Er verbeugte sich und flüsterte: »Zu den Pflichten eines guten Dieners gehört es, die Wünsche und Bedürfnisse seines Herrn vorauszuahnen.«

Hierauf zog er sich unter vielen Verbeugungen in die Küche zurück. Temple aber, der sich nur langsam von seiner Verblüffung erholte, murmelte: »Dürfte sich um eine alte siamesische Weisheit handeln . . .«

»Ich finde das alles wunderbar«, äußerte Steve begeistert, »wirklich wunderbar!«

»Ach was, Darling, es steckt ein Schwindel dahinter«, behauptete Temple mit skeptischem Lächeln. »Diese gelben Kerle verstehen sich doch darauf. Allerdings hat er es reizend gemacht.«

4

Als Paul Temple sich wohlig in der Badewanne räkelte, mußte er an Jan Mullin denken, diesen großen, dicken, ausgekochten Holländer mit dem unschuldigen Biedermannsgesicht, der die Polizei von fünf Ländern jahrelang so geschickt hinters Licht zu führen gewußt hatte, daß es nie gelungen war, ihm auch nur eine einzige seiner zahllosen und bestimmt jedesmal recht umfangreichen Gaunereien mit Edelsteinen nachzuweisen.

Wie mochte Mullin an Rex geraten sein? Hatte Rex ihn zu erpressen versucht? Oder wollte Mullin einem anderen, Unbekannten, helfen, der von Rex drangsaliert wurde? Das hätte in Mullins Linie gelegen; er war seit jeher das gewesen, was man als »ehrenwerten Schurken« bezeichnet. Andererseits – wie sollte man wissen, ob Mullin nicht auf irgendeine Art dazu gekommen war, zum Mittelsmann von Rex zu werden? Ob nicht sein Brief eine Falle darstellte, die einige prominente Scotland-Yard-Beamte wenigstens vorübergehend ausschalten sollte? Temple konnte sich nicht schlüssig werden.

Als es Abend geworden war und die Stunde der Verabredung mit Mrs. Trevelyan näher rückte, bemerkte er nicht ohne einige Belustigung, daß Steve sich für dieses Rendezvous noch sorgfältiger als sonst zurechtmachte und schließlich das eleganteste ihrer Kostüme anzog.

Das von Mrs. Trevelyan genannte Wohnhaus in der Lancaster Gate war nicht allzu weit von Temples Wohnung entfernt und ließ sich leicht finden, es lag etwas von der ruhigen Straße zurück und war über eine ziemlich lange Vortreppe zu erreichen. Die Haustür stand einen Spalt breit offen.

Temple zog die altmodische Türklingel. Ihr Klang hallte laut in dem weiten Eingangsflur, aber niemand kam. Als auch das zweite Läuten ungehört blieb, meinte Temple: »Komm, Steve, wir gehen einfach hinein. Vielleicht ist Mrs. Trevelyan eingenickt und hat das Läuten nicht gehört, vielleicht hat sie die Haustür eigens aufgelassen, damit wir gleich hineinkommen.«

»Meinst du wirklich, Paul, wir könnten ohne weiteres in ein fremdes Haus hineinspazieren?«

»Warum denn nicht? Wenn es sich herausstellt, daß wir nicht erwünscht sind, können wir ja auf dem gleichen Weg wieder hinausspazieren. Gehen wir also.«

Sie betraten den Eingangsflur, an dessen Ende eine Ampel schwaches rötliches Licht verbreitete. Hier waren einige Türen, zwischen ihnen führte die Treppe ins Obergeschoß hinauf. Alles blieb still.

»Das Haus scheint verlassen«, flüsterte Steve.

»Aber es ist nicht leer«, entgegnete Temple, als er die nächstliegende Tür aufgestoßen und den Raum dahinter mit seiner Taschenlampe durchleuchtet hatte. »Komm nur herein, Steve!« Er schaltete die Deckenbeleuchtung ein. Das Zimmer war kostbar und geschmackvoll eingerichtet; lange, schwere grüne Vorhänge bedeckten die breiten Fenster. Die Sessel, der große Bücherschrank, der Schreibtisch, auf dem eine Kugelvase voller Rosen prangte, zeigten alle den gleichen Stil; eine wertvolle Niederländer-Uhr zierte den Kaminsims.

»Wer so nobel wohnt, müßte eigentlich über einiges Geld verfügen«, murmelte Temple. »Doch still! Hörst du nichts, Steve?«

Steve lauschte. Sie vernahm nur das Ticken der Uhr. »Was meinst du, Paul?«

»Mir war, als hätte ich oben Schritte gehört. Kann mich aber auch geirrt haben.« Er ging an ein Fenster, zog den Vorhang halb auf und blickte hinaus.

»Paul, was wollen wir tun, wenn Mrs. Trevelyan nicht kommt?«

»Sie wird schon kommen. Sie muß ja kommen! Außer –«

»Was – außer?«

Statt zu antworten, hob Paul einen Finger vor den Mund und lauschte angestrengt. »Hörst du das Geigenspiel, Steve?«

Jetzt vernahm es auch Steve, irgendwo oben im Haus erklang ganz leise und gedämpft eine Geige. »So etwas Ähnliches haben wir schon einmal erlebt, Paul –«

»– und es war nicht ohne Bedeutung!« Temple schien scharf zu überlegen.

»Wo mag es herkommen, Paul?«

»Aus dem Zimmer genau über uns – eine merkwürdige Angelegenheit! Ich laufe mal eben hinauf. Du bleibst hier, Steve. Aber halt! Was ist denn das?« Temple starrte die Uhr auf dem Kaminsims an. »Sie steht ja, die Zeiger haben sich nicht weiterbewegt! Woher kommt das Ticken? Was hat es zu bedeuten?«

Den Kopf vorgestreckt, stand Temple mitten im Zimmer und suchte mit den Blicken methodisch umher. Plötzlich sprang er auf den Schreibtisch zu und griff nach einem kleinen Stadtkoffer, der so neben das Möbel gestellt war, daß man ihn nicht ohne weiteres entdecken konnte.

»Schnell, Steve – wirf dich hinter einen Sessel!« Dann riß Temple den Stadtkoffer empor und schleuderte ihn mit mächtigem Schwung an dem halbaufgezogenen Vorhang vorbei durch das Fenster.

Es gab ein Krachen und Klirren von splitterndem Glas, sekundenlange Stille folgte, dann dröhnte draußen eine donnernde Explosion, die heilgebliebenen Fenster zerbarsten, die schweren Vorhänge wurden durch den Luftdruck wie sturmgepeitschte Fahnen ins Zimmer hereingeweht, das Licht erlosch.

Temple, der sich hinter den Schreibtisch geduckt hatte, riß seine Taschenlampe heraus und leuchtete rings umher. Steve kam verstört, aber glücklicherweise unverletzt hinter dem Sessel hervorgekrochen, der ihr als Deckung gedient hatte. »Das war ja eine richtige Zeitbombe, Paul«, flüsterte sie atemlos, »wie in Gangsterfilmen!«

»Stimmt, Darling – wie in Gangsterfilmen! Gut, daß ich dieses tückische Ding eben noch rechtzeitig hinaus in die Blumenbeete befördern konnte! Wäre es hier drinnen losgegangen, würden wir nicht mit dem bloßen Schrecken davongekommen sein.« Er half ihr aufstehen, nahm sie beim Arm und sagte: »Komm, Darling – jetzt wollen wir lieber schleunigst verschwinden. Wer weiß, was sich nach diesem Galafeuerwerk mit Kanonenschlag hier noch alles entwickelt.«

»Ja! Aber hör doch nur, Paul – oben wird immer noch Geige gespielt! Kann jemand so in sein Spiel vertieft sein, daß er sich nicht mal durch solche Detonation stören läßt?«

»Ha – ich Narr!« lachte Temple auf. »Daß ich nicht gleich darauf gekommen bin! Man hat uns mit einer Langspielplatte gefoppt! Ein simpler und doch immer wieder wirksamer Trick!«

»Paul – ich verstehe bloß nicht, warum Mrs. Trevelyan dies alles inszeniert haben mag!«

»Das erkläre ich dir später, Darling! Komm, wir müssen jetzt schleunigst fort! Außerdem soll ich ja nachher noch Sir Graham beim Westminster-Pier treffen.«

Im Hinausgehen meinte Steve: »Ich habe es mir überlegt, Paul – ich möchte nicht mitkommen und dann womöglich stundenlang am Westminster-Pier im Wagen warten müssen. Du brauchst mich aber auch nicht bis zur Wohnung zu bringen, wenn dir die Zeit nicht mehr reicht. Setz mich an der Half Moon Street ab. Es sind dann höchstens noch zehn Minuten zu laufen, und etwas frische Luft kann mir nur guttun.«

»Na schön«, stimmte Paul Temple zu. »Aber wenn du nach Hause kommst, solltest du dir von unserem Siamkater lieber noch einen steifen Drink mixen lassen.«

»Wer weiß, ob er ihn nicht schon für mich bereithält?« meinte Steve mit einem Anflug von wiedererwachendem Humor.

Sie hatten sich nicht genug beeilt. Als sie das Grundstück verlassen wollten, wurden sie von einem im Laufschritt herbeikommenden Polizisten aufgehalten, der dann allerdings Paul Temple sofort erkannte und es dabei bewenden ließ, daß Temple ihm eine kurze Schilderung des Vorgefallenen gab, die er sich eifrig notierte. Allerdings vergingen auf diese Weise nochmals zehn Minuten, ehe Paul und Steve sich einen Weg durch die Gruppe von Neugierigen bahnen, das Auto besteigen und davonfahren konnten.

So sehr Temple, nachdem er Steve an der Half Moon Street abgesetzt hatte, sich auch beeilte – der starke Verkehr zur Theaterschlußzeit behinderte ihn. Erst fünf Minuten vor halb zwölf erreichte er den Westminster-Pier, wo Sir Graham Forbes und Inspektor Crane bereits ungeduldig den Anlegesteg auf und ab liefen.

»Endlich!« rief der Chefkommissar aus. »Wir dachten schon, Sie hätten uns versetzt, Temple! Noch fünf Minuten später, und wir wären auf und davon gewesen!«

»Guten Abend, Sir Graham! Tut mir leid – eine unvorgesehene Verzögerung! Ah – guten Abend, Crane!«

»Guten Abend, Mr. Temple.«

Sie stiegen in die bereitliegende Barkasse, deren Motor im Leerlauf tuckerte. Tempel erkannte den am Steuer sitzenden Sergeanten der Wasserpolizei. »Hallo, Bannion – jetzt werden Sie aufdrehen müssen, um meine Verspätung wettzumachen!«

»Also los«, gebot Sir Graham. Der Motor brummte auf, das Boot legte ab, geriet sofort in die kleinen harten Wellen der entgegenlaufenden Flut, schwenkte an einem Schleppzug vorbei auf die Mitte des Flusses hinaus und hielt dann unter Vollgas stetige schnelle Fahrt stromab. Der kalte Wind stand entgegen, ständig sprühten Gischtflocken und recht respektable Wasserschläge über das ganze Boot und seine Insassen – Temple zog den Mantel enger um sich und begann sich zu fragen, warum er eigentlich nicht vorgeschlagen hatte, Sir Graham und Inspektor Crane erst bei der Granger-Werft zu treffen. Im Auto wäre er jedenfalls bequemer und trocken dorthin gelangt.

Gesprochen wurde nicht. Das Brummen des Motors, das ständige harte Klatschen des Bootes gegen die anlaufenden Wellen, das Gurgeln und Zischen des Wassers waren die einzigen Geräusche. Nur zwei-, dreimal hallte das dröhnende Sirengebrüll eines auslaufenden Dampfers herüber.

Nach scheinbar endloser Zeit kam der Moment, wo Sergeant Bannion den Motor drosselte und das Boot auf das linke Ufer zusteuerte. Temple konnte im Dunkel der Nacht nichts als die ungewissen Umrisse langgestreckter Gebäude erkennen, die sich stromab und stromauf in meilenlanger Reihe dahinzuziehen schienen, aber der Sergeant war seiner Sache sicher. Er brachte das Boot behutsam neben einem Anlegesteg zum Halten, warf die Leine um einen Poller und sagte zu Sir Graham: »Granger-Werft, Sir!«

»Danke, Sergeant! Wissen Sie über diesen Platz Bescheid?«

»Gewiß, Sir – ziemlich heruntergekommenes Unternehmen. Seit vielen Jahren keine Neubauten mehr, nur noch gelegentlich kleinere Ausbesserungsarbeiten. Benutzen den größten Teil des Geländes für Lager- und Umschlagzwecke. Dort rechts ist die Hauptlagerhalle, geradeaus die Wagenhalle. Wenn Sie hier jemanden treffen wollen, Sir, müssen Sie sich halblinks halten. Dort sind die Bürobaracken.«

»Gut, Sergeant – Sie warten hier.« Sir Graham kletterte als erster auf den wackligen Anlegesteg hinüber und ging vorsichtig, bis er festen Boden unter den Füßen spürte. Temple und Inspektor Crane folgten. Das Gelände lag in völliger Finsternis, nur von fern drang das schwache Licht einiger Straßenlaternen herüber.

Sir Graham bewegte sich ziemlich unentschlossen und blieb schließlich stehen. »Wo sollen wir denn diesen Mullin bei solcher Dunkelheit suchen? Wenn er hier wäre, müßte er uns doch kommen sehen haben und sich irgendwie bemerkbar machen. Der ganze Platz scheint aber völlig ausgestorben!«

Temple hatte angefangen, vorsichtig mit seiner Taschenlampe umherzuleuchten. Plötzlich beugte er sich nieder und beleuchtete einen Streifen des feuchten Bodens genauer. »Hier sind offenbar frische Fußspuren!«

Sir Graham und der Inspektor kamen herbei. »Tatsächlich! Und sie führen in die Richtung, wo die Bürobaracken liegen sollen. Folgen wir ihnen also!«

Zwanzig, dreißig Schritte weiter stießen sie auf ein windschiefes, verwittertes kleines Holzgebäude. »Das dürfte eine der Bürobaracken sein«, vermutete Sir Graham.

Das Gebäude war unbeleuchtet. Die Fußspuren verloren sich in der Nähe der Tür, da hier der Boden aus festgestampfter Schlacke bestand. Sir Graham versuchte die Tür zu öffnen, fand sie verschlossen und schlug einigemal mit der Faust dagegen. Das ganze Gebäude erdröhnte, sonst aber geschah nichts.

»Vielleicht hat unser Freund Mullin in letzter Minute kalte Füße gekriegt und ist wieder davongegangen«, vermutete Inspektor Crane. »Doch ehe wir uns mit den anderen Baracken befassen, sollten wir wenigstens versuchen, bei dieser hier durch die Fenster zu schauen. Vielleicht riskieren wir dabei eine Kugel in den Kopf, aber etwas müssen wir schließlich unternehmen. Mr. Temple – würden Sie bitte mal vorsichtig hier hineinleuchten?«

Temple tat es ohne Zögern, Sir Graham und der Inspektor standen neben ihm gegen die schmutzige Fensterscheibe vorgebeugt, aber der Lichtstrahl vermochte den Raum hinter dem Fenster nicht zu erhellen.

»Zwecklos«, murmelte Temple und zog die Hand mit der Taschenlampe zurück, wobei der Lichtstrahl zufällig den oberen Teil der neben dem Fenster liegenden Tür streifte.

»Halt, was ist das?« rief Sir Graham mit gepreßter Stimme. »Temple – noch mal diese Stelle!«

Temple leuchtete die Tür voll an. In Augenhöhe stand mit roter Farbe das Wort »Rex« quer über die Breite der Tür geschrieben.

»Verdammt!« murmelte Sir Graham. »Wir sind zu spät gekommen!«

»Gehen Sie zur Seite, Sir Graham! Sie auch, Inspektor!« Temple machte zwei Schritte zurück und trat gegen die Tür, die splitternd und krachend nachgab.

»Da ist er!« knurrte Temple und richtete den Lichtstrahl der Taschenlampe auf einen großen dicken Mann, der in eigentümlich schiefer, kraftloser Haltung mit weit nach hinten gelegtem Kopf auf einem Stuhl mehr hing als saß. Quer durch seinen Hals zog sich eine klaffende Wunde, aus der das Blut zu Boden tropfte. »Da ist er – Jan Mullin, mit durchschnittener Kehle ...«

Die vorgefundenen Fußspuren stammten, wie sich schnell erwies, von Mullin selbst. Weitere Feststellungen ließen sich unter den gegebenen Umständen nicht treffen – hierzu würde man das Tageslicht abwarten müssen.

Im Raum nebenan fand sich ein Telefon – Inspektor Crane beorderte in Sir Grahams Auftrag drei Polizisten vom nächsten Revier herbei, die den Leichnam und die Örtlichkeiten bewachen sollten, bis Sir Graham bei Tagesanbruch wiederkommen und seinen ganzen Mitarbeiterstab mitbringen würde.

Die Rückfahrt in der Barkasse verlief weniger unangenehm, da es nicht mehr gegen den Wind und die anlaufende Flut ging. Paul Temple benutzte die Gelegenheit, um von seiner Begegnung mit Dr. Kohima und Mrs. Trevelyan zu erzählen, verschwieg aber den merkwürdigen Verlauf des Besuches in der Lancaster Gate.

Früher als berechnet zum Westminster-Pier zurückgekehrt, stellten sie fest, daß der Polizeiwagen, der Sir Graham und Inspektor Crane abholen sollte, noch nicht vorgefahren war. Darauf bot Temple den beiden an, sie in seinem Auto mitzunehmen, und lud sie im Verlauf der Fahrt noch zu einem Drink in seine Wohnung ein.

Als sie dort eintrafen, schlug die Standuhr in der Halle gerade eins. Zu Temples Überraschung war Steve noch auf – sie hatte auf ihn gewartet und sich die Zeit mit ihrem Strickzeug vertrieben. »Es hat weniger lange gedauert, als ich glaubte«, sagte sie nach der Begrüßung und machte die Getränke zurecht. »War denn Mullin nicht da?«

Sir Graham machte eine ungewisse Geste und wechselte einen schnellen Blick mit Temple. Sekundenlange Stille trat ein. Dann war es Crane, der sprach. »O doch, Mrs. Temple«, sagte er und schien sich dabei nicht ganz wohl zu fühlen, »er war da, aber es verlief etwas anders als erwartet –«

»– wir fanden Mullin nämlich tot auf«, ergänzte Temple und schnitt eine unzufriedene Grimasse, »zweifellos ermordet.«

Steve ließ ein leises Stöhnen hören.

»Seien Sie immerhin froh, Steve, daß Sie nicht dort waren«, meinte Sir Graham begütigend, »Ihnen ist ein wenig schöner Anblick erspart geblieben. Ich finde, Sie sehen überhaupt recht blaß und überanstrengt aus. Fühlen Sie sich nicht wohl? Oder ist es Übermüdung?«

»Übermüdung, denke ich«, gab Steve zurück.

»Sag, Darling – bist du vorhin gut nach Hause gekommen?« fragte Temple.

»Das schon, ja«, sagte sie zögernd.

»War etwas?« wollte Temple wissen und bedachte sie mit einem fragenden Blick. »Erzähle ruhig – ich habe Sir Graham von Doktor Kohima und Mrs. Trevelyan berichtet, und daß sich dabei nichts weiter ereignet hat.«

»Ja, ja – natürlich«, meinte Steve etwas abwesend, »ereignet hat sich ja weiter nichts. Bei mir auch nicht. Das heißt – es war irgendwie merkwürdig. Nachdem du mich an der Half Moon Street abgesetzt hattest, Paul, kam ich schnell und wohlbehalten nach Hause und trank einen Brandy. Dann brachte mir Ricky noch etwas Kaffee, starken Kaffee. Als ich ihn getrunken hatte, merkte ich, daß er mich unruhig machte. Da ich doch noch nicht hätte schlafen können, ging ich noch einmal hinunter und wanderte ein bißchen herum – auf Piccadilly zu und dann die Park Lane hinunter, die Straßen waren ganz leer. Plötzlich hatte ich das Gefühl, verfolgt zu werden – ich konnte zwar keine Schritte hören und sah auch niemanden, aber ich spürte es ganz deutlich.«

»Vielleicht eine Art Halluzination, Mrs. Temple«, versuchte Inspektor Crane sie zu beruhigen und lächelte.

»Nein, nein«, widersprach Steve mit überraschender Heftigkeit, »es war keine Halluzination! Denn nachher, als ich in die Curzon Street einbog, sah ich den Verfolger, genauer gesagt – die Verfolgerin –«

»Die Verfolgerin?« riefen Paul Temple und Sir Graham wie aus einem Munde, Inspektor Crane aber vertiefte sein Lächeln noch etwas.

»Ja – die Verfolgerin!« bestätigte Steve. »Ich drehte mich ja dauernd um, und plötzlich sah ich sie dann auch – ganz deutlich, im Schein einer Straßenlaterne.«

»Kannst du sie beschreiben, Darling?« fragte Temple, leerte sein Glas und wußte schon halb und halb, was jetzt kommen würde.

»Eine gutangezogene jüngere Frau«, berichtete Steve, »mit brünettem Haar und ganz in Braun gekleidet – brauner Hut, braunes Kostüm, braune Handtasche, braune Schuhe, braune Nylons.«

Die drei Männer sahen sich schweigend an. Temple füllte die Gläser nach und äußerte bedächtig: »Zweifellos eine der sympathischsten Formen von Halluzinationen . . .«

5

»Unsinn!« fuhr Steve gereizt auf. »Diese Frau war Wirklichkeit und keine Halluzination!«

Temple lehnte sich zu ihr hinüber und streichelte ihr die Hand. »Natürlich, Steve – ich glaube es dir, Wort für Wort. Ich habe das jetzt eben nur gesagt, weil ich heute – oder eigentlich gestern – schon einmal von diesem ›Mädchen in Braun‹ hörte.«

»Wollen Sie damit sagen, daß Sie wissen, wer diese Frau ist, von der Steve gesprochen hat, Temple?« fragte Sir Graham.

»Ach wo – das doch nicht«, entgegnete Temple gleichmütig und zündete sich eine Zigarette an.

»Aber was meinen Sie damit, Sie hätten heute – oder gestern – schon einmal von diesem ›Mädchen in Braun‹ gehört?«

Temple lehnte sich bequem in seinen Sessel zurück. »Ich habe Ihnen vorhin von meinem Besuch bei Doktor Kohima erzählt, Sir Graham. Nun – in Kohimas Wartezimmer traf ich Carl Lathom. Wir kamen ins Gespräch, und dabei berichtete er von den Halluzinationen, unter denen er eine Zeitlang zu leiden gehabt hat.«

»Was für Halluzinationen?« fragte Inspektor Crane mit einer Schärfe, als ob er bei einer Vernehmung wäre.

»Er glaubte verfolgt zu werden«, gab Temple ruhig zurück und lächelte, »und zwar von einer jungen hübschen Frau. Er beschrieb sie so: ›Sie war stets in Braun gekleidet – braune Schuhe, braunes Kostüm, braune Handtasche, brauner Hut, braune Nylons.‹«

Steve stieß einen Laut der Überraschung aus, Sir Graham schüttelte erstaunt den Kopf, Inspektor Crane warf Temple einen ziemlich skeptischen Blick zu und äußerte: »Das klingt ja recht phantastisch!«

»Wieso phantastisch!« meinte Temple. »Für mich beweist es nur, daß selbst ein so prominenter Arzt wie Doktor Kohima sich an einen Irrtum verlieren kann.«

»Inwiefern denn das?« fragte Sir Graham.

»Eben – der Halluzinationen wegen!« erwiderte Temple, und es schien, als hätte er das Gesagte absichtlich zweideutig klingen lassen.

Sir Graham erhob sich und begann nachdenklich auf und ab zu gehen. Nach einer Weile blieb er stehen und erklärte überzeugt: »So – nun kann mir einer sagen, was er will – ich jedenfalls habe den Verdacht, daß diese Mrs. Trevelyan allerlei über die Angelegenheit weiß! Ihr Name fand sich bei zwei der Ermordeten! Manches andere an ihr erscheint recht eigenartig! Womöglich ist sie sogar Rex!«

»Sir Graham – das würde ich nicht so ohne weiteres behaupten«, widersprach Temple. »Wir haben schon oft erlebt, daß jemand eine ganze Menge über irgendwelche Verbrechen weiß, ohne wirklich damit zu tun zu haben oder etwa gar selbst der Täter zu sein.«

»Nein, nein, Temple – sagen Sie, was Sie wollen«, beharrte Sir Graham, »an dieser Mrs. Trevelyan ist etwas faul! Und wer will denn wissen, ob nicht Doktor Kohima selbst in diese Sache verwickelt ist? Ist es denn ausgeschlossen, daß er – aus irgendwelchen uns noch unbekannten Gründen – seinem Patienten Mr. Lathom die Halluzinationen überhaupt erst suggeriert haben könnte? Was bedeutet es schon, daß er ein prominenter Arzt ist? Wir haben doch schon manchen Fall gehabt, in dem ein anerkannter Arzt, dem man so etwas gar nicht zugetraut hätte, sich plötzlich als ein besonders gerissener Verbrecher entpuppte! Jedenfalls will ich mir diesen ägyptischen Wunderdoktor und seine Mrs. Trevelyan mal sehr genau unter die Lupe nehmen!«

»Wenn Doktor Kohima seinem Patienten die Halluzinationen überhaupt erst suggeriert hat«, warf Steve ungläubig ein, »so hieße das ja –«

»– daß hier mit üblen und raffinierten Tricks gearbeitet wird!« unterbrach Sir Graham, der sich sehr ereifert hatte. »Aber – bei Gott! – diese Tricks werden wir klären! Natürlich steckt das ›Mädchen in Braun‹ mit Doktor Kohima und Mrs. Trevelyan unter einer Decke! Vielleicht spielt Mrs. Trevelyan die Rolle sogar höchstpersönlich!«

»Oh – wenn Mrs. Trevelyan das ›Mädchen in Braun‹ gewesen sein sollte«, entgegnete Steve und überlegte vor lauter Übermüdung schon nicht mehr genau, was sie sagte, »dann dürfte sie einen bemerkenswert unruhigen Abend verbracht haben! Zuerst die reizende Überraschung, die sie uns in der Lancaster Gate bereitet hat –«

Temple räusperte sich, und Steve wurde gewahr, daß sie einen Fehler gemacht hatte. Sir Graham war stutzig geworden und fragte: »Was denn für eine Überraschung, Steve?«

»Eine ausgesprochen reizende«, sagte Temple schnell, um Steve der Antwort zu entheben, »insoweit hat Steve es ganz vorzüglich formuliert. Aber –«, er räusperte sich nochmals und hob die Schultern – er hatte die Begebenheit absichtlich verschwiegen, seiner Meinung nach hätte es genügt, wenn der Chefkommissar erst durch den Rapport des Streifenpolizisten davon erfahren haben würde, »– die Sache hätte auch weniger harmlos verlaufen können. Ich war doch heute abend mit Mrs. Trevelyan in einem Haus in der Lancaster Gate verabredet – Steve begleitete mich. Statt Mrs. Trevelyan erwartete uns dann jedoch eine kleine Zeitbombe –«

»Was! Soll das heißen: Sie fanden das Haus unverschlossen, gingen hinein, und während Sie im Wohnzimmer warteten, explodierte das Ding?« fragte Inspektor Crane auffallend gespannt dazwischen.

»So war es«, bestätigte Temple und sah den Inspektor aufmerksam an, »aber wie kommen Sie darauf, daß das Haus unverschlossen war, daß wir hineingingen und daß die Zeitbombe im Wohnzimmer installiert gewesen ist?«

»Das – das kombiniere ich«, entgegnete Crane etwas unsicher, »ich finde – es lag nahe, dies zu vermuten.«

»Aha«, sagte Temple lächelnd und wandte sich wieder an den

Chefkommissar. »Den Rapport über die Folgen werden Sie morgen früh auf Ihrem Schreibtisch im Yard finden, Sir Graham – Wachtmeister James Fulton von der zuständigen Polizeistation hat an Ort und Stelle Steves und meine Angaben notiert. Passiert ist uns ja gottlob nichts, wie Sie sehen – ich konnte die kleine Bombe, die in einem Stadtkoffer verborgen war, rechtzeitig aus dem Fenster werfen.«

»Trotzdem ein unglaubliches Stück!« knurrte der Chefkommissar. »Erzählen Sie das Ganze bitte noch einmal im Zusammenhang, Temple.«

Temple tat es. Als er geendet hatte, erklärte Sir Graham grimmig: »Das reicht mir aber wirklich! Sowie ich in den Yard zurückkomme, werde ich einen Haftbefehl gegen Mrs. Trevelyan ausstellen lassen!«

»Nein, Sir Graham – tun Sie es bitte nicht«, widersprach Temple. »Ich gebe zu, daß sich Mrs. Trevelyan sehr verdächtig gemacht hat. Aber sie ist nicht Rex! Doch ich habe das sichere Gefühl, daß sie uns über kurz oder lang zu Rex führen könnte, wenn wir sie unbehelligt lassen.«

»Damit hat Mr. Temple zweifellos recht, Sir Graham«, warf Inspektor Crane überraschend ein.

Der Chefkommissar überlegte eine Weile, dann sagte er: »Nun gut – wir wollen nichts überstürzen. Aber wir werden ein Auge auf Mrs. Trevelyan haben und erwarten von Ihnen, Temple, daß auch Sie es tun und uns unverzüglich über alles informieren, was Sie dabei entdecken.« Er warf einen beiläufigen Blick auf die Uhr. »Oh – fast zwei! Wir werden jetzt aufbrechen, Crane – um fünf müssen wir ja schon wieder bei der Granger-Werft sein, um uns mit Mullin zu beschäftigen . . .«

Als Temple, der die Gäste hinunterbegleitet hatte, in den Salon zurückkam, empfing ihn Steve mit den Worten: »Weißt du, Paul – mir gefällt dieser Inspektor Crane aber gar nicht. Wie lange ist er eigentlich schon beim Yard?«

»Seit über sechs Jahren. Vorher war er in Liverpool bei der Distrikt- und dann bei der Stadtpolizei – er gilt als sehr fähiger Polizeibeamter, aber auch als großer Streber und ist bekannt dafür, daß er gern eigene Wege geht und sich nicht in die Karten sehen läßt. Wahrscheinlich möchte er es bald wenigstens zum stellvertretenden Chefkommissar bringen. Was hast du an ihm auszusetzen?«

»Ach – vielleicht kommt es nur durch seine unfreundliche Art. Ich kann es nicht erklären, Paul – es ist ganz und gar gefühlsmäßig, weißt du. Außerdem bin ich jetzt viel zu müde – ich werde sofort schlafen gehen.«

»Darling – wenn du noch ein paar Minuten aushältst, wirst du eine Überraschung erleben. Wir werden gleich wieder Besuch bekommen!«

»Besuch? Aber Paul – jetzt! Um zwei Uhr nachts! Wen erwartest du denn noch?«

»Unsere liebe Mrs. Trevelyan! Ein Irrtum ist ausgeschlossen – ich habe sie eben, als ich unten war, entdeckt. Sie sitzt in einem Auto und scheint sehnsüchtig darauf gewartet zu haben, daß Sir Graham und der Inspektor endlich fortgingen.«

»In einem blauen Auto mit Weißwandreifen?«

»Ja. Woher weißt du das?«

»Weil ich das Auto vorhin schon vor dem Nebenhaus stehen sah, als ich das zweitemal nach Hause kam. Aber demnach kann sie doch gar nicht das ›Mädchen in Braun‹ sein, und dann –«

Der Türsummer ertönte. »Da ist sie schon! Bin gespannt, was sie uns zu erzählen hat«, sagte Temple und ging in die Diele hinaus. Ehe er die Tür erreichte, ertönte der Summer abermals.

Auch ohne dieses alarmierende Signal hätte Temple sofort bemerkt, in welcher kritischen Verfassung Mrs. Trevelyan sich befand. Ihr hübsches Gesicht war verstört, die Haut unter dem dezenten Make-up erschreckend blaß. Sie zitterte am ganzen Leibe und stammelte mit schriller Stimme: »Mr. Temple – ich – ich muß mit Ihnen sprechen!«

»Natürlich, Mrs. Trevelyan«, entgegnete Temple ruhig. »Kommen Sie aber erst mal herein, bitte. So – und nun dort hinüber in den Salon.«

Mrs. Trevelyan ging mit hastigen, etwas unsicheren Schritten, blieb dann aber an der Tür zum Salon wie angewurzelt stehen, als sie Steve erblickte, die am Kamin stand, ihr zunickte und freundlich sagte: »Guten Abend, Mrs. Trevelyan! Treten Sie näher und nehmen Sie bitte Platz.«

»Guten Abend, Mrs. Temple! Vielen Dank – aber ich möchte mich nicht setzen – ich bin so schrecklich nervös.« Sie wandte sich zu Temple um. »Bitte, Mr. Temple – würden Sie wohl die Fenstervorhänge schließen? Ich fürchte, daß man mich aus der Wohnung gegenüber beobachten könnte. Wahrscheinlich ist das absoluter Unsinn, aber ich habe Angst, wissen Sie – ich habe fürchterliche Angst! Oh – danke, Mr. Temple, danke, danke.« Tränen traten ihr in die Augen, sie schien einem Zusammenbruch nahe. »Ich bin so bestürzt und verzweifelt über das, was sich in der Lancaster Gate ereignet hat –«

»Bestürzt waren wir auch«, unterbrach Temple trocken. »Es hätte ein schweres Unheil geben können.«

»Ja – furchtbar! Nicht auszudenken!« wimmerte Mrs. Trevelyan. »Ich ahnte ja nicht –«

»Sie ahnten nicht«, unterbrach Steve und fixierte Mrs. Trevelyan, »Sie ahnten wirklich nicht, daß dort eine Zeitbombe war?«

»Nein – nein, ich ahnte es nicht!« schrie Mrs. Trevelyan verzweifelt und rang die Hände. »Ich schwöre Ihnen – ich ahnte es nicht! Ich habe aus einiger Entfernung beobachtet, wie Sie ins Haus gingen – ich sollte erst später kommen. Aber als dann die Explosion erfolgte, geriet ich fast von Sinnen!« Sie sank in einen Sessel, brach in Tränen aus und konnte sich minutenlang nicht beruhigen.

Temple warf Steve einen zweifelnden Blick zu und hob die Schultern. Dann begann er sehr ernst auf Mrs. Trevelyan einzureden: »Bitte, Madam – hören Sie jetzt genau zu! Sie wissen ja selbst, wie gefährlich Ihre Lage ist! Vor sechs Monaten ereignete sich der erste Rex-Mord. Bei Richard East, dem Opfer, fand man eine alte Visitenkarte, auf deren Rückseite ›Mrs. Trevelyan‹ geschrieben war.«

Mrs. Trevelyan fuhr auf. »Das – das glaube ich nicht!« stöhnte sie verzweifelt.

»Es stimmt aber«, fuhr Temple fort. »Auch bei Norma Rice, dem zweiten Rex-Opfer, wurde Ihr Name gefunden – auf die letzte Seite des Notizbuches geschrieben, das Norma Rice in der Handtasche trug.«

»Das kann doch nicht wahr sein, Mr. Temple!«

»Es ist wahr! Aber die Sache geht noch weiter!« Temple zog einen schmalen Zettel aus der Tasche. »Hier – sehen Sie selbst! Dieses Stückchen Papier mit Ihrem Namen darauf habe ich bei Sir Ernest Cranbury gefunden, der vorgestern abend unter verdächtigen Umständen bei der Aufnahme des ›Brain-Trust-Gesprächs‹ im BBC-Haus plötzlich verstarb. Auch darauf steht Ihr Name!«

Mrs. Trevelyan starrte das Papier an, wurde noch eine Nuance bleicher, sank in einen Sessel und schien in Ohnmacht zu fallen. Temple reichte ihr schnell ein halbvolles Glas Whisky, den sie auf einen Zug hinunterstürzte. »Danke«, sagte sie dann leise, »jetzt fühle ich mich wieder besser.«

Temple nickte ihr zu. »Nun, Mrs. Trevelyan – Sie haben ja vorhin von Ihrem Auto aus beobachtet, daß Sir Graham Forbes, der Chefkommissar von Scotland Yard, und sein Inspektor Crane hier waren. Gewiß können Sie sich auch denken, um welches Thema sich unsere Unterhaltung gedreht hat.«

»Um Rex – natürlich!« murmelte sie. »Und wahrscheinlich ist Sir Graham überzeugt, daß ich Rex bin.«

Temple nickte ernst. »Ja, Mrs. Trevelyan! Zumindest hält er es für möglich!«

»Und Sie, Mr. Temple – glauben Sie es auch?«

Temple antwortete nicht gleich. Er bohrte die Hände tief in

die Hosentaschen, lehnte sich gegen den Kamin, dachte eine Weile nach und sagte schließlich: »Mrs. Trevelyan – wenn ich Nachforschungen betreibe, versuche ich, um Irrwege zu vermeiden, von Anfang an die Wahrheit zu erkennen. Das ist niemals einfach, und in diesem Fall schon gar nicht! Warum hat Rex den Mord an Richard East begangen? Warum hat er Norma Rice umgebracht? Warum Sir Ernest Cranbury? In keinem der Fälle war bisher ein Motiv zu erkennen, außerdem besteht zwischen den einzelnen Fällen offenbar kein anderer Zusammenhang, als daß sie auf das Konto ein und desselben Täters gehen. Dennoch hat es selbstverständlich für jeden der Rex-Morde ein Motiv gegeben. Und ich bin sicher, daß Sie, Mrs. Trevelyan, von diesen Motiven wissen!«

Mrs. Trevelyan wich Temples strengem Blick nicht aus. Von Nervosität und Verzweiflung geschüttelt, flüsterte sie: »Ja, Mr. Temple – ich kenne die Motive! Ich will Ihnen auch alles sagen – deswegen wollte ich Sie ja sprechen! Und Sie, Mr. Temple – Sie sind der einzige Mensch, der mir helfen kann! Bitte, hören Sie – es fing vor ungefähr sieben Monaten an. Da bekam ich den ersten Brief von Rex. Darin waren Dinge erwähnt, von denen ich geglaubt hatte, daß niemand sie wissen könnte. Rex drohte mir mit Enthüllungen, wenn er nicht dreitausend Pfund von mir bekäme.«

»Also Erpressung! Das habe ich mir gedacht! Und – haben Sie gezahlt?«

»Ja, ich habe gezahlt. Aber nicht sofort. Erst nachdem Richard East ermordet worden war.«

»Nanu – inwiefern stand denn Richard East mit Ihrer eigenen Angelegenheit in Verbindung? Kannten Sie ihn?«

»Nein – nicht im geringsten! Aber Rex hatte mir in seinem Brief eine Liste mit neun Namen geschickt, Richard East stand als erster darauf. Nach dem Mord wußte ich, daß Richard East umgebracht worden war, weil er versucht haben mußte, sich einer von Rex' Forderungen zu widersetzen.«

»Hm! Aber als Sie dann gezahlt hatten, hielt Rex Sie doch weiterhin unter Druck, nicht wahr?«

»Ja. Zunächst blieb allerdings alles ruhig. Doch dann bekam ich wieder einen Brief. Darin wurden von mir Informationen über einen von Doktor Kohimas Patienten gefordert. Dieser Brief enthielt zwar keine Drohung, war aber in so bestimmtem Ton gehalten, als ob es überhaupt keinen Zweifel geben könnte, daß ich die Forderung befolgen würde.«

»Und – haben Sie sie befolgt?«

Mrs. Trevelyan nickte. »Ja«, sagte sie gequält, »ich habe sie befolgt, so sehr ich auch fürchten mußte, dadurch meine Stellung und Doktor Kohimas Vertrauen zu verlieren. Sie wissen ja, Mr. Temple, daß Ärzte an eine unbedingte Schweigepflicht gebunden sind – das gilt auch für ihre Mitarbeiter. Aber ich war derart eingeschüchtert – wenige Tage vorher war nämlich Norma Rice ermordet worden. Seither hatte ich keine ruhige Minute mehr.«

Temple überlegte. »Nach allem Gesagten ist also auch anzunehmen, daß Rex Ihnen befohlen hat, die Verabredung in der Lancaster Gate mit mir zu treffen?«

Mrs. Trevelyan nickte hilflos. »Ich bekam den Brief eine halbe Stunde vor Ihrem Erscheinen in Doktor Kohimas Praxis, zusammen mit der übrigen Vormittagspost. Ach, Mr. Temple – Sie glauben ja nicht, wie sehr ich mich bei jeder Postzustellung davor fürchtete, wieder eine Nachricht von Rex zu erhalten. Diese unaufhörliche Angst hat mich völlig die Nerven verlieren lassen. Wäre nicht Doktor Kohima so gut und freundlich – ich hätte es schon längst nicht mehr ertragen! Bedenken Sie nur, was es heißt, seit sieben Monaten eine Liste mit neun Namen bei sich zu tragen und zu erleben, wie die darauf genannten Personen eine nach der anderen umgebracht werden! Und ich selbst – ich selbst stehe als neunte darauf!« Sie schlug die Hände vors Gesicht und wurde von einem Weinkrampf geschüttelt. Als sie sich beruhigt hatte, sagte Temple: »Zeigen Sie mir diese Liste.«

Sie holte ein zusammengefaltetes Stück Papier aus der Handtasche und reichte es ihm. Temple las:

>Richard East
Norma Rice
Conrad Stephens
Frederick Mayne
Hal Trevor
Ernest Cranbury
James Barton
Norman Steele
Barbara Trevelyan.«

»Und die ersten sechs«, flüsterte Steve, die ihm über die Schulter blickte, »die ersten sechs sind – sind – schon alle –«

»Ja – sie sind alle ermordet!« schluchzte Mrs. Trevelyan. »Nur
drei leben noch! Wer weiß, wie lange es dauert, bis es nur noch
zwei sind, dann nur noch einer, und dann – o Gott!«

Temple legte ihr die Hand auf die Schulter. »Beruhigen Sie
sich, Mrs. Trevelyan. Wir werden Rex bald genug erwischen.
Hoffentlich sind James Barton und Norman Steele geschickt
genug, auf Zeitgewinn zu spielen – vielleicht machen sie es, wie
Sie es gemacht haben, und erfüllen zunächst mal die Forderungen, die Rex gestellt hat –«

»Oh, Mr. Temple«, fuhr Mrs. Trevelyan auf, »mir blieb ja
keine andere Wahl! Diese dreitausend Pfund herzugeben – es
hat mich ruiniert! Ich habe jetzt nichts mehr als mein Gehalt,
ich mußte sogar mein Haus verkaufen! Aber ich durfte meine
Geheimnisse der Öffentlichkeit nicht preisgeben – es hätte für
mich den Tod bedeutet!«

»Apropos Geheimnisse, Mrs. Trevelyan – wie haben Sie denn
an Rex die verlangten Angaben über den Patienten von Doktor
Kohima übermittelt?«

»Ich mußte sie, adressiert an eine Miss Judy Smith, mit der
Post an das Hotel ›The Seahawk‹ in Canterbury schicken.«

»Kennen Sie diese Judy Smith?«

»Nein – aber auch die dreitausend Pfund hatte ich an die gleiche Miss Judy Smith adressieren müssen – in kleinen und mittleren Banknoten als Päckchen verpackt. Allerdings durfte ich dieses Päckchen nicht mit der Post schicken, sondern mußte nach Canterbury fahren und es persönlich im Hotel ›The Seahawk‹ abgeben.«

»Wen haben Sie bei dieser Gelegenheit gesprochen?«

»Nur den Hotelangestellten, der in der Rezeption saß. Ich fragte nach Miss Judy Smith, aber er schüttelte den Kopf und sagte, Miss Smith sei noch nicht eingetroffen, doch solle er entgegennehmen, was eventuell für sie abgegeben würde. Ich legte ihm das Päckchen dann einfach auf den Tisch und ging schleunigst fort – ich hatte furchtbare Angst.«

Temple nickte verständnisvoll. Es wollte ihm scheinen, als sagte Mrs. Trevelyan die Wahrheit. Freilich blieb Vorsicht geboten – wie weit sie in die Sache verstrickt war, vielleicht ohne es selbst zu wissen, ließ sich noch nicht erkennen. Er fragte: »Wie lange arbeiten Sie eigentlich schon für Doktor Kohima, Mrs. Trevelyan?«

»Über sechs Jahre«, erwiderte sie und schien merklich bewegt.

»Oh – in dieser langen Zeit dürften Sie sich gegenseitig doch recht gut kennengelernt haben, nicht wahr?«

»Gewiß! Aber –«, ihr Tonfall wurde flehend, »– aber glauben Sie bitte nicht, daß der Doktor auch nur das geringste mit dieser furchtbaren Sache zu tun hat. Wenn ich befürchten müßte, daß er erfährt, wie sehr ich darin hänge – ich könnte ihm nicht mehr in die Augen sehen.« Vor Erschütterung vermochte sie kaum weiterzusprechen. »Er – er ist ein so vornehmer Mensch, so untadelig –«

»Aber gerade als Psychiater lernt er doch viele unerfreuliche Dinge kennen und – muß sie verstehen«, entgegnete Temple lächelnd und überließ es Mrs. Trevelyan, die Nutzanwendung aus diesem Hinweis selbst zu finden. Dann kam er auf ein ganz anderes Thema: »Sie benutzen doch bei Doktor Kohima eine Schreibmaschine, Mrs. Trevelyan, nicht wahr? Verstehen Sie sich auch sonst ein wenig auf Schreibmaschinen und die Verschiedenartigkeit ihrer Schrift?«

»Nicht sehr, Mr. Temple. Aber wenn Sie das meinen – alle Nachrichten, die ich von Rex erhielt, sind mit der gleichen Maschine geschrieben, ich habe sie mir daraufhin sehr genau angesehen. Das ›d‹ und das ›a‹ – beide stehen sie etwas zu hoch, beide sind leicht verwischt und ein bißchen schief. Nach gewissen Merkmalen möchte ich sagen, daß es eine Remington-Reiseschreibmaschine ist.«

»Mrs. Trevelyan – eine Remington-Reiseschreibmaschine habe ich doch aber auf Doktor Kohimas Schreibtisch gesehen! Um sicherzugehen – ich möchte, daß Sie morgen vormittag, sagen wir um halb elf Uhr, eine ausgiebige Schriftprobe von Doktor Kohimas Maschine für mich bereithalten.«

»Mr. Temple – Sie wollen doch nicht etwa andeuten –?«

»Nein, das nicht! Es ist nur der Ordnung halber.«

Mrs. Trevelyan schien befremdet, sagte jedoch: »Ich will's versuchen. Nur – der Doktor hält diese Maschine abgesperrt.«

»Gut – sagen Sie ihm morgen früh, Ihre Maschine sei defekt, und leihen Sie sich für ein paar Stunden seine Maschine aus. Ich komme um halb elf und hole mir die Schriftprobe ab.«

Mrs. Trevelyan nickte bekümmert, wieder standen Tränen in ihren Augen. »Bitte, Mr. Temple – sagen Sie mir, daß Sie keinen Verdacht gegen Doktor Kohima haben – er ist eine Seele von Mensch! Nein, Mr. Temple – Sie dürfen nichts Schlechtes von ihm denken!«

»In einem Fall wie diesem, Mrs. Trevelyan«, erwiderte Temple, »kann ich niemanden, der auch nur die leiseste Beziehung dazu hat, von vornherein außer Verdacht stellen. Weil Sie ihn seit vielen Jahren kennen, und zwar nur von der besten Seite, muß Doktor Kohima nicht zwangsläufig unschuldig sein. Die menschliche Natur steckt voller Geheimnisse –«

Ein leises Klopfen unterbrach ihn, die Tür öffnete sich und Ricky erschien. Sein Anblick versetzte Mrs. Trevelyan in merkliche Verwunderung. »Verzeihen Sie, wenn ich störe«, sagte er unter vielen schnellen Verbeugungen, »aber ich schlief noch nicht, sondern las Mr. Temples vorzügliches Buch ›Gefahr für eine gewisse Dame‹, da hörte ich Stimmen und dachte, daß vielleicht Kaffee genehm wäre. Er ist schon fertig – darf ich ihn hereinbringen?«

»Eine großartige Idee, Ricky«, lobte Temple. »Ja, bringen Sie ihn bitte herein.«

»Danke vielmals, Sir!« Der kleine Siamese verschwand geräuschlos, war nach einer halben Minute mit dem Kaffee wieder zur Stelle, servierte ihn und zog sich mit dem Ausdruck höchster Zufriedenheit zurück.

Der Kaffee tat Mrs. Trevelyan wohl, sie verlor einiges von ihrer Nervosität und schreckte nicht mal zusammen, als Temple behutsam sagte: »Ich möchte Sie immerhin darauf aufmerksam machen, Mrs. Trevelyan, daß ich keinen direkten Einfluß auf alle Entschlüsse habe, die in Scotland Yard gefaßt werden. Sir Graham Forbes ist ein Mann schneller Handlungen und macht dabei, wie jeder von uns, manchmal Fehler. Es mag sein, daß er auch in Ihrem Fall –«

»Ah – Sie meinen, es könnte geschehen, daß er mich verhaften läßt«, unterbrach Mrs. Trevelyan ruhig, »nun – das wäre nicht mal das Schlimmste. In einer Zelle würde ich ja sicher sein – ich brauchte nicht mehr zu erschrecken, wenn sich unvermutet eine Tür öffnet oder wenn ich in einer dunklen Straße Schritte hinter mir höre oder wenn ein vorüberfahrendes Auto eine Fehlzündung hat. Verhaftet zu sein wäre eine Erlösung gegen das, was ich jetzt durchmache.«

»Waren Sie denn schon mal verhaftet, Mrs. Trevelyan?« fragte Steve neugierig.

Jetzt konnte Mrs. Trevelyan sogar wieder lächeln. »Aber nein, Mrs. Temple – wo denken Sie hin? Nur – ich kann es mir ganz gut vorstellen, ich habe ja schon genug Kriminalromane gelesen.« Damit erhob sie sich. »Ich werde jetzt gehen. Was zu erzählen war, habe ich erzählt. Doch möchte ich Sie noch einmal bitten, Mr. Temple – vergessen Sie nicht, was ich Ihnen über Doktor Kohima sagte.«

»Ich werde an Ihre Worte denken, Mrs. Trevelyan«, versicherte Temple.

Obwohl der allgegenwärtige Ricky wie durch Zauberei abermals erschien, bestand Temple darauf, Mrs. Trevelyan selbst zu ihrem Auto zu geleiten.

Als er zurückkam, lag Steve schon im Bett und war halb eingeschlafen. Sie hörte ihn ins Zimmer treten, öffnete die Augen und flüsterte: »Ach Paul – ich bin ja so froh.«

»Worüber denn Darling?«

»Daß Mrs. Trevelyan nicht das ›Mädchen in Braun‹ ist«, murmelte Steve und war im nächsten Augenblick fest eingeschlafen.

6

Punkt halb elf am nächsten Morgen erschien Temple wieder in Doktor Kohimas Wartezimmer, sagte dem Hausmädchen, daß er Mrs. Trevelyan zu sprechen wünsche, und war etwas erstaunt, von Mr. Lathom begrüßt zu werden, der sich, in einem bequemen Sessel fast unsichtbar, erfreut vernehmen ließ: »Wie nett, Sie so bald wiederzutreffen, Mr. Temple!«

»Ah, Mr. Lathom – guten Morgen! Sind Sie denn noch in ständiger Behandlung? Ich meine – weil Sie erst gestern hier waren.«

»Ich konsultiere den Doktor so häufig wie möglich. Aber mir scheint, er hat auch Sie mit seiner Methode beeindruckt – sonst wären Sie kaum so schnell wiedergekommen, nicht wahr?«

Temple kam es vor, als ob Lathom sehr gern den wahren Grund für sein erneutes Erscheinen herausbekommen hätte

– aber das mochte auf die weitverbreitete Neugier zurückgehen, die mancher Wartezimmerbenutzer für die Leiden des anderen aufbringt, um dann recht ausgiebig von seinen eigenen Krankheitserscheinungen sprechen zu können. »In der Tat – Sie haben recht, Mr. Lathom«, sagte Temple lächelnd, »Doktor Kohima hat mich tief beeindruckt.«

»Das wußte ich ja im voraus!« rief Lathom begeistert. »Ein großartiger Arzt! Ich weiß nicht, ob ich Ihnen gestern erzählte, daß er mich von einer peinigenden Halluzination befreit hat –«

»– von der Sie sich verfolgt glaubten. Ja – das haben Sie mir erzählt. Aber wissen Sie, Mr. Lathom, wenn Ihnen diese Halluzination doch noch einmal begegnen sollte – was ich nicht hoffen möchte –, konsultieren Sie dann ausnahmsweise lieber nicht Doktor Kohima, sondern mich!«

Lathom schien über diese Äußerung nicht nur sehr erstaunt, sondern betroffen, klappte den Mund weit auf und wollte etwas sagen, doch da öffnete sich die Tür des Vorzimmers, Doktor Kohima erschien und sagte merkwürdig kurz angebunden: »Bitte, Mr. Lathom, ich stehe zu Ihrer Verfügung.«

Lathom erhob sich, Doktor Kohima entdeckte Temple, zeigte sich überrascht und äußerte: »Ich kann mich nicht erinnern, Mr. Temple, daß wir für heute verabredet wären.«

»Sie haben recht, Doktor – ich bin nur gekommen, um Mrs. Trevelyan zu sprechen.«

»So – aha. Aber da fällt mir etwas ein, Mr. Temple – ich hätte mich auch gern noch einen Augenblick mit Ihnen unterhalten. Sie entschuldigen doch, Mr. Lathom?«

Lathom nickte zustimmend und setzte sich wieder, der Doktor hielt die Tür für Temple auf, schloß sie hinter ihm sorgfältig und fragte leise: »Darf ich wissen, Mr. Temple, was Sie von Mrs. Trevelyan wünschen?«

»Oh – es hängt mit Ihrem Wagen zusammen, Doktor.«

»Darüber habe ich Ihnen doch gestern selbst alles gesagt, Mr. Temple, und Sie überdies bei der Werkstatt anrufen lassen –«

»Gewiß, Doktor! Dennoch – es ist sozusagen eine Routineangelegenheit. Ich werde Mrs. Trevelyan nicht lange aufhalten.«

»Nun gut«, meinte der Doktor, schien aber nicht recht überzeugt. Er trat an seinen Schreibtisch und drückte einen Knopf. Einen Augenblick später kam Mrs. Trevelyan herein und erschrak, als sie Temple erblickte.

»Mrs. Trevelyan«, sagte Dr. Kohima, »dies ist Mr. Temple – er möchte Ihnen einige Fragen stellen.«

»Ja, natürlich – bitte! Ich habe Mr. Temple übrigens ja schon gestern vormittag kennengelernt, als ich ihn zu Ihnen hineinließ, Doktor!«

Dr. Kohima zeigte ein gezwungenes Lächeln. »Um so besser. Es dürfte sich um sogenannte Routinefragen handeln. Versuchen Sie, Mr. Temples Neugier so gut wie möglich zu befriedigen, Mrs. Trevelyan. Ah, übrigens – ehe ich es vergesse! Haben Sie zufällig meinen silbernen Schreibstift gesehen, Mrs. Trevelayn – den mit meinen Initialen?«

»Gestern abend lag er auf Ihrem Schreibtisch, Doktor.«

»Ja, da habe ich ihn auch gesehen. Aber dort ist er nicht mehr.«

»Ich werde ihn nachher suchen, Doktor«, versprach Mrs. Trevelyan. Dann führte sie Temple in ihr Arbeitszimmer, machte die Tür fest zu, drehte einen halbbeschriebenen Bogen aus der Remington, die auf dem kleinen Schreibtisch stand, und reichte ihn wortlos Temple hinüber.

Temple warf nur einen kurzen Blick darauf. »Unverdächtig«, sagte er, »die Rex-Briefe stammen nicht aus dieser Maschine.«

»Wie sollten sie auch? Aber nun, Mr. Temple, denken Sie gewiß an meine Bitte und streichen Sie Doktor Kohima von der Liste der Verdächtigen.«

Temple nickte, faltete das Papier zusammen und steckte es ein. Dann sagte er ernst und freundlich: »Mrs. Trevelyan – Sie haben gestern ein erhebliches Risiko auf sich genommen – durch den Besuch in meiner Wohnung. Man könnte Sie beobachtet haben. Wenn Sie sich wieder mit mir in Verbindung setzen wollen – und dieser Fall wird bestimmt eintreten –, dann rufen Sie mich bitte an. Hier – heben Sie diesen Zettel mit meiner Telefonnummer gut auf, es ist eine unregistrierte Nummer, die nicht im Telefonbuch steht.«

»Danke, Mr. Temple«, murmelte Mrs. Trevelyan, »vielen Dank! Es ist mir eine große Beruhigung, daß ich mich an Sie wenden darf.«

»Und seien Sie vorsichtig, Mrs. Trevelyan – achten Sie auf jeden Ihrer Schritte. Heute nachmittag fahre ich übrigens mit meiner Frau fort, wir bleiben über Nacht aus. Aber morgen vormittag sind wir zurück. Wenn sich inzwischen irgend etwas ereignen sollte, wobei Sie Rat und Beistand brauchen – rufen Sie im Yard an und verlangen Sie Sir Graham Forbes oder Inspektor Crane.«

»Ich werde daran denken, Mr. Temple. Fahren Sie weit fort?«

»Nein – nur nach Canterbury.«

»Nach Canterbury?« fragte Mrs. Trevelyan erstaunt.

»Ja – um dem Hotel ›The Seahawk‹ einen kleinen Besuch abzustatten . . .«

Während der Fahrt nach Canterbury zeigte sich Temple ziemlich schweigsam – er verlor sich in hundertfältige Überlegungen und mußte sich eingestehen, daß er zum Beispiel Mrs. Trevelyans Rolle immer noch nicht völlig durchschaute. Zeitweilig meinte er gar allen Ernstes, Mrs. Trevelyan hätte ihren nächtlichen Besuch in seiner Wohnung vielleicht auf Anweisung von »Rex« ausgeführt.

Auch Dr. Kohima bedeutete vorläufig ein noch ungelöstes Rätsel für ihn – ein Psychiater, obendrein mit suggestiven Fähigkeiten ausgestattet, war immer eine schwer berechenbare Größe. Andererseits war Temple überzeugt, daß es auf jeden Fall ein

Fehler gewesen wäre, Mrs. Trevelyan oder Dr. Kohima festzunehmen . . .

Soviel Temple auch grübelte und überlegte – die ganze Angelegenheit wollte dadurch keineswegs klarer werden. Er war beinahe erleichtert, als sie mit anbrechender Dunkelheit Canterbury erreichten und die engen, unbekannten Straßen seine ganze Aufmerksamkeit in Anspruch nahmen, bis es ihm gelang, das in allen Reisehandbüchern als ›noch aus der Postkutschenzeit stammend‹ gepriesene Hotel ›The Seahawk‹ zu finden.

Sie mieteten ein Zimmer für die Nacht, trugen sich in das Gästebuch ein, besichtigten das gemietete Zimmer, das gleichfalls ›noch aus der Postkutschenzeit‹ zu stammen schien und nicht einmal fließendes Wasser hatte, erfrischten sich ein wenig und fanden es dann an der Zeit, endlich etwas gegen ihren fühlbar gewordenen Appetit zu tun.

Also begaben sie sich wieder hinunter und bekamen in dem schwachbesuchten, langgestreckten und niedriggehaltenen Dinnerraum einen Ecktisch, der ihnen zusagte. Nach einigen Minuten kam ein griesgrämig dreinschauender ältlicher Kellner herbeigeschlichen. »Wohnen Sie im Haus, Sir?« fragte er anstelle einer Begrüßung, und als Temple bejahte, schien ein Schatten von Mitgefühl über sein Gesicht zu huschen. Dann zog er aus der Tasche seiner Servierjacke eine Speisekarte hervor und legte sie wortlos auf den Tisch.

Beide vertieften sich in die verheißungsvolle Aufzählung kulinarischer Genüsse und einigten sich auf Entenbraten. Als sie aufblickten, stellte sich heraus, daß der Kellner inzwischen wieder davongeschlichen war.

»Sicher gehört das Hotel einer Gesellschaft, Geschäftssitz in London oder noch weiter ab vom Schuß«, vermutete Steve, »es ist so unüberbietbar unpersönlich.«

»Möglich«, meinte Paul. »Eine Art Manager habe ich vorhin schon erspäht – ein etwas düsteres Individuum mit einer Narbe auf der linken Wange, Chester mit Namen.«

»War er überrascht, als er dich sah oder deinen Namen im Gästebuch las?«

»Nicht im geringsten. Ich habe ihn genau beobachtet, aber er hat ein Pokergesicht.«

»Nach Miss Smith hast du sicher noch nicht gefragt.«

»Nein. Doch wenn wir gegessen haben, will ich mich ein wenig mit Mr. Chester unterhalten. Wo bleibt nur der Kellner?«

Als ob dies sein Stichwort gewesen wäre, tauchte der Kellner am anderen Ende des Raumes auf und kam auf müden Sohlen heran. »Was wünschen Sie?«

»Zweimal Entenbraten.«

»Ente ist alle, Sir.«

Paul warf Steve einen vielsagenden Blick zu. Dann fragte er: »Wie ist das geröstete Lamm?«

Der Kellner hob die Schultern. »War prima, Sir. Ist aber leider auch alle. Alles ist alle. Nur Fisch ist noch da.«

Paul und Steve wechselten wieder einen Blick, dann meinte Paul: »Gut also Fisch. Aber bitte schnell, ehe auch der alle wird.«

»Fisch, sehr wohl, Sir! Fisch wird hier nie alle.«

Kaum war der Kellner verschwunden, als Paul die Speisekarte noch mal zur Hand nahm und genau studierte.

Steve mußte lächeln. »Ich fürchte, von dem Entenbraten wirst du nichts mehr zu sehen kriegen, Paul – so sehr du auch auf die Karte starrst.«

Paul lächelte zurück und schob Steve die Speisekarte hin. »Sieh du sie dir mal an, Darling.«

»Sieht aus wie alle maschinengeschriebenen Speisekarten. Oder –?«

»Einfach getippt, nicht wahr?«

Steve stutzte, betrachtete die Karte noch einmal und erstarrte. »Paul – die Schrift! Sie zeigt die gleichen Fehler –«

»– wie die Schrift der Briefe, die Mrs. Trevelyan von ›Rex‹ bekommen hat«, ergänzte Temple, »und da es keine zwei

Schreibmaschinen gibt, die die gleichen Fehler besitzen, muß es sich um ein und dieselbe Maschine handeln!«

»Aber Paul – das ist ja unglaublich«, raunte Steve atemlos.

»Glück gehabt«, meinte Temple leise. »Trotzdem will ich nicht etwa behaupten, daß Rex hier sein Hauptquartier hat. Hotelgäste leihen sich ja häufig mal eine Schreibmaschine aus.«

»Zumindest ist jetzt aber deutlich erwiesen, daß Rex hier einen Stützpunkt hat. Sonst wäre das Hotel nicht auch als Postadresse für ›Miss Judy Smith‹ genannt worden.«

Nach sekundenlangem Schweigen fragte Steve leise: »Sag, Paul – kennst du James Barton und Norman Steele, die als nächste nach Sir Ernest Cranbury auf der Rex-Liste stehen?«

»Barton – ja. Das heißt – ich habe ihn nie getroffen, aber viel über ihn gehört. Er ist einer der Direktoren der Meriden-Overland-Luftfahrtgesellschaft, ein kluger Kopf, der eine Reihe bedeutender Erfindungen gemacht hat.«

»Was mag Rex gegen ihn in der Hand haben?«

Temple hob die Schultern. »Keine Ahnung. Aber irgendeinen schwachen Punkt, irgendein Geheimnis hat doch wohl beinah jeder, sogar der harmloseste –« Er unterbrach sich und raunte Steve zu: »Apropos harmlos – sieh mal, wer da kommt!«

Sie blickte in die bezeichnete Richtung – strahlend vor Wiedersehensfreude kam der schmächtige Mann mit dem Waliser Dialekt, der neulich im ›Golden Key‹ in so origineller Weise Temples Bekanntschaft gesucht hatte, auf den Tisch zu. »Hallo, Mr. Temple, guten Abend, Mrs. Temple – was führt Sie nach Canterbury?«

»Dasselbe könnte ich Sie fragen, Mr. . . .?«

»O Gott – da fällt mir ein, daß ich ganz vergessen habe, mich vorzustellen, Davis heiße ich. Hier meine Karte bitte.«

Temple nahm die Karte und las: »Longford Utilities Limited, Manchester, Queensgate 18 – vertreten durch Wilfred Davis.« Er steckte die Karte ein, lächelte Davis zu und fragte: »Sie sind also geschäftlich in Canterbury, Mr. Davis?«

»Natürlich, Mr. Temple – wenn man von Beruf Reisender ist, besucht man leider die meisten Städte nur geschäftshalber.«

»Und Canterbury ist für Ihre Gesellschaft sicher ein wichtiger Platz, nicht wahr? Wollen Sie sich nicht ein wenig zu uns setzen, Mr. Davis?«

»Ja, danke – gern.«

»Und was machen die Kriminalromane, Mr. Davis?« fragte Steve. »Bewältigen Sie nach wie vor Ihr imponierendes Quantum?«

»O Mrs. Temple – ich muß gestehen, daß ich in bezug auf Verbrechen und Verbrecher nach wie vor unersättlich bin, jedenfalls wenn sie mir in gedruckter Form begegnen. Doch da wir gerade von Verbrechen und Verbrechern sprechen – diese Rex-Affäre ist doch wirklich eine außergewöhnliche Angelegenheit, nicht wahr?«

»Höchst außergewöhnlich«, stimmte Temple zu und wunderte sich insgeheim über die auffallend kräftigen und dichtbehaarten Hände dieses Mr. Davis, der mit einer auf dem Tisch liegenden Gabel herumspielte.

»Tag für Tag sind die Zeitungen voll von neuen grausigen Einzelheiten«, fuhr dieser fort und lehnte sich dann vertraulich zu Temple hinüber. »Es stimmt doch, Mr. Temple, daß Sie jetzt an den Nachforschungen beteiligt sind?«

»In gewisser Weise – ja.«

»Das muß doch riesig interessant sein. Wenigstens stelle ich mir das vor – ich interessiere mich wirklich sehr für die Rex-Affäre.«

»So – warum denn?« fragte Temple belustigt.

»Ja, sehen Sie – ich hatte doch schon Hunderte von Kriminalromanen voller Mord und Totschlag gelesen, bis ich dann durch Rex endlich mal mit einem wirklichen Mord in Berührung kam. Ich war nämlich zufällig in dem Zug, in dem Norma Rice tot aufgefunden wurde. Ich hatte schlafend im Nebenabteil gelegen!«

»Demnach müssen Sie Norma Rice dann doch auch gesehen haben?«

»Großer Gott – ja! Eine attraktive Frau! Der Fahrkartenkontrolleur hatte sie gefunden, dann kam er in mein Abteil gestürzt und alarmierte mich. Kein beglückender Anblick, das kann ich Ihnen versichern!«

»Das stimmt, Mr. Davis«, bemerkte Temple. »Kommen Sie eigentlich oft nach Canterbury?«

»Nur alle sechs Monate. Ich käme gern öfter, denn Canterbury gefällt mir – die Kathedrale, all die historischen Stätten, die alten Häuser, die winkligen Straßen.«

»Wohnen Sie dann immer hier im Hotel?«

»Ja. Es ist zwar nicht mehr so gut wie unter dem früheren Besitzer, aber meine Kunden haben sich nun mal daran gewöhnt, mich hier zu finden, und –«

Er wurde durch den griesgrämigen Kellner unterbrochen, der ohne besondere Sorgfalt zwei Teller zweifelhafter Suppe auf den Tisch setzte und zu Temple gewandt sagte: »Sie heißen doch Temple, wie? Da ist nämlich ein Anruf für Sie, aus London. Die Telefonzelle ist dort rechts im Korridor . . .«

Temple machte eine entschuldigende Verbeugung gegen Steve und Mr. Davis, erhob sich, eilte zum Telefon, meldete sich und war erstaunt, Inspektor Cranes Stimme zu vernehmen. »Ich rufe im Auftrag von Sir Graham an, Mr. Temple. Wir versuchten Sie in Ihrer Wohnung zu erreichen, aber Ihr Diener sagte, Sie wären nach Canterbury gefahren und im ›Seahawk‹ abgestiegen –«

»So – sagte er das«, entgegnete Temple und überlegte, ob Ricky diese Information wohl von Steve oder auf andere Art erhalten haben könnte. »Was gibt es denn, Inspektor?«

»Sir Graham würde es begrüßen, wenn Sie noch heute abend nach London zurückkommen könnten. Er wird bis Mitternacht im Yard auf Sie warten. Wenn Sie es nicht schaffen sollten, bittet er Sie, gleich morgen früh in seinem Büro zu sein.«

»Was ist denn passiert? Sagen Sie es mir lieber gleich, Crane – vielleicht paßt es zu ein oder zwei kleinen Endeckungen, die ich hier gemacht habe.«

»Tja, Mr. Temple«, meinte Crane ziemlich zögernd, »wieder mal Rex, wie es scheint. Ein gewisser James Barton ist ermordet worden – Kopfschuß.«

»Ist die Waffe gefunden worden?«

»Nein, Mr. Temple, nicht mal das Geschoß – jedenfalls bis vorhin noch nicht. Aber etwas anderes haben wir gefunden – das heißt, ich habe es gefunden, unmittelbar neben der Leiche. Einen schweren silbernen Schreibstift mit den Initialen –«

»– mit den Initialen C. K., nicht wahr?« unterbrach Temple.

»Ja, Mr. Temple! Doch wie – zum Teufel – können Sie das wissen?«

»Das ist eine Sache für sich. Aber es hätte mich sehr verwundert, wenn dieser silberne Schreibstift mit den verräterischen Initialen nicht neben der Leiche gelegen hätte«, gab Temple zurück. »Sagen Sie also Sir Graham, daß ich so bald wie möglich aufbreche, um ihn, wenn es geht, noch vor Mitternacht im Yard zu treffen. Schaffe ich es nicht, werde ich morgen kurz nach acht in seinem Büro sein.«

7

Temple hängte den Hörer ein, drehte sich um und stieß die Tür der Telefonzelle auf. Eine gemurmelte Verwünschung ertönte – Frank Chester, der Hotelmanager, stand neben der Zelle und rieb sich die Schläfe. »Diese verwünschte Tür!« äußerte er. »Entschuldigen Sie, Sir! Aber diese Telefonzelle hätte längst geändert werden müssen. Wie oft habe ich mir schon den Kopf an dieser dummen Tür gestoßen, wenn sie grad aufging, während ich durch den Korridor kam. Haben Sie Ihr Gespräch erhalten, Sir?«

»O danke – ja«, murmelte Temple und war überzeugt, daß Chester gelauscht hatte. »Sie sind doch der Hotelmanager, nicht wahr?«

»Dem Titel nach schon. Daneben mime ich noch den Chefkoch, ferner Hilfstellerwäscher, manchmal sogar Hausknecht. Wäre etwas zu erledigen, Sir?«

»Ja, Mr. Chester – und ich fürchte, ich mache Ihnen Ungelegenheiten damit. Meine Frau und ich – wir müssen unsere Pläne ändern. Der eben erhaltene Anruf zwingt uns, noch heute nach London zurückzukehren.«

»Oh – das tut mir aber leid, Sir.«

»Natürlich bezahle ich den vollen Zimmerpreis für die Nacht.«

»Sehr wohl, Sir. Ich sage gleich im Hotelbüro Bescheid.«

»Halt – bitte noch einen Moment, Mr. Chester. Vielleicht können Sie uns noch einen kleinen Gefallen tun –«

»Ja, bitte?«

»Es betrifft eine Bekannte von uns, die vor drei, vier Monaten hier im Hotel gewohnt hat. Wir haben ihre ständige Adresse verlegt, aber vielleicht ist sie in Ihrem Gästebuch zu finden?«

»Das wäre anzunehmen, Sir. Wann, meinen Sie, wäre die Lady hier gewesen?«

»Das erstemal ungefähr Mitte Juli.«

»Und der Name?«

Temple sah Chester aufmerksam an, als er sagte: »Sie heißt Smith – Miss Judy Smith.«

Chesters Gesicht blieb ausdruckslos, aber als er sprach, klang seine Stimme gepreßt: »Ich werde sofort nachsehen, Sir. Wenn Miss Smith bei uns gewohnt hat, wird sie sich auch finden lassen.«

»Vielen Dank, Mr. Chester – es wäre nett, wenn Sie uns helfen könnten.«

Als Temple an den Tisch zurückkehrte, fand er seine abgekühlte Suppe mit einer unappetitlichen Haut überzogen und daneben ein nicht eben verlockend aussehendes Fischgericht mit geronnener gelber Sauce aufgebaut. Steve hatte die Hälfte ihrer Fischportion bereits gegessen, schien aber an der Mahlzeit weniger Spaß zu finden als an Mr. Davis' munterem Geplauder, von dem Temple eben noch die Worte auffing: ». . . mit Motorrädern nach Neapel. Da heißt es immer ›Neapel sehen und sterben‹, aber ich kann Ihnen versichern . . . Oh, da sind Sie wieder, Mr. Temple –«

»Ja – tut mir leid, daß es so lange gedauert hat. Mein Essen scheint inzwischen auch nicht besser geworden zu sein.«

»Ach, Paul – gut war es von Anfang an nicht«, tröstete ihn Steve vielsagend, »doch wenn man Hunger hat . . .«

Mr. Davis erhob sich höflich und sagte: »Nun will ich Sie aber nicht etwa auch noch beim Essen stören. Vielleicht habe ich das Vergnügen, Sie nachher noch in der Espresso-Bar bei einer Tasse Kaffee zu treffen.«

Temple schüttelte bedauernd den Kopf. »Ich fürchte, daraus wird nichts werden, Mr. Davis. Der Anruf, den ich eben bekam, zwingt uns, gleich nach dem Essen nach London zurückzukehren.«

»O Paul –«, rief Steve überrascht, »dann bleiben wir ja gar nicht über Nacht?« Sie schien erleichtert – vielleicht hatte sie unter der Vorstellung gelitten, daß auch die Hotelbetten ›noch aus der Postkutschenzeit‹ unverändert erhalten geblieben wären.

»Nein, Darling – wir müssen sofort nach dem Essen aufbrechen.«

»Schade«, bemerkte Mr. Davis, »wirklich schade. – Immerhin freue ich mich, daß ich Sie so unverhofft wiedergetroffen habe. Doch jetzt will ich nicht länger stören. Guten Abend, Mrs. Temple! Guten Abend, Mr. Temple! Und gute Fahrt!«

»Guten Abend, Mr. Davis«, gaben Paul und Steve zurück.

Steve wartete, bis Mr. Davis den Speisesaal verlassen hatte, dann fragte sie: »Paul – was ist passiert?«

»Inspektor Crane hat in Sir Grahams Auftrag angerufen – Sir Graham möchte mich so schnell wie möglich sprechen. James

Barton, über den wir uns vorhin unterhalten haben, ist ermordet worden!«

»Um Gottes willen«, flüsterte Steve und wurde bleich, »das wird ja immer furchtbarer! Vorgestern Sir Ernest Cranbury, gestern Jan Mullin, heute James Barton! Dieser Rex wird ja immer mehr zur Mordbestie in Menschengestalt!«

»Vergiß Rex für einen Moment und hör genau zu, Steve«, raunte Temple zurück und rieb, während er sprach, sein goldenes Zigarettenetui behutsam mit dem Taschentuch ab, um es dann neben Steves linkem Ellenbogen auf die Tischdecke zu legen, »hör genau zu, Steve! Gleich wird der Hotelmanager kommen und uns irgend etwas über Judy Smith erzählen, das heißt, er wird erzählen, daß sie nicht hier gewohnt hat. Wenn er bei uns am Tisch steht, wirst du das Zigarettenetui bei einer zufälligen Bewegung vom Tisch stoßen. Hast du verstanden?«

»Genau, Paul – und ich weiß auch den Zweck! Da kommt der Manager schon.«

Mr. Chester blieb mit einer leichten Verbeugung neben dem Tisch stehen. »Ah, Mr. Temple – leider kann ich Ihnen nicht behilflich sein. Ich habe im Gästebuch die Eintragungen für den ganzen Juli durchgesehen, dann für die zweite Junihälfte, schließlich für die erste Augusthälfte, aber von Ihrer Bekannten war nichts zu entdecken. Sind Sie denn sicher, daß Miss Judy Smith wirklich bei uns – oh!« Steve hatte das Zigarettenetui mit einer ganz beiläufigen Bewegung vom Tisch gestoßen, Chester bückte sich sofort, hob es auf und legte es neben Steve auf den Tisch zurück.

»Wie ungeschickt von mir«, sagte Steve bedauernd. »Vielen Dank, Mr. Chester!«

»Nichts zu danken, Mrs. Temple. Ich bedauere nur, daß Sie so schnell wieder aufbrechen müssen. Sicher hätte es Ihnen bei uns gefallen. Also, Mr. Temple, wenn Sie glauben, daß Miss Smith wirklich bei uns gewohnt hat, will ich gern auch noch die anderen Monate durchsehen.«

Temple wandte sich mit nachdenklichem Gesicht an Steve. »Darling – sag bitte, aus welchem Hotel in Canterbury hat Judy uns im Juli geschrieben? War es das ›Seahawk‹ oder woher sonst?«

»Aber Paul – wie kommst du bloß auf Canterbury«, entgegnete Steve und zeigte sich der Situation voll gewachsen. »Judy hat doch nicht aus Canterbury geschrieben, sondern aus Camden Point!«

»Ja dann«, sagte Paul Temple und seufzte, »dann habe ich Ihnen vergebliche Mühe gemacht, Mr. Chester. Entschuldigen Sie bitte.«

»Aber, Mr. Temple – ich bitte Sie, diese kleine Mühe! Soll ich mich jetzt darum kümmern, daß Ihr Wagen vorgefahren wird?«

Temple bejahte, und sobald Mr. Chester den Speisesaal verlassen hatte, nahm er das Zigarettenetui vorsichtig mit dem Taschentuch auf und steckte beides ein. »Wenn wir nachher vergessen, uns an einem Automaten noch ein paar Zigaretten zu ziehen, Darling, haben wir unterwegs nichts zu rauchen. Denn das Etui ist tabu – es darf vorläufig nicht mehr berührt werden.«

»Natürlich – wegen Chesters Fingerabdrücken. Aber du glaubst doch nicht, daß Chester mit Rex identisch ist?«

»Ach wo, aber einer der Helfershelfer von Rex ist er bestimmt.«

»Paul – wer könnte Rex sein? Ahnst du es nicht wenigstens?«

Temple lächelte und hob die Schultern. »Wenn es nach dem Rezept von Edgar Wallace ginge, wäre Rex kein anderer als unser Ricky. Bei dem wimmelt es doch nur so von geheimnisvollen kleinen Chinesen –«

»Ricky ist Siamese, kein Chinese!« erinnerte Steve.

»Gut – Siamese! Aber im Ernst, Steve – ich grüble an diesem Fall herum und komme nicht voran. Da sind tausend offene Fragen. Warum, zum Beispiel, hat Mrs. Trevelyan mich gebeten, in das Haus in der Lancaster Gate zu kommen? Woher hat sie wirklich die dreitausend Pfund gehabt, um Rex zu bezahlen?

Glaubt Mr. Carl Lathom tatsächlich, daß er an Halluzinationen gelitten hat? Und wenn es keine Halluzinationen waren – wer ist das ›Mädchen in Braun‹? Ist es das gleiche Mädchen, das gestern hinter dir her war? Und was hatte Doktor Kohimas Schreibstift neben James Bartons Leiche zu tun?«

»Was ist das? Davon weiß ich noch nichts!«

»Ja – Inspektor Crane sagte mir am Telefon, er hätte neben Bartons Leiche einen silbernen Schreibstift mit den Initialen C. K. gefunden – C. K. ist natürlich gleichbedeutend mit Kohima. Und seltsamerweise erwähnte Doktor Kohima, als ich heute vormittag in seiner Praxis war, Mrs. Trevelyan gegenüber, daß er seinen Schreibstift mit den Initialen C. K. nicht finden könne.«

»Oh – dann sieht es aber böse für den Doktor aus!«

»Na, ich weiß nicht. Ich finde es zu dick aufgetragen. Rex ist doch nicht der Mann, der ein derartiges Indiz am Tatort vergessen würde. Immerhin wird das Durcheinander damit zunächst wieder mal vergrößert. Denn Rex plant sehr genau – er tut bestimmt nichts ohne besonderen Zweck. Durch die Sache mit dem Schreibstift will er wahrscheinlich erreichen, daß Doktor Kohima in Untersuchungshaft genommen wird, und Mrs. Trevelyan vielleicht dazu.«

»Übrigens verdächtigt Mr. Davis unsere verängstigte Mrs. Trevelyan«, warf Steve ein. »Er hat mir vorhin seine Theorie entwickelt. Eine prachtvolle Theorie, kann ich dir sagen – typisch für einen Mann, der sich geistig ausschließlich von Kriminalromanen ernährt.«

»Na ja – aber dieser Mr. Davis ist für mich auch eine von den offenen Fragen. Ist er wirklich Reisender? Hat er mit Verbrechen und Verbrechern wirklich nur dadurch zu tun, daß er sich an Kriminalromanen überfrißt? Die Geschäftskarte, die er mir gegeben hat, macht auf den ersten Blick einen echten Eindruck. Aber – wäre nicht gerade die Tätigkeit als Handlungsreisender ein sehr zweckmäßiger Deckmantel für Rex? Du siehst, Darling – Fragen, immer neue Fragen, und keine Antwort . . .«

Als sie nach dem Essen in ihr Zimmer hinauf wollten, um ihr Gepäck und ihre Mäntel zu holen, trafen sie in der Eingangshalle Mr. Davis und den Hotelmanager in ein Gespräch vertieft. Genaugenommen war es allerdings Mr. Davis, der überaus lebhaft und gestenreich redete, während Mr. Chester stumm dastand und ab und zu höflich mit dem Kopf nickte. Er schien erleichtert, als er Paul und Steve kommen sah, da ihm dies einen Vorwand gab, der einseitigen Unterhaltung zu entrinnen.

»Ich habe die Koffer und die Mäntel schon heruntergeholt«, sagte er. »Die Koffer sind im Auto, die Mäntel hängen hier in der Garderobe. Hoffentlich darf ich Sie recht bald, und dann für einige schöne Tage, wieder in unserem Hotel begrüßen . . .«

Die ganze Grafschaft Kent schien in Nebel gehüllt. Sobald sie die beleuchteten Straßen von Canterbury hinter sich hatten, konnte Temple die Geschwindigkeit nicht etwa erhöhen, im Gegenteil – er mußte sie herabsetzen.

»Das kann ja heiter werden«, murmelte er, als er schließlich sogar auf den zweiten Gang zurückschalten mußte.

»Paul – es war doch Crane, der vorhin mit dir telefonierte?«

»Ja.«

»Was denkst du über diesen Mann, Paul? Ich weiß nicht – für mich umgibt ihn irgendein Geheimnis. Das hat nichts mit seinem fatalen Grinsen zu tun, nein – es ist ein merkwürdiges Mißtrauen, das ich nicht überwinden kann. Diesen Crane umgibt ein Odium, möchte ich sagen – er ist so ganz anders als alle Scotland-Yard-Beamten, mit denen wir sonst zu tun hatten. Ich könnte mir vorstellen, daß er ein Doppelleben führt.«

»Und nun meinst du – am Ende wäre er Rex?«

»Nein, das wohl auch wieder nicht. Glaubst du es etwa, Paul?«

»Warum sollte er es nicht sein? Rein theoretisch gesprochen natürlich! Ein Scotland-Yard-Beamter hätte doch eigentlich viele Voraussetzungen, die ein Meisterverbrecher benötigen würde.

Durch seine Kenntnisse und Fähigkeiten wäre er der Aufklärung immer ein Stückchen voraus. Du erinnerst dich doch an den Inspektor, der damals, als wir uns kennenlernten, in der Affäre mit ›Karobube‹ eine merkwürdige Rolle spielte und nachher entlarvt wurde? Nun soll das aber nicht etwa heißen, daß ich Crane wirklich verdächtige.«

»Auch nicht als Komplicen von Rex? Wenigstens insofern, als er die Ermittlungen durcheinanderbringt? Oder erschwert oder so etwas?«

»Das kann ich dir nicht mit einem Ja oder Nein beantworten, Steve. Aber glaub mir – ich achte schon auf Crane, überspielen soll er uns bestimmt nicht. Doch sieh mal – was ist das? Der Nebel lichtet sich ja . . .«

Tatsächlich wurde der Nebel dünner und hörte dann völlig auf, so daß Temple endlich schneller fahren konnte.

»Was hältst du eigentlich von Mrs. Trevelyan, Steve?« fragte er, als sie in hohem Tempo über die ziemlich gerade und übersichtliche Autostraße dahinjagten. »Ich meine – unter rein weiblichen Gesichtspunkten?«

»Ich glaube, sie hat es im Leben nicht immer leicht gehabt«, entgegnete Steve gedankenvoll. »Übrigens mag ich sie. Vielleicht sagte sie nicht immer die Wahrheit, aber das wäre bestimmt nur eine Folge des furchtbaren Druckes, unter dem sie steht. Auf Männer müßte sie eigentlich anziehend wirken.«

»Wer mag Mister Trevelyan gewesen sein? Der Name ist im Westen und Nordwesten des Landes recht verbreitet, in Cornwall gehören viele Trevelyans zur Aristokratie.«

»Wer Mister Trevelyan war, ist mir eigentlich ziemlich gleichgültig, Paul. Das düstere Geheimnis dieser Frau sollte uns mehr interessieren. Es muß sehr schwerwiegend sein, sonst hätte sie sicher nicht die dreitausend Pfund gezahlt.«

»Unglücklicherweise sind diese dreitausend Pfund nur eine Art erste Rate. Du weißt ja, Steve – Erpresser sind unersättlich, sie wollen immer mehr. Mrs. Trevelyan dürfte sich darüber im klaren sein. Bestimmt hat sie auch erkannt, daß es das klügste für sie ist, wenn sie sich – ganz gleich wie weit ihre Abhängigkeit von Rex schon geht – so schnell wie möglich auf unsere Seite schlägt und uns hilft, Rex zu fassen. Andererseits scheint sie aus irgendwelchen noch unerkennbaren Gründen ein wenig auf Zeit spielen zu wollen, was die Sache natürlich wieder kompliziert. Hallo – was ist das?«

Ein Stück voraus wurde auf der Straße ein rotes Licht geschwenkt – die Scheinwerferkegel erfaßten die Gestalt des Mannes, der es bewegte. Temple bremste und brachte den Wagen neben dem Mann zum Stehen, offensichtlich einem Polizeibeamten in Zivil.

»Guten Abend, Sir«, sagte der Mann und beugte sich höflich zu dem von Temple heruntergekurbelten Fenster hinab. »Sie werden leider einen kleinen Umweg machen müssen – die Straße ist blockiert. Eine knappe Meile weiter sind zwei Lastwagen zusammengestoßen und umgeschlagen. Benutzen Sie bitte den Seitenweg dort drüben rechts. Nach wenig mehr als einer halben Meile werden Sie auf einen wieder nach links abzweigenden gutbefahrbaren Feldweg stoßen, der Sie ein Stück unterhalb der Unfallstelle auf die Hauptstraße zurückführt. Es ist kein großer Umweg. Gute Fahrt, Sir!«

»Danke für die Information«, sagte Temple und lenkte den Wagen in die bezeichnete Nebenstraße, die sich nach kaum zweihundert Metern als ein richtiger Hohlweg mit hohen Böschungen und als so schmal erwies, daß es nur mit größter Vorsicht möglich gewesen wäre, einem entgegenkommenden Fahrzeug auszuweichen.

Zwar gab es auf diesem einsamen Weg keine entgegenkommenden Fahrzeuge, dafür aber setzte unversehens der leidige Nebel wieder ein und wurde gleich derart dicht, daß Temple den Wagen kaum noch im Fußgängertempo rollen lassen konnte.

»Nimmt denn dieses Glanzstück von Nebenstraße überhaupt kein Ende?« murmelte er nach einer Weile. »Oder sollten wir versehentlich schon über die Abzweigung nach links hinausgefahren sein?«

»Ich habe nichts von einer Abzweigung bemerkt«, antwortete Steve, die angestrengt durch die Windschutzscheibe spähte, »sie muß also noch – halt, Paul, halt! Ein Seil!«

Mit einem Ruck kam der Wagen zum Stillstand – kaum eine Handbreit vor der Windschutzscheibe straffte sich ein quer über die Straße gespanntes Stahlseil.

»Das ist noch mal gut gegangen«, knurrte Temple, sprang aus dem Wagen und leuchtete das Stahlseil mit seiner Taschenlampe ab. »Verdammte Falle! Ohne den Nebel wären wir mit hoher Geschwindigkeit dagegengeknallt – das Seil hätte die Karosserie aufgerissen und uns die Köpfe abschneiden können!«

»Aber Paul – wer hat das bloß –?«

»Das würde uns der Gentleman mit der roten Laterne erzählen können. Doch zurückfahren, um ihn zu fragen, hätte keinen Sinn – er ist bestimmt längst auf und davon, er hatte ja nur die Aufgabe, uns in diesen Hohlweg zu schicken! Das heißt – zurückfahren müssen wir trotzdem. Das Seil ist so gut befestigt, daß es sich ohne entsprechendes Werkzeug nicht losmachen läßt.«

»Aber wie willst du den Wagen auf dieser schmalen Straße wenden?«

»Darüber denke ich eben nach –« Er fing an, mit der Taschenlampe methodisch umherzuleuchten, schaltete sie aber plötzlich aus und flüsterte: »Hast du das gehört, Steve?«

»Ja – was war das? Ein Stöhnen?«

Beide lauschten. Das Geräusch wiederholte sich – ein qualvoll röchelndes Stöhnen, irgendwo in der nebelverhangenen Finsternis.

»Bleib im Wagen, Steve«, raunte Temple, aber Steve stand schon neben ihm auf der Straße. Abermals erklang das Stöhnen. Es schien von der Höhe der strauchbewachsenen Hohlwegböschung zu kommen.

»Du bleibst hier stehen, Steve«, befahl Temple und sprang auf die Böschung zu. Als er sich durch das dichte Gestrüpp hindurcharbeitete, merkte er, daß Steve ihm unmittelbar folgte. Oben angelangt, ließ er den Lichtstrahl der Taschenlampe suchend umhergleiten.

»Dort, Paul – dort!« stöhnte Steve neben ihm. Direkt vor ihnen hing der Körper eines seltsam zusammengeschnürten Mannes an einem Ast, die Füße in gleicher Höhe wie die Schultern.

»Schnür ihn los, Paul – um Gottes willen, schnell!«

»Das dauert zu lange! Ich versuche den Ast abzubrechen!« Im Nu war Temple neben dem Baum, machte einen jähen Satz in die Höhe, bekam den dicken Ast neben dem Stamm mit beiden Händen zu packen und wippte ein paarmal auf und ab. Ein Krachen und Splittern ertönte, darauf dumpfes Fallen. Temple rappelte sich schnell vom Boden empor und rief Steve zu: »Lauf zum Wagen – bring die Brandyflasche aus meiner Manteltasche.«

Steve eilte davon, zwängte sich, so schnell es ging, durch das Gesträuch, erreichte den Wagen, fand die Brandyflasche und langte atemlos wieder oben an.

Inzwischen hatte Paul die Fesseln gelöst, den Mann lang ausgestreckt und war eben dabei, mit der künstlichen Atmung zu beginnen. Steve streifte das Gesicht des Mannes mit dem Lichtstrahl der Taschenlampe und schrie auf: »Paul – das ist ja Spinne Williams, der dir über Doktor Kohimas Auto berichtet hat – vorgestern, im ›Golden Key‹!«

Paul nickte stumm und fuhr fort, die Arme des Bewußtlosen rhythmisch auf und nieder zu bewegen. Steve blieb einen Moment lang wie erstarrt stehen. Dann fiel ihr ein, daß sie in ihrer Handtasche ein Fläschchen mit starkem Riechsalz hatte – sie eilte wieder zum Auto, um es zu holen.

Die Atemübungen und die leichte Halsmassage, die Temple bei Williams vornahm, begannen zu wirken – Spinne kam wieder zu Bewußtsein und schlug die Augen auf.

»Keine Angst, Spinne«, murmelte Temple beruhigend, »bald ist alles wieder in Ordnung.«

»Was, Mr. Temple – Sie!« stammelte Williams. »Hörte gerade noch, daß ein Wagen kam, dann war ich plötzlich weg.«

»Ruhig liegen bleiben, Spinne, und tief atmen!«

»Aber – aber ich muß es Ihnen erzählen, Mr. Temple. Ich war doch mit dem Geld unterwegs. Hab' alles erledigt, wie man es mir aufgetragen hatte. Dann plötzlich –«

»Wer hat Sie denn hierher geschickt, Spinne?«

»Lord Stanwyck! Versprach mir zweihundert Pfund, wenn ich das Geld an Rex überbrächte. Sah alles ganz leicht und einfach aus. Pst – da kommt jemand!« Das letzte wurde erschreckt geflüstert.

»Keine Angst, Spinne, es ist nur meine Frau!«

Steve kam herbei, gab Temple den Riechsalzflakon, Temple drehte den Stöpsel heraus und hielt den Flakon unter Williams' Nase. »Tief einatmen, Spinne, das wird Sie erfrischen.«

Das scharfe Riechsalz ließ Williams nach Luft schnappen. Nach einigen tiefen Atemzügen sagte er leise: »Gott sei Dank, daß Sie gekommen sind, Mr. Temple. Und gerade noch zurecht. Zwei Minuten später wäre es mit mir vorbei gewesen.«

»Denken Sie nicht mehr dran, Spinne, es ist ja noch mal gut gegangen«, mahnte Temple.

»Ja, Mr. Temple. Fühl' mich schon viel besser. Gleich werd' ich aufstehen können.«

»Nicht aufstehen, Spinne! Trinken Sie mal einen tüchtigen Schluck hiervon, und dann trage ich Sie zu meinem Auto hinunter.« Temple drückte Williams die geöffnete Brandyflasche in die Hand, hob ihm den Kopf an und stützte ihn. Der kleine Mann setzte die Flasche an und nahm einen langen Schluck.

Einen Augenblick danach stieß er einen wimmernden Schrei aus, ließ die Flasche fallen, krümmte sich zusammen, zuckte verkrampft und sank mit verzerrtem Gesicht kraftlos zurück.

»Paul – was ist passiert?« rief Steve bestürzt.

Temple schien ratlos. »Weiß nicht. Vielleicht hat seine Kehle durch die Strangulation eine innere Verletzung davongetragen.

Ich hätte ihm doch wohl keinen Brandy geben sollen. Um Gottes willen, Steve – er stirbt!« Williams hatte sich noch einmal zusammengekrümmt, dann lang ausgestreckt und lag jetzt reglos da.

»Meinst du, der Brandy, Paul –?« flüsterte Steve.

»Der Brandy?« wiederholte Temple und roch an der Flasche. »Ja – Brandy! Aber mit Arsenik versetzt!«

8

Mitternacht war natürlich längst vorüber, als Temple bei Scotland Yard ankam, und wenn auch Sir Graham sich inzwischen nach Hause begeben hatte, konnte Temple doch wenigstens sein Zigarettenetui und die verhängnisvolle Brandyflasche dem diensthabenden Inspektor aushändigen, damit die darauf vorhandenen Fingerabdrücke so schnell wie möglich untersucht würden.

Kurz nach acht Uhr am nächsten Morgen war Temple dann bereits wieder im Yard und begab sich in Sir Grahams geräumiges Dienstzimmer. Der Chefkommissar lief darin auf und nieder wie ein gereizter Löwe, während Inspektor Crane kerzengerade und anscheinend ziemlich indigniert auf einem Stuhl saß.

»Na, Temple – endlich!« lautete Sir Grahams Begrüßung. »Wissen Sie das Neueste? Innenminister Lord Flexdale plant in Sachen ›Rex‹ wieder einen ›Appell an die Nation‹ – er hat es mir eben telefonisch angekündigt! Und wir haben mit dem Mord James Barton ein neues Rätsel aufgetischt bekommen, das sich allem Anschein nach zunächst als genauso unlösbar erweisen wird wie die anderen Rex-Morde. Eine reizende Situation!«

»Schlimm genug.« Temple nickte. »Hat sich denn inzwischen wenigstens das Geschoß gefunden, durch das Barton getötet wurde?«

»Nein – es hat sich nicht gefunden«, gab Sir Graham wütend

zurück, »und das macht die Sache doppelt und dreifach unerklärlich! Sie müssen wissen, Temple – James Barton wurde in seinem Büro bei Overland Airways ermordet, sein Sekretär, der ihm gestern abend gegen halb sieben einige Papiere überbringen wollte, fand ihn erschossen auf. Nun ist das Haus der Overland Airways erst vor kurzer Zeit in einem ganz neuen Verfahren und unter Verwendung neuartiger Baustoffe errichtet worden –«

»Ja, ich erinnere mich«, unterbrach Temple, »die Wände sind im Betonguß hergestellt und die Fenster aus kugelsicherem Material, das James Barton selbst entwickelt hat.«

»Richtig!« bestätigte Sir Graham. »Und das Geschoß, das James Barton durch den Schädel gefahren ist, konnte weder irgendwo in der Wand steckenbleiben, noch konnte es eins der Fenster durchschlagen. Demnach müßte es noch in dem Zimmer zu finden sein –«

»– sofern nicht der Mörder es aufgehoben und mitgenommen hat«, unterbrach Temple abermals.

Sir Graham starrte ihn an. »Das ist natürlich eine Theorie, die allerlei für sich hat!«

»Gut und schön«, warf Inspektor Crane verärgert ein, »aber weiter bringt uns diese Theorie auch nicht!«

»Immerhin beweist sie wieder einmal, daß Rex über eine Kaltblütigkeit verfügt, die schon ans Unheimliche grenzt«, bemerkte Temple.

In diesem Augenblick klopfte es an die Tür, ein uniformierter Sergeant trat ein und sagte zu Sir Graham: »Verzeihung, Sir – es handelt sich um die Fingerabdrücke auf dem Zigerettenetui und der Brandyflasche, die Mr. Temple heute nacht hier abgegeben hat. Ah – da ist ja Mr. Temple persönlich! Guten Morgen, Mr. Temple!«

»Guten Morgen, Sergeant!« erwiderte Temple freundlich.

»Was ist mit den Fingerabdrücken?« fragte Sir Graham ungeduldig.

»Auf der Brandyflasche waren nur Abdrücke von Mr. und Mrs. Temple und von Spinne Williams. Die Abdrücke auf dem Etui aber haben wir im Archiv gefunden, Sir«, berichtete der Sergeant in dienstlichem Ton. »Gehören einem Mann namens Mulberry – Michael David Mulberry. Vier Vorstrafen wegen Raubüberfall, Nötigung, Körperverletzung und Betrug. War auch in eine Erpressungsaffäre verwickelt, bei der ihm jedoch nichts nachgewiesen werden konnte. Zuletzt vor zwei Jahren aus dem Gefängnis entlassen, seitdem untergetaucht und spurlos verschwunden.«

»Nicht verschwunden – er hat nur seine Identität gewechselt«, erläuterte Temple, »aber sonst dürfte er dasselbe Herzchen geblieben sein, das er von jeher war. Er nennt sich jetzt Frank Chester und spielt im Hotel ›Seahawk‹ in Canterbury den Manager. Besten Dank, Sergeant! Wenn Sie jetzt noch die Freundlichkeit hätten, mir mein Etui –«

»Natürlich, Mr. Temple – hier ist es.« Der Sergeant holte Temples Etui aus der Tasche, gab es ihm und ging wieder hinaus.

Sir Graham machte ein nachdenkliches Gesicht, räusperte sich und sagte: »Ich stelle mir die Sache so vor, Temple – während Sie mit Ihrer Frau beim Dinner saßen, hat dieser Chester, der ja von Ihrem bevorstehenden Aufbruch wußte, die Arseniklösung mit behandschuhten Händen in Ihre Brandyflasche gefüllt. Er wollte sichergehen – wenn der Trick mit dem Seil Sie nicht tötete, würde er zumindest so erschrecken, daß Sie einen tüchtigen Schluck aus der Brandyflasche nötig hätten.«

»Tatsächlich wollte ich zuerst auch einen Schluck nehmen«, gestand Temple, »doch dann hörte ich das Stöhnen –«

»Sie haben wirklich unverschämtes Glück, Temple«, meinte Sir Graham, »das habe ich Ihnen ja schon heute nacht am Telefon gesagt, als Sie mir die ganze Geschichte erzählten. Schade übrigens um diesen Spinne Williams – wäre er ein paar Minuten länger am Leben geblieben, hätte er Ihnen bestimmt eine ganze Menge verraten, was uns sehr nützlich gewesen wäre. Vielleicht ist er sogar mit Rex selbst zusammengetroffen und hätte ihn beschreiben können. Sicher war doch Rex zumindest in unmittelbarer Nähe, da es darum ging, den von Lord Stanwyck erpreßten hohen Betrag in Empfang zu nehmen . . .«

Jetzt ließ sich Inspektor Crane wieder einmal vernehmen, der immer noch steif und indigniert auf seinem Stuhl saß. »Sir Graham«, sagte er, »entschuldigen Sie – aber ich finde, wir müßten endlich mal etwas unternehmen! Finden Sie nicht auch, Mr. Temple?«

»Und was wollen Sie unternehmen?« fragte Sir Graham.

»Zunächst einmal einen Haftbefehl gegen diesen Chester erwirken!«

»Nein – das wäre verkehrt«, widersprach Temple. »Was sollen wir mit Chester, alias Mulberry? Rex wollen wir haben. Ist Rex erst einmal gefaßt, kriegen wir die anderen automatisch als Dreingabe.«

»Natürlich«, räumte Crane etwas grämlich ein, »aber gesetzt den Fall, dieser Chester wäre Rex?«

»Er ist nicht Rex«, versicherte Temple, »dafür fehlt ihm das Format. Außerdem – Sir Graham hat natürlich recht, wenn er unterstellt, daß Rex in unmittelbarer Nähe war, als Spinne Williams überwältigt und aufgeknüpft wurde. Chester indessen war, als wir abfuhren, in Canterbury und kann uns nicht überholt haben, denn es hat uns niemand überholt. Ebensowenig gibt es eine Abkürzung, die er hätte benutzen können – das habe ich auf einer Spezialkarte von Kent heute nacht noch einmal genau geprüft. Und da ein Mensch nicht zur gleichen Zeit an zwei Orten sein kann, die rund fünfzehn Meilen voneinander entfernt sind, ist Chester nicht Rex, das steht fest.«

»Aber der Mordanschlag auf Sie und auf Mrs. Temple«, erinnerte Crane, der offenbar allzu gerne endlich einmal jemanden verhaften lassen wollte, »das Stahlseil, die Brandyflasche mit der Arseniklösung – sollte dies keine Veranlassung zu Chesters Verhaftung geben?«

»Abgesehen davon, daß die Verhaftung uns nichts nützen würde«, wandte Temple ein, »was könnten Sie Chester beweisen, Inspektor? Hinsichtlich der Seilfalle gar nichts, und auf der Brandyflasche hat er keine Fingerabdrücke hinterlassen. Ich bin nicht einmal sicher, ob er es war, der die Arseniklösung in die Flasche gefüllt hat.«

»Wer denn sonst?« fragte Sir Graham.

»Zum Beispiel – vielleicht ein gewisser Wilfred Davis«, sagte Temple ruhig, »ein Handlungsreisender, der ausschließlich Kriminalromane liest und sich brennend für die Rex-Affäre zu interessieren scheint. Er hat auf etwas ulkige Art vor drei, vier Tagen meine Bekanntschaft gesucht und ist gestern im ›Seahawk‹ auch wieder aufgetaucht. Nein, nein, Sir Graham – Sie sehen, daß Verhaftungen sinnlos wären, wenn sie uns nicht wirklich weiterbringen. Was Chester betrifft, so sollten Sie ihn natürlich durch die örtliche Polizei unauffällig überwachen lassen, aber –«

Die Haussprechanlage summte, und eine Stimme meldete: »Doktor Charles Kohima wünscht Sir Graham Forbes zu sprechen.«

»Soll kommen«, gab Sir Graham zurück und fügte zu Temple gewandt hinzu: »Wir haben ihn telefonisch hergebeten – wegen dieses silbernen Schreibstiftes mit seinen Initialen. Wir müssen ja jede sich bietende Spur verfolgen.« Das letztere klang etwas unsicher.

»Natürlich müssen Sie das«, entgegnete Temple und konnte ein Lächeln nicht unterdrücken.

Als Dr. Kohima hereinkam, wurde er von Sir Graham sehr höflich begrüßt und in den bequemsten Besuchersessel genötigt. Dann aber war es Inspektor Crane, der die Unterhaltung begann. »Es tut uns sehr leid, Doktor, daß wir einen so vielbeschäftigten Arzt wie Sie zu uns bitten mußten«, sagte er, »aber wir glauben, daß Sie uns in einer bestimmten Angelegenheit behilflich sein können.«

»Behilflich sein – gewiß, gerne«, erwiderte Dr. Kohima und nickte freundlich, »doch darf, wenn es mein berufliches Gebiet betrifft, meine ärztliche Schweigepflicht dadurch nicht verletzt werden.«

»Nein, nein – es betrifft nicht Ihr berufliches Gebiet, Doktor«, erklärte Crane, »es betrifft Sie persönlich. Wir brachten nämlich in Erfahrung, daß Sie einen silbernen Schreibstift vermissen, in den Ihre Initialen eingraviert sind.«

»Oh, das überrascht mich! Scotland Yard und mein verlorener Schreibstift – dabei habe ich doch aber den Verlust noch nicht einmal bei dem zuständigen Polizeirevier gemeldet, denn soviel ist der Stift gar nicht wert.« Er schüttelte nachdenklich den Kopf, warf Temple einen kurzen Blick zu und sagte: »Ach so, jetzt verstehe ich – Mr. Temple war ja gestern dabei, als ich meine Sekretärin nach dem vermißten Schreibstift fragte.«

»Stimmt«, bestätigte Temple, »aber, Doktor – ich habe diese Frage nicht angeschnitten.«

In peinlich verändertem Ton fuhr Crane auf den Doktor los: »Wann haben Sie Ihren Schreibstift verloren?«

Dr. Kohima zeigte sich befremdet. »Gestern früh habe ich ihn vermißt«, erklärte er zurückhaltend. »Am Abend davor hatte ich ihn noch, das weiß ich genau. Aber, Inspektor, Sie haben mich doch wohl nicht hierhergebeten, um sich mit mir über meinen verlorenen Schreibstift zu unterhalten?«

Crane sah Kohima durchdringend an, holte einen silbernen Schreibstift aus der Tasche und hielt ihn dem Doktor hin. »Ist das Ihr Schreibstift?«

Der Doktor besah den Stift, warf einen Blick auf die eingravierten Initialen und antwortete ohne besondere Betonung: »Nein, das ist nicht mein Schreibstift!«

»Nicht?« wiederholte Crane verblüfft und enttäuscht. Der Doktor verneinte abermals.

»Sind Sie ganz sicher, Doktor?« mischte sich Sir Graham ein.

»Ganz sicher.«

»Aber es sind doch Ihre Initialen, Doktor«, versuchte es nun Temple.

»Gewiß, Mr. Temple – C. K. sind meine Initialen. Aber dies ist nicht mein Schreibstift!«

»Hm«, machte Inspektor Crane und schien etwas kleinlaut, »die Sache ist nämlich die, daß dieser Schreibstift unter recht außergewöhnlichen Umständen gefunden wurde.«

»Ja? Darf ich fragen wo?« äußerte der Doktor wohlerzogen, aber völlig uninteressiert.

»Nun – Sie haben doch wohl heute früh in den Zeitungen von dem Mord an James Barton gelesen?«

»Natürlich«, bestätigte Dr. Kohima. »Ich kannte James Barton – er war vor einiger Zeit mein Patient.«

»Sieh an!« sagte Sir Graham. »Ein besonderer Fall?«

Dr. Kohima hob die Schultern. »Nervenzusammenbruch infolge chronischer Überarbeitung. Litt aber auch an Halluzinationen.«

»Das ist interessant!« warf Temple ein. »Können Sie sich erinnern, Doktor, welcher Art die Halluzinationen waren?«

Dr. Kohima rieb sich nachdenklich das Kinn. »Es ist eine Weile her. Aber wenn ich mich recht erinnere, litt Barton unter der Vorstellung, eines Tages von einer geheimnisvollen Frau in den Rücken geschossen zu werden. Ja – jetzt fällt es mir deutlich ein. Er glaubte sich von dieser Frau auf Schritt und Tritt verfolgt und bat mich, irgend etwas zu inszenieren, um seine Verfolgerin einzufangen. Ich habe versucht, auf diese Bitte einzugehen, aber –«

»– aber Sie haben die Frau offenbar nicht erwischt«, unterbrach Temple.

»Kann man Halluzinationen dingfest machen?« erwiderte Dr. Kohima lächelnd. »Andererseits – zu Tode gekommen ist Barton jetzt doch nicht durch eine Frau, sondern durch Rex, wie die Zeitungen berichten.«

»Wobei wir aber noch nicht einmal wissen«, gab Temple zu

bedenken, »ob Rex nun ein Mann oder eine Frau ist. Nehmen wir einmal an, Doktor, die geheimnisvolle Frau, von der Barton sich bedroht fühlte, wäre keine Halluzination gewesen. Nehmen wir ferner an, Barton hätte diese Frau wirklich und leibhaftig gesehen, ehe er zu Ihnen in Behandlung kam. Hätten Sie sie ihm dennoch auszureden vermocht?«

»Das ist eine akademische Frage, Mr. Temple. Ich würde sagen – es würde von den Anlagen und der geistigen Verfassung des Patienten abhängig gewesen sein.«

»Aber unmöglich wäre es doch nicht, Doktor?« wollte Temple wissen. »Jedenfalls las ich in einem Werk des Psychologen Hellmann –«

»Hellmann ist ein bedeutender Wissenschaftler und hat über dieses Thema sehr Wichtiges zu sagen«, stimmte der Doktor zu. »Dennoch lassen sich seine Erkenntnisse nicht unbedingt verallgemeinern und auf jeden vorkommenden Fall anwenden – die Variabilität ist gerade bei derartigen Erkrankungen zu groß. Aber, entschuldigen Sie – ich verstehe nicht, was das alles mit meinem verlorenen Schreibstift zu tun haben soll?«

»So merkwürdig Ihnen das vorkommen mag, Doktor – es besteht eine Verbindung«, erklärte Temple. »Der Schreibstift, den Inspektor Crane in der Hand hält, ist nämlich neben James Bartons Leiche gefunden worden.«

»Aha«, sagte Dr. Kohima und nickte bedächtig, »jetzt verstehe ich Ihre Neugier. Aber es ist nicht mein Schreibstift.«

Inspektor Crane schnitt ein ungläubiges Gesicht. Sir Graham setzte zu einer Bemerkung an – doch da läutete das Telefon, Sir Graham nahm den Hörer auf und meldete sich, lauschte einen Augenblick, wandte sich zu Temple und reichte ihm den Hörer. »Für Sie, Temple.«

Es war Ricky, der anrief. »Ich bedaure so sehr, Mr. Temple, daß ich Sie stören muß. Aber Mrs. Temple ist ausgegangen und hier ist ein Gentleman erschienen, der darauf bestand, daß ich Sie anrief. Ein Mr. Lathom, Sir, Mr. Carl Lathom.«

»Ah – gut, Ricky! Sagen Sie Mr. Lathom, er möge ein wenig warten, ich bin in zehn Minuten da.«

»Danke vielmals, Mr. Temple – ich werde es dem Gentleman ausrichten. Er scheint sehr verstört.«

»So, so! Nun – servieren Sie ihm einen starken Whisky und einige Ihrer uralten asiatischen Weisheiten. Ich beeile mich.« Damit legte Temple den Hörer auf und sagte zu Sir Graham: »Sie werden mich entschuldigen müssen, Sir Graham – ich habe eine dringende Unterredung vor, und hier kann ich im Moment doch wohl nicht mehr viel nützen.«

»Aber dieser Schreibstift –«, beharrte Crane.

»Lieber Inspektor – wir werden doch wohl nicht darüber rechten dürfen, wenn ein Mann wie Doktor Kohima erklärt, daß ihm dieser Schreibstift nicht gehört«, sagte Temple betont. »Die Initialen C. K. können ja auf Hunderte von Besitzern silberner Schreibstifte zutreffen.« Crane schien hierüber wenig erbaut und wollte widersprechen, aber Temple fuhr fort: »Doktor Kohima ist ein sehr in Anspruch genommener Arzt mit vielen Patienten, die seiner bedürfen. Es ist anzuerkennen, daß er sich die Zeit genommen hat, hierherzukommen, aber sicher wird es ihm lieb sein, wenn er jetzt so schnell wie möglich in seine Praxis zurückkehren kann. Darf ich Sie der Einfachheit halber im Auto mitnehmen, Doktor?«

»Vielen Dank, Mr. Temple, aber ich habe ja meinen eigenen Wagen unten«, erwiderte Dr. Kohima und lächelte Temple zu.

»Trotzdem würde ich vorschlagen, Doktor, daß Sie jetzt gleich mit mir hinunterkommen«, äußerte Temple und lächelte zurück, »man verläuft sich in diesem Riesengebäude so leicht. Gehen wir also.« An der Tür blieb er stehen. »Sobald ich etwas Neues erfahre, rufe ich Sie an, Sir Graham. Und was den silbernen Schreibstift betrifft, Inspektor Crane – als bemerkenswertes Schaustück für das Scotland-Yard-Museum ist er allemal noch zu brauchen . . .«

*

Mr. Carl Lathom wirkte tatsächlich verstört. Er erhob sich zwar zur Begrüßung aus dem Sessel, als Temple kam, stand aber schwankend auf unsicheren Füßen da und setzte sich schnell wieder hin. »Es ist mir schrecklich peinlich, Mr. Temple«, sagte er, und sein Gesicht schien ganz grau und verfallen, »aber ich bin wirklich vollkommen durcheinander. Ich weiß nicht, wo ich anfangen soll.«

»Fangen Sie am besten am Anfang an, Mr. Lathom.«

Lathom stieß einen Seufzer aus. »Mr. Temple – Sie haben gestern, als wir uns in Doktor Kohimas Wartezimmer trafen, eine seltsame Äußerung getan. Sie – Sie sagten, ich sollte Sie konsultieren, wenn – wenn meine Halluzination mir wieder – begegnen – würde –«

»Wenn ich das sagte, dürfte ich einen guten Grund dazu gehabt haben.«

»Ja – und mir scheint, ich – ich habe diesen Grund jetzt begriffen«, ächzte Lathom und zitterte am ganzen Leibe. »Sie – Sie haben von Anfang an nicht daran geglaubt, daß es – daß es eine Halluzination wäre, nicht wahr, Mr. Temple?«

»Glauben Sie denn noch daran?«

»Nein!« stöhnte Lathom auf. »Nein! Ich glaube nicht mehr daran! Sie ist wieder hinter mir her! Überall, wo ich gehe und stehe, ist sie hinter mir her! Bei Tag und Nacht! Ich fühle es! Ich weiß es! Es treibt mich zum Wahnsinn!«

»So – sie ist wieder hinter Ihnen her«, entgegnete Temple ruhig. »Mit anderen Worten – Sie werden verfolgt. Das ist an sich nichts Außergewöhnliches, Mr. Lathom – Hunderte von Menschen werden verfolgt, auch ich selbst bin oft genug verfolgt worden. Versuchen Sie mal ganz sachlich zu sein – Sie haben Ihre Verfolgerin also wieder gesehen? Wann und wo war das?«

»Heute – spät in der Nacht, als ich aus dem Klub kam. Immer noch, immer wieder das gleiche Mädchen! Das ›Mädchen in Braun‹! Sie war hinter mir her von Hyde Park Corner bis zur Shaftesbury Avenue! Zuerst wollte ich meinen Augen nicht trauen. Natürlich habe ich dann versucht, sie abzuschütteln, ich bin kreuz und quer durch Seitenstraßen gelaufen, aber sie blieb mir auf den Fersen. Zuletzt überkam mich der Mut der Verzweiflung – ich wollte ihr entgegentreten, sie stellen. Doch da verschwand sie wie ein Gespenst. Es ist entsetzlich, es treibt mich zum Wahn –«

Das Läuten des Telefons ließ ihn verstummen. Temple nahm den Hörer auf. »Ja – hallo, Steve? Was gibt's?«

»Hör zu, Paul – es ist dringend! Als ich vorhin zum Friseur ging, merkte ich, daß ich verfolgt wurde. Von dem ›Mädchen in Braun‹, Paul! Solange ich beim Friseur war, muß sie irgendwo in der Nähe gewartet haben – jedenfalls ist sie jetzt wieder hinter mir her!«

»Von wo sprichst du?«

»Von der Telefonzelle im Seidenspezialhaus Derry & Tom, Bond Street. Das ›Mädchen in Braun‹ lauert am Eingang. Was soll ich tun?«

»Noch fünf Minuten in der Telefonzelle bleiben – ruf irgendeine Bekannte an und plaudere ein wenig mit ihr. Ich komme sofort!«

Damit legte er den Hörer auf und sagte zu Lathom, der dem Gespräch verdutzt gelauscht hatte: »Schnell, Mr. Lathom, kommen Sie – wir haben eine Verabredung.«

»Wir?« fragte Lathom erstaunt.

»Ja – wir! Mit Ihrer Halluzination, Mr. Lathom . . .«

9

Als Temple kaum fünf Minuten später in der Bond Street mit Lathom aus dem Auto sprang, sah er Steve unruhig vor dem Eingang von Derry & Tom Ausschau halten. Sowie sie ihn entdeckte, kam sie auf ihn zugelaufen. »Paul – leider kommst du zu spät!«

»Willst du damit sagen, daß sie verschwunden ist?«

»Ja! Nachdem unser Gespräch zu Ende war, rief ich bei Gladys Harper an und behielt das ›Mädchen in Braun‹ die ganze Zeit im Auge, bis sie durch eine Gruppe von vier oder fünf Kundinnen verdeckt wurde, die gemeinsam das Geschäft betraten. Danach war sie verschwunden. Ich hängte sofort ein, lief von der Telefonzelle zum Eingang und blickte die Straße hinauf und hinunter, aber von dem ›Mädchen in Braun‹ war nichts mehr zu entdecken.«

Temple hob resignierend die Schultern. »Schade! Übrigens, Darling – darf ich dir Mr. Lathom vorstellen?«

Nach der Begrüßung fragte Lathom sofort: »Mrs. Temple – wie würden Sie Ihre Verfolgerin beschreiben? Etwa Ende Zwanzig, nicht wahr? Hübsch, nett zurechtgemacht, braunes Kostüm, brauner Hut, braune Handtasche, braune Schuhe und bräunliche Nylons?«

»Ja, Mr. Lathom – Punkt für Punkt! Es muß die gleiche Frau sein, die auch hinter Ihnen her war; mein Mann hat mir davon erzählt.«

Lathom schien bestürzt. »Wie ist das bloß zu erklären, daß diese Person jetzt auch hinter Mrs. Temple her ist? Wissen Sie es, Mr. Temple?«

Temple schüttelte den Kopf. »Keine Ahnung. Aber da wir im Moment doch nichts weiter tun können, meine ich, daß wir zurück nach Hause fahren sollten. Können wir Sie ein Stück mitnehmen, Mr. Lathom?«

»O danke, ja! Ich wohne nicht weit von hier. Wie wäre es überhaupt – wollen Sie nicht auf eine Tasse Kaffee zu mir hinaufkommen? Kaffee müßte jetzt eine wahre Wohltat sein!«

Zu Steves Überraschung nahm Temple die Einladung an, und wenige Minuten später waren sie in Lathoms luxuriös ausgestatteter Wohnung, wo Temple sofort begann, sich für die vielen Kunstgegenstände zu interessieren, die überall herumhingen und standen.

Lathom ging in die Küche, um für den Kaffee zu sorgen. Als er zurückkam, fand er Temple mit der Besichtigung einiger kleiner ägyptischer Bronzefiguren beschäftigt. »Hübsch, nicht wahr? Aber leider doch nicht viel wert«, erklärte Lathom offenherzig. »Ich habe sie zwar in Kairo gekauft, aber ich bin überzeugt, daß sie aus Birmingham stammen.«

»Ach – Sie waren in Ägypten, Mr. Lathom! Nur als Tourist oder für längere Zeit?«

»Achtzehn Monate – geschäftlich. Doch das ist schon eine Reihe von Jahren her. Es hat mir dort gefallen – ich wollte schon längst wieder hin, um dann für mehrere Jahre oder sogar für immer dort zu bleiben. Doch das läßt sich jetzt wohl nicht mehr machen.«

»Sie sagten, Sie waren geschäftlich drüben?«

»Ja – ich vertrat Harris & Harris, die große Inseraten- und Werbefirma, die damals auch in Ägypten Fuß fassen wollte. Aber die politische Entwicklung in Ägypten brachte diesen Versuch zum Scheitern. Trotzdem hatte ich dort ein feines Leben – hohes Gehalt und einen enormen Spesensatz, dabei wenig zu tun.«

»Sie haben beruflich schon alles mögliche versucht, nicht wahr, Mr. Lathom?«

»Na ja – jedenfalls mag Ihnen das alles etwas merkwürdig vorkommen, Mr. Temple«, gab Lathom mit einem übertriebenen Auflachen zu. »Zuerst treffen Sie mich bei einem Psychiater und ich erzähle Ihnen von meinen Halluzinationen, dann stellt sich heraus, daß ich auch mal eine Komödie geschrieben habe, und jetzt erfahren Sie, daß ich anderthalb Jahre in Ägypten war –«

Der Diener erschien, servierte schweigend den Kaffee und zog sich diskret zurück. Temple fragte: »Und außer dieser Komödie haben Sie tatsächlich nichts weiter geschrieben, Mr. Lathom?«

»Nein – ich sagte es ja schon neulich; jedenfalls nichts Literarisches mehr. Die Zeit dazu hätte ich ja, aber der Funke fehlt. Bald nach meiner Rückkehr aus Ägypten fiel mir eine Erbschaft zu, die mich unabhängig machte – so kann ich das Leben eines Nichtstuers führen. Das heißt – ich lese viel, besuche Theater und Konzerte, bummle gern, halte mich oft in Klubs auf, und von Zeit zu Zeit fahre ich ein wenig aufs Land hinaus, um mir die vielen altehrwürdigen historischen Stätten einmal anzusehen.«

»Ah – dann kommen Sie gewiß öfter nach Canterbury?«

So scharf Temple bei diesen Worten acht gab – der Gesichtsausdruck Lathoms zeigte nichts Verdächtiges. »Canterbury!« rief Lathom entzückt. »Ja – das ist mir die liebste aller alten Städte! Dort streife ich tagelang herum und entdecke jedesmal neue reizvolle Überbleibsel aus historischen Tagen. Wenn Sie mal nach Canterbury kommen, Mrs. oder Mr. Temple, kann ich Ihnen das schon beinahe historische Hotel ›The Seahawk‹ empfehlen – ein gemütliches altertümliches Haus, ›noch aus der Zeit der Postkutsche stammend‹, wie es in den Reiseführern heißt. Ich pflege jedesmal dort zu wohnen. Berufen Sie sich nur auf mich – der Manager, ein gewisser Chester, wird dann alles tun, um es Ihnen so bequem wie möglich zu machen.«

»Das müssen wir uns merken, Paul«, meinte Steve lächelnd und trank genußvoll ihren Kaffee, »so ein richtig altertümliches Hotel mit echter historischer Atmosphäre wollte ich doch schon lange mal kennenlernen!«

»Freilich dürfen Sie es nicht mit ›Shepheards‹ oder einem anderen Luxushotel vergleichen, Mrs. Temple«, erklärte Lathom, »aber in seiner Art ist es reizend! Wenn ich nur davon spreche, spüre ich eine richtige Sehnsucht, bald mal wieder ein paar Tage dort zu verbringen – ich war jetzt schon fast ein ganzes Jahr nicht mehr dort. Ach ja – Canterbury –« Er schloß mit einem Seufzer.

In diesem Augenblick kam der Diener ein zweites Mal herein, auf einem silbernen Tablett befanden sich zwei Briefe, die er schweigend vor Lathom auf den Tisch legte, um dann nach einer würdevollen Verbeugung wieder zu entschwinden.

Lathom ließ die Briefe unbeachtet, schenkte Steve und Paul nochmals Kaffee ein, warf Temple einen gedankenvollen Blick zu und äußerte: »Um noch einmal darauf zurückzukommen, Mr. Temple – Sie sind doch auch der Überzeugung, daß das ›Mädchen in Braun‹ ein Wesen aus Fleisch und Blut ist, und nicht ein Gebilde meiner Phantasie?«

Temple nickte, und Steve warf ein: »Natürlich ist es ein Wesen aus Fleisch und Blut! Es wäre doch undenkbar, daß wir beide sie nur geträumt haben sollten!«

»Eben!« bekräftigte Lathom. »Aber nun frage ich mich, warum Doktor Kohima sich solche Mühe gegeben hat, mir beizubringen, daß das ›Mädchen in Braun‹ ausschließlich in meiner Phantasie existiert?«

»Eine interessante Frage«, gab Temple nachdenklich zurück. »Natürlich hätte der Doktor des guten Glaubens gewesen sein müssen, daß Ihre ›Halluzination‹ eine echte Halluzination war, das heißt – ein Gebilde, das ausschließlich in Ihrer Phantasie –«

»Sehen Sie, Mr. Temple«, unterbrach Lathom aufgeregt, »das habe ich mir auch überlegt, seit das ›Mädchen in Braun‹ wieder aufgetaucht ist und sich als reales Wesen entpuppt hat. Und dabei ist mir eingefallen – wie hat Doktor Kohima gewisse Eigenheiten des ›Mädchens in Braun‹, die ich nicht erwähnt hatte, wissen und mir bei seiner Suggestivbehandlung beschreiben können? Die Antwort ist doch klar: Er muß gewußt haben, daß eine solche Person leibhaftig existiert. Und woher kann er das gewußt haben? Weil er mit gewissen Leuten in Verbindung steht!«

»Wie meinen Sie das, Mr. Lathom?«

»Nun – wir alle haben Feinde«, entgegnete Lathom geheimnisvoll.

»Und Sie halten es für möglich«, meinte Temple befremdet, »daß ein anerkannter Arzt, den Sie selbst noch vor wenigen Tagen als einen großartigen Psychiater bezeichneten, sich von Ihren Feinden zu Unlauterkeiten verleiten lassen könnte?«

»Ich sagte ja, Mr. Temple – ich habe inzwischen sehr genau nachgedacht«, erwiderte Lathom seltsam erregt. »Doktor Kohima ist wohl doch noch eine Kleinigkeit mehr als ein großartiger Psychiater. Überlegen Sie nur, welche Macht er über seine Patienten gewinnt, indem er ihre intimsten Geheimnisse kennenlernt. Außerdem ist er Ägypter! Ich habe das sichere Gefühl, daß hinter alledem viel mehr steckt, als wir uns träumen lassen . . .«

Temple wurde sehr nachdenklich. Seine Überlegungen beschäftigten sich allerdings mehr mit Mr. Lathom und dessen auffallend verändertem Urteil über Dr. Kohima als mit dem plötzlich verdächtigen Arzt. Sprach dieser offenbar sehr exaltierte Lathom nur etwas aus, was ihm in seiner momentanen Erregung durch den Sinn ging, oder hatte er wirklich darüber nachgedacht? Temple konnte sich nicht recht schlüssig werden.

Lathom hatte unterdessen die zwei Briefe aufgenommen und den ersten geöffnet. »Oh – diese Einkommensteuer«, murmelte er wie im Selbstgespräch und schüttelte den Kopf. Dann öffnete er den zweiten Brief, überlas ihn, wurde kreideweiß und stöhnte: »Mein Gott –«

»Was gibt es, Mr. Lathom?« fragte Temple besorgt.

»Hier, lesen Sie selbst«, ächzte Lathom, schob Temple den Brief zu, krümmte sich zusammen und verbarg sein Gesicht in den Händen.

Temple las laut: »Befolgen Sie nachstehende Anweisungen ohne die geringste Abweichung! Nächsten Dienstag, den 9. Oktober, werden Sie abends mit Ihrem Auto in die Nähe des Dorfes Haybourne fahren. Nördlich dieses Dorfes gibt es einen schmalen Feldweg, der Fallow End genannt wird. Punkt zweiundzwanzig Uhr fünfzehn werden Sie Ihr Auto an der Einmündung dieses Feldweges in der nach Haybourne führenden Landstraße parken und sich zu Fuß nach Haybourne begeben, wo Sie bis dreiundzwanzig Uhr zu bleiben haben. Vor dem Verlassen Ihres Autos werden Sie sämtliche vier Seitenfenster herunterdrehen. Auf dem Sitz neben dem Fahrersitz werden sie einen neuen ledernen Stadtkoffer deponieren, der zweitausend Pfund in Einpfundnoten zu enthalten hat, die nicht fortlaufend numeriert sein dürfen. Wenn Sie diese Anweisungen nicht absolut genau befolgen oder wenn Sie die Polizei oder einen Privatdetektiv verständigen, werden die Zeitungen gewisse Dinge erfahren, die sich bei Ihrem seinerzeitigen Aufenthalt in Kairo ereignet haben. Sie sind jetzt genau im Bilde, Mr. Lathom! Rex.«

Sekundenlanges Schweigen folgte. Lathom blieb reglos in seinem Sessel sitzen.

»Es ist ja nicht gesagt«, meinte Steve leise, »daß die Zeitungen auch abdrucken würden, was Rex ihnen mitteilen will.«

»Nein«, schrie Lathom und fuhr in die Höhe, »nein! Was auch geschehen mag – diese Briefe dürfen gar nicht erst geschrieben werden! Niemand darf erfahren –! Oh, Mr. Temple –«

»Zweitausend Pfund sind viel Geld«, äußerte Temple leise.

»Aber ich bringe sie auf«, murmelte Lathom verzweifelt.

»Es ist schwer, Ihnen einen Rat zu geben, Mr. Lathom«, sagte Temple und betrachtete den Umschlag des Rex-Briefes genau, »um so schwerer, als ich ja nicht ahne, was damals in Kairo passiert ist.«

Einen Moment lang schien Lathom geneigt, Temple ins Vertrauen zu ziehen. Dann aber bekam sein Gesicht einen entschlossenen Ausdruck, den Temple ihm gar nicht zugetraut hätte. »Verdammtes Ägypten!« sagte er. »Nein, Mr. Temple – es hätte doch keinen Sinn.«

»Dann, Mr. Lathom, könnte ich Ihnen nur empfehlen, Scotland Yard über den Erpressungsversuch in Kenntnis zu setzen. Man weiß dort, wie solchen Sachen begegnet werden muß.«

Lathom dachte eine Weile nach, dann hob er die Schultern. »Ich weiß noch nicht, ob ich es tun werde. Aber was meinen Sie, hängt das ›Mädchen in Braun‹ mit dieser Sache zusammen?«

Temple nickte. »Sie dürfte dabei sogar eine bedeutende Rolle spielen.«

Steve, die sich den Brief noch einmal angesehen hatte, rief plötzlich: »Paul – wieder die gleiche Maschine!«

»Bitte wie?« fragte Lathom erschreckt. »Was meinen Sie damit, Mrs. Temple?«

»Daß wir schon einige andere Rex-Briefe gesehen haben, die mit der gleichen Maschine geschrieben wurden«, antwortete Paul Temple schnell. »Sie waren an Mrs. Trevelyan gerichtet.«

»Wie – an Doktor Kohimas Sekretärin?« fuhr Lathom auf. »Aber das ist doch höchst aufschlußreich, Mr. Temple! Erkennen Sie denn nicht, daß ein Zusammenhang zwischen Doktor Kohima und Rex bestehen muß? Erst behandelt mich dieser seltsame Arzt wegen Halluzinationen, von denen er weiß, daß es keine sind, und –«

»Ganz nebenbei«, unterbrach Temple. »Wie oder durch wen sind Sie eigentlich als Patient zu Doktor Kohima gekommen, Mr. Lathom?«

»Sie werden sich wundern, Mr. Temple – durch Norma Rice! Das war kurze Zeit nach ihrer Rückkehr aus Amerika. Sie beobachtete mich auf einer Party und sagte mir dann, daß ich zuviel tränke. Und das stimmte auch. Ich erzählte ihr von den nervösen Störungen, unter denen ich seit einiger Zeit zu leiden hatte, und daraufhin empfahl sie mir Doktor Kohima und sagte, daß er ihr geholfen hätte und manchen ihrer Freunde auch. Aber um noch mal auf diesen Brief zurückzukommen – die Maschine, mit der die Rex-Briefe geschrieben wurden, ist natürlich noch nicht entdeckt, wie? Kann man denn so etwas überhaupt herausfinden?«

»Versucht wird es natürlich«, erklärte Temple, »aber aussichtsreich ist es nur, wenn ein verhältnismäßig beschränkter Kreis von Verdächtigen vorhanden ist. Wenn man hingegen, wie im Fall ›Rex‹, völlig im dunkeln tappt – wie soll man unter Millionen Schreibmaschinen ausgerechnet diese eine herausfinden?«

»Wenig Hoffnung«, murmelte Lathom und schüttelte resignierend den Kopf. »Nein, nein, Mr. Temple – ich bleibe dabei, ich zahle! Es ist zwar schmerzlich, so viel Geld hergeben zu müssen, aber es bleibt für mich das geringste Risiko.«

»Sie müssen wissen, was Sie tun, Mr. Lathom«, entgegnete Temple ernst. »Was ich Ihnen raten würde, habe ich Ihnen gesagt – Scotland Yard ins Vertrauen ziehen. Man liebt dort Erpresser nicht und würde schon einen Weg finden, Ihnen zu helfen. Sie könnten auf diese Art auch dazu beitragen, daß Rex über kurz oder lang endlich zur Strecke gebracht wird. Im günstigsten Fall könnte man ihn vielleicht schon erwischen, wenn er kommt, um das Geld aus Ihrem Wagen zu holen.«

»Und wenn er nicht selbst kommt?«

»Wenn es ums Kassieren geht, ist er auf keinen Fall weit ab vom Schuß. Und auch dann, wenn man nur einen seiner wirklich vertrauten Komplicen faßt, kann es für ihn selbst sehr gefährlich werden. Wer weiß, Mr. Lathom – vielleicht wäre es das ›Mädchen in Braun‹ . . .«

10

Da Lathom sich schließlich doch dazu durchgerungen hatte, Scotland Yard über den Erpressungsversuch zu informieren, herrschte am Abend des 9. Oktober in Sir Grahams Büro Hochspannung. Der Chefkommissar prüfte mit Temple und dem erst vor kurzem von einem Spezialauftrag aus Lissabon zurückgekehrten Inspektor Bradley noch ein letztes Mal alle Einzelheiten des genau ausgearbeiteten Planes.

Unglücklicherweise war Inspektor Crane nicht zur Stelle, dem bei diesem Unternehmen die Leitung eines wichtigen Teilabschnittes zugedacht war. Er hatte sich am frühen Morgen zu Ermittlungen in einer anderen Angelegenheit an die Südküste begeben und hatte bis sechs Uhr nachmittags zurück sein wollen – inzwischen war es halb neun vorbei, und von Crane fehlte noch immer jedes Lebenszeichen.

»Ich verstehe nicht, wo er bleibt oder weshalb er nicht wenigstens anruft«, sagte Sir Graham gereizt. »Wenn er in zehn Minuten nicht da ist, muß ich ihn durch Inspektor Groves ersetzen! Aber gut – Bradley, Ihre Position und die Positionen Ihrer Leute sind klar, Sie wissen auch genau, wo Sie jeden Ihrer sechs Wagen zu parken haben! Ich erinnere Sie nochmals, Bradley – unter keinen Umständen darf Rex, wenn er von Mr. Lathoms Auto zurückkommt, die Absperrung durchbrechen! Er muß gefaßt werden – egal, ob lebend oder tot! So – Bradley, es ist acht Uhr vierzig, Sie brechen jetzt mit Ihren Leuten auf! Alles klar?«

»Sehr wohl, Sir, alles klar«, entgegnete Bradley und verließ das Zimmer. Im nächsten Augenblick ging erneut die Tür auf – Inspektor Crane kam hereingestürzt, atemlos und hochrot im Gesicht.

»Entschuldigen Sie, Sir Graham«, keuchte er, »eine Kette unglücklicher Zwischenfälle! Es hat länger gedauert, so daß ich verspätet abfuhr, dann hatte mein alter Dienstwagen unterwegs einen Achsenbruch, ich mußte zum nächsten Dorf laufen und dort fast eine Stunde warten, ehe ich einen Mietwagen bekam, und dieser Mietwagen –«

»Schon gut«, unterbrach Sir Graham kurz angebunden, »jedenfalls sind Sie jetzt da. Ihre Aufgabe wissen Sie ja – um acht Uhr fünfzig brechen Sie mit Ihren unten bereitstehenden Leuten auf. Sie haben drei sechssitzige Wagen zur Verfügung. Ich verlasse mich darauf, daß alles klappt!«

»Es wird klappen, Sir«, versicherte Crane und verabschiedete sich.

»Na, Temple – dann könnten wir uns ja auf den Weg machen«, meinte Sir Graham unternehmungslustig. »Mr. Lathom wird bereits auf uns warten . . .«

Sie fanden Lathom nervös in seiner geräumigen Privatgarage auf und ab gehend. Nach der kurzen Begrüßung fragte Temple: »Alles bereit, Mr. Lathom? Das Geld? Die Decken?«

Lathom nickte und zündete sich mit zitternden Händen eine neue Zigarette an. »Alles bereit, wir können sofort aufbrechen. Wenn es doch bloß schon vorbei wäre!«

»Es wird ja nicht lange dauern, Mr. Lathom«, beruhigte ihn Sir Graham, »dann ist es ausgestanden. Und dieses Mal erwischen wir Rex!«

»Hoffentlich«, seufzte Lathom. »Ich muß immer wieder an diesen armen Teufel denken, der so barbarisch verschnürt an einen Baum gehängt wurde, nachdem er das Geld an Rex überbracht hatte.«

»Der hatte aber weder Schutz noch Begleitung«, erinnerte Temple, »da sind Sie doch ganz anders dran, Mr. Lathom!«

»Selbstverständlich – alles Erdenkliche ist getan!« bekräftigte Sir Graham. »Also noch einmal, Mr. Lathom: Wir steigen jetzt hinten in den Wagen und hocken uns zwischen den Sitzen auf die von Ihnen bereitgelegten Decken, damit wir nicht zu sehen sind – es kann ja sein, daß Ihr Wagen vom Start weg beobachtet und verfolgt wird. Sie richten sich beim Fahren so ein, daß Sie genau um zehn Uhr fünfzehn an der bezeichneten Stelle eintreffen. Dort drehen Sie alle vier Seitenfenster herunter, schalten die Scheinwerfer aus, verlassen den Wagen, in dem der Stadtkoffer mit dem Geld auf dem anderen Vordersitz zurückbleibt, und gehen in mäßig flottem Tempo auf das Dorf Haybourne zu, wo Sie im Gasthaus ›The Red Lion‹ Inspektor Crane und zwei weitere Polizeibeamte treffen, mit denen Sie warten, bis wir kommen und Ihnen sagen, daß alles vorbei und Rex lebend oder tot in unseren Händen ist!«

Damit stieg Sir Graham auf der einen, Temple auf der anderen Seite hinten in den Wagen, und so gut es gehen wollte, hockten sie sich zwischen den Sitzen auf die über den harten Boden gebreiteten Decken. Lathom öffnete dann das Garagentor, fuhr den Wagen ins Freie, stieg nochmals aus, um das Garagentor zu schließen und fuhr schließlich endgültig los.

So aufmerksam er die Straße hinter sich im Rücken beobachtete – er konnte kein Auto entdecken, das ihn zu verfolgen schien. Als er in die Außenbezirke kam, steigerte er das Tempo, um dann auf der freien Landstraße mit Höchstgeschwindigkeit dahinzujagen.

Für Sir Graham und Paul Temple war die Fahrt kein Genuß – sie hockten eingeengt in dem schmalen Raum zwischen den Sitzen und mußten alle Augenblicke versuchen, die Beine, die ihnen abzusterben drohten, ein wenig zu bewegen. Die Decken, auf denen sie direkt über dem Wagenboden saßen, waren keine Federpolster – sie spürten jede Unebenheit der Straße doppelt und dreifach. An eine Unterhaltung war unter den gegebenen Umständen kaum zu denken – die Fahrt schien kein Ende nehmen zu wollen. Schließlich verfielen beide in einen unruhigen Dämmerschlaf und fuhren fast erschreckt zusammen, als der Wagen plötzlich mit einem leichten Ruck anhielt und sie Lathom flüstern hörten: »Wir sind da.«

Hierauf drehte Lathom alle vier Seitenfenster herunter, schaltete die Scheinwerfer aus, stieg aus, schlug die Wagentür zu und ging mit flotten Schritten davon.

Sir Graham und Temple begannen angestrengt zu lauschen und vorsichtig in die Dunkelheit hinauszuspähen. »Zehn Uhr siebzehn«, raunte Temple nach einem schnellen Blick auf die Leuchtuhr am Armaturenbrett.

Minuten vergingen in tiefster Stille, nur hin und wieder raschelte draußen ein fallendes Blatt zu Boden.

»Was würde ich darum geben, wenn ich jetzt eine Zigarette rauchen könnte«, flüsterte Sir Graham.

»Mir geht es nicht anders«, flüsterte Temple zurück, »aber wir dürfen es nicht riskieren.«

Die Zeit verrann qualvoll langsam. Nichts geschah. Von Minute zu Minute wurde ihnen das unbequeme Sitzen lästiger. »Wenn doch bloß endlich etwas passieren würde«, ließ sich Sir Graham kaum hörbar vernehmen. Er hatte kaum ausgesprochen, als vom Dorf her die Geräusche eines Autos erklangen.

»Doch wohl nicht etwa einer der Polizeiwagen?« fragte Temple leise.

»Ausgeschlossen! Meine Leute haben strenge Anweisungen – sie dürfen vor Ende der Aktion nur zur Verfolgung starten«, gab Sir Graham ebenso leise zurück.

Die Spannung wuchs, je näher der Wagen kam. Schließlich aber fuhr er in gleichmäßigem Tempo an der Einmündung des Feldweges vorbei und weiter die Landstraße entlang. »Ein Bauer, der im Dorfgasthaus gewesen ist und zu seinem Hof zurückkehrt«, vermutete Temple.

»Nicht unbedingt«, meinte Sir Graham, »abwarten!«

Dann wieder Stille, Minute über Minute, eine kleine Ewigkeit. Plötzlich leises Vogeltrillern, gleich darauf noch einmal.

»Das war einer von Bradleys Leuten«, flüsterte Sir Graham. »Der Wagen muß doch irgendwo gehalten haben.«

Ein Weilchen später wieder das Vogeltrillern, aber nur einmal. »Bedeutet, daß sich jemand nähert«, erklärte Sir Graham. »Hören Sie Schritte, Temple? Ich nicht –«

Sie zogen ihre Revolver, Temple nahm außerdem seine Taschenlampe zur Hand.

Jetzt raschelten huschende Schritte über die abgefallenen Blätter heran. »Ganz tief ducken! Da kommt er!« raunte Temple. »Und keine Bewegung, bis die Tür geöffnet wird!«

Schon waren die Schritte ganz nahe, dann verhielten sie plötzlich. Wieder war nichts zu vernehmen als hin und wieder das schwache Rascheln eines fallenden Blattes. Die Spannung wurde unerträglich. Doch mit einem Mal, ohne daß weitere Schritte zu hören gewesen wären, knackte ein Türgriff, die eine Vordertür wurde geöffnet, der Oberkörper einer schmalen Gestalt beugte sich in den Wagen.

»Hände hoch!« brüllte Sir Graham und fuhr empor. »Keine Bewegung!«

Draußen begannen Signalpfeifen zu trillern, Rufe wurden laut, Laufschritte ertönen.

»Nicht schießen – um Gottes willen, nicht schießen!« gellte eine Frauenstimme. Der Lichtstrahl von Temples Taschenlampe fiel auf ein leichenblasses, furchtverzerrtes Antlitz.

»Sir Graham«, erklärte Temple, »gestatten Sie mir, Ihnen Mrs. Trevelyan vorzustellen . . .«

So reibungslos die Verhaftung verlaufen war – nachher, in Scotland Yard, erwies sich Mrs. Trevelyan als nicht ganz einfacher Fall. Bei den stundenlangen Versuchen, die man in aller Geduld anstellte, um eine vernünftige Aussage von ihr zu erhalten, ließ sie nicht mit sich reden. Schließlich verfiel sie darauf, ein über das andere Mal flehentlich zu schreien: »Lassen Sie mich endlich allein! Ich habe Ihnen ja längst gestanden, daß ich Rex bin! Ja, ich bin Rex, und ich habe Ihnen alles gesagt, was ich sagen kann.«

Infolgedessen war man bis zum Morgen keinen Schritt weiter gekommen. Auf einen Wink von Temple schickte Sir Graham alle anderen hinaus und blieb mit Temple allein bei der Verhafteten zurück.

Temple setzte sich zu ihr auf das Ledersofa. »Mrs. Trevelyan«, sagte er ruhig und eindringlich, »bitte – seien Sie vernünftig. Man hat Sie doch nicht hierhergebracht, weil man überzeugt wäre, daß Sie wirklich Rex sind, sondern zu Ihrer eigenen Sicherheit. Und gesagt haben Sie bisher praktisch nichts –«

»Doch, doch – ich habe es gesagt, ich habe alles gesagt! Ich bin Rex! Ich bin Rex!«

»Na schön, Mrs. Trevelyan – Sie sind also Rex«, entgegnete Temple lächelnd. »Dann erzählen Sie mir jetzt bitte aber mal, warum Sie eigentlich neulich nachts in meine Wohnung kamen und sich so bestürzt über den Vorfall in der Lancaster Gate zeigten. Erzählen Sie auch, warum Sie über das Hotel ›The Seahawk‹ in Canterbury so ehrlich berichteten und warum Sie –«

»O bitte,« schluchzte sie, »quälen Sie mich doch nicht. Fragen Sie nicht mehr.«

Temple ließ nicht nach. »Bedenken Sie Ihre Lage, Mrs. Trevelyan! Sie haben inzwischen vor soundso vielen Zeugen versichert, daß Sie Rex seien. Wenn man Ihnen daraufhin den Prozeß macht, wird das Gericht Sie schuldig finden. Und dann, Mrs. Trevelyan, dann wartet ein anderer auf Sie – der Henker!«

Sie fuhr zusammen, schrie aber in verzweifeltem Trotz: »Sie können mich nicht einschüchtern, Mr. Temple! Ich gestehe noch einmal – ich bin Rex! Ich bin Rex!«

Temple hob die Schultern und sah zu Sir Graham hinüber. Der Chef verstand und äußerte gelassen: »Gut, Mrs. Trevelyan, dann wollen wir Ihre Aussage jetzt schriftlich fixieren, nachher werden Sie sie unterschreiben und damit endgültig bekräftigen, daß sie der reinen Wahrheit entspricht.«

»Ja, das werde ich! Ich werde unterschreiben! Ich bin Rex!«

Es klopfte, Temple erhob sich von dem Sofa, die Tür ging auf, ein uniformierter Sergeant trat ein und meldete: »Sir Graham, ein Doktor Kohima wünscht Sie zu sprechen.«

Mrs. Trevelyan sprang auf. Ehe Sir Graham antworten konnte, schrie sie: »Nein, bitte nicht! Nicht den Doktor! Ich will ihn nicht sehen –« Aber Dr. Kohima war bereits an dem verblüfften Sergeanten vorbei in das Zimmer geeilt.

»Was geht hier vor? Was stellen Sie mit meiner Sekretärin an?« fragte er aufgebracht.

Sir Graham winkte den Sergeanten hinaus. Dann warf er dem Doktor einen vielsagenden Blick zu und erwiderte: »Was werden wir wohl mit ihr anstellen, Doktor?«

»Eben das wünsche ich zu wissen, Sir«, forderte der Doktor.

»Ah, Doktor – woher wußten Sie eigentlich, daß Sie sie hier finden würden?« mischte sich Temple ein.

»Wenn Sie gestatten, Mr. Temple – zunächst erwarte ich eine Antwort auf meine Frage!«

Mrs. Trevelyan war wieder auf das Sofa zurückgesunken und schluchzte: »Doktor – ich flehe Sie an, mischen Sie sich nicht ein!«

Kohima trat vor sie hin, blickte sie prüfend an und sagte leise: »Sie sehen verstört aus, meine Liebe. Was ist geschehen?«

»Nicht überraschend, daß Mrs. Trevelyan verstört aussieht«, erläuterte Temple, »erstens ist sie verhaftet, und außerdem versucht sie uns lauter Lügen aufzutischen.«

»Verhaftet?« rief der Doktor. »Was soll das bedeuten?«

»Sehr einfach, Doktor«, sagte Sir Graham, »Mrs. Trevelyan hat uns gestanden, daß sie Rex ist.«

»Unsinn! Sie kann ebensowenig Rex sein, wie ich selber Rex bin!«

»Mag sein«, entgegnete Temple höflich. »Aber wenn Mrs. Trevelyan durchaus darauf besteht? Wenn sie sich bereit erklärt hat, ein schriftliches Geständnis zu unterzeichnen? Was bleibt uns da anderes zu tun übrig?«

»Was Ihnen zu tun bleibt?« fragte Dr. Kohima erbittert. »Das will ich Ihnen sagen! Sie hätten zu erkennen, daß Mrs. Trevelyans momentaner Gesundheitszustand den Wert eines solchen Geständnisses von vornherein aufhebt! Mrs. Trevelyan ist erschöpft, überreizt und seelisch vollkommen durcheinander. Unter diesen Umständen ist es nicht zu verantworten, daß die Vernehmung fortgesetzt wird!«

»Bitte, Doktor – mischen Sie sich nicht ein!« schluchzte Mrs. Trevelyan abermals.

Dr. Kohima beachtete es nicht. »Im übrigen, Sir Graham – Mrs. Trevelyan ist nicht nur meine Sekretärin, sondern auch meine Patientin. Als ihr Arzt muß ich darauf bestehen, daß sie jetzt Ruhe bekommt; mindestens zwei, drei Stunden völlige Ruhe.«

»Warum nicht?« meinte Sir Graham. »Sobald sie ihr schriftlich fixiertes Geständnis unterschrieben hat –«

»Nein«, widersprach der Doktor scharf, »als Mrs. Trevelyans Arzt bestehe ich darauf, daß ihr, ehe sie ein Geständnis macht und unterschreibt, zwei, drei Stunden völlige Ruhe zugestanden werden, damit sie sich alles gründlich überlegen kann.«

»Gut«, seufzte Sir Graham, »ich habe noch niemals jemanden gezwungen, ohne hinreichende Überlegung ein Geständnis zu unterzeichnen. Also –«

»Aber da gibt es nichts mehr zu überlegen«, fuhr Mrs. Trevelyan gereizt auf. »Ich brauche und will keine Ruhe! Ich werde alles unterschreiben, wenn Sie mich bloß endlich allein lassen wollten!«

Dr. Kohima wandte sich ihr zu, legte ihr die Hand auf die Schultern und sah ihr eine Weile mit festem Blick in die Augen. Dann fuhr er ihr mit den Fingerspitzen der anderen Hand mehrmals leicht über die Stirn und murmelte: »Sieh mich an, Barbara! Du hast dich verrannt, armes Kind, du bist vor lauter Angst in die Irre gelaufen! Aber vor mir hast du keine Furcht, mir kannst du doch vertrauen –«

»Charles«, erwiderte sie leise, »ich bin so müde. Du darfst mich nichts fragen, Charles, bitte! «

»Nein, meine Liebe, ich frage dich nichts.«

»Danke! Gut, daß du gekommen bist, Charles. Aber misch dich nicht ein, ich bitte dich! Laß dich nicht in diese Sache hineinziehen. Versprich es mir!«

»Sprich jetzt nicht mehr, Barbara, reg dich nicht auf. Entspanne dich. Du bist doch so müde, nicht wahr?«

»Furchtbar müde, Charles.«

»Gut, dann wirst du jetzt ausruhen. Schlafen wirst du – fest und tief schlafen. Und nachher ist alles in Ordnung.«

»Und – nachher – ist – alles – in – Ordnung«, wiederholte sie kaum hörbar, lehnte sich in die Ecke des Sofas zurück und war gleich darauf eingeschlafen.

Kohima beobachtete sie noch eine ganze Weile, ehe er sich wieder zu Sir Graham und Temple umwandte, die in ein leises Gespräch vertieft waren. Temple nickte ihm lächelnd zu und sagte: »Wissen Sie, woran ich denken muß, Doktor? An ein altes keltisches Sprichwort: ›Ans Wasser führen kann man ein Pferd, aber man kann es nicht zwingen, daß es auch trinkt‹.«

»Oh – was meinen Sie damit, Mr. Temple?«

»Ich glaube, Doktor, das wissen Sie recht gut.«

Jetzt war die Reihe zu lächeln an Dr. Kohima. »Vielleicht weiß ich es wirklich«, sagte er leise. »Doch möchte ich, wenn Sie erlauben, jetzt gehen – meine Patienten erwarten mich. Falls Sie mich benötigen, Sir Graham – Sie wissen meine Telefonnummer. Gegen Mittag komme ich ohnehin wieder her, denn auf jeden Fall möchte ich zugegen sein, wenn Mrs. Trevelyans Vernehmung fortgesetzt wird.«

»Ich bin sicher, daß Sir Graham nichts dagegen hat und alles arrangiert, wie Sie es wünschen«, erwiderte Temple freundlich.

Sir Graham aber zeigte sich einigermaßen verwundert, und als Dr. Kohima das Zimmer verlassen hatte, fragte er in schroffem Ton: »Wie kamen Sie dazu, ihm dies eigenmächtig zuzusagen, Temple?«

»Weil ich meine, daß es nicht schaden kann, wenn er dabei ist«, entgegnete Temple und lächelte vielsagend, »im Gegenteil!«

»Wenn er nun aber Rex sein sollte?«

»Dann hätten wir ihn ja gleich hier und brauchten nicht erst hinter ihm herzujagen.«

Dieses Argument leuchtete dem Chefkommissar ein. Doch dann deutete er auf die Schlafende. »Was machen wir mit ihr?«

»Lassen wir sie schlafen, wo sie schläft, Sir Graham. Sie wacht bestimmt nicht auf, ehe Doktor Kohima wieder hier ist. Und weil bis dahin sowieso nichts weiter unternommen werden kann, gehe ich inzwischen nach Hause, um mich nach dieser langen Nacht ein wenig zu erholen . . .«

»Endlich, Paul«, sagte Steve, als sie ihn in der Diele begrüßte, und lächelte erleichtert. »Ricky hält für dich schon seit Stunden ein Bad und ein famoses Frühstück bereit. Doch wirst du dich noch etwas gedulden müssen – wir haben nämlich Besuch.«

»Wen denn schon wieder, Darling?«

»Bloß Mr. Davis, den netten jungen Mann mit dem Waliser

Dialekt. Er ist vor einer halben Stunde gekommen und hat inzwischen einen deiner Kriminalromane schon halb ausgelesen. Sag, Paul – stimmt es, was in der Zeitung steht? Daß Mrs. Trevelyan gestanden hat, sie sei Rex?«

»Daß sie es gestanden hat – ja. Sie hat es unaufhörlich gestanden. Aber so recht begeistert sind wir davon nicht.«

»Du glaubst also nicht, Paul, daß sie wirklich Rex ist?«

»Laß uns abwarten, Darling, was bei dieser Sache noch alles herauskommt! Jetzt aber will ich erst mal Mr. Davis begrüßen und hören, was er zu erzählen hat. Und dann, sobald er weg ist, geht's mit dem Frühstück ins Bad –«

Wilfred Davis saß im Salon und las derart eifrig, daß es ihm schwerzufallen schien, das Buch beiseite zu legen. »Bitte, seien Sie mir nicht böse, Mr. Temple«, sagte er, »daß nun auch noch ich Unruhe in Ihr geplagtes Dasein bringe. Aber ich bin erst heute früh nach London gekommen und muß Ihnen etwas berichten, was sich neulich im ›Seahawk‹ in Canterbury zugetragen hat.«

»So?« fragte Temple interessiert. »Und was wäre das?«

»Eine merkwürdige Sache, Mr. Temple, sonst würde ich Sie nicht damit behelligen. Also hören Sie – nachdem ich neulich Ihren Tisch im Speisesaal des ›Seahawk‹ verlassen hatte, wollte ich für einen Moment in mein Zimmer hinauf. Ich hatte Nummer sechsundzwanzig – genau Ihrem Zimmer gegenüber. Und wie ich von der Treppe in den Flur einbiege, sehe ich doch einen gewissen Jemand an Ihrer Tür herumprobieren! Ich verstecke mich hinter der Ecke und passe auf – richtig, der Jemand verschwindet in Ihrem Zimmer und macht die Tür hinter sich zu. Das kommt mir verdächtig vor – ich schleiche mich also hin und spähe durchs Schlüsselloch –«

»Und was haben Sie erspäht, Mr. Davis?« fragte Temple und konnte aus irgendeinem Grund ein Lächeln nicht unterdrücken.

»Den Jemand, wie er sich an Ihrem Mantel zu schaffen machte«, fuhr Davis aufgeregt fort. »Der Mantel hing am Garderobenständer, das wissen Sie doch noch, nicht wahr? Der Jemand also zieht aus der äußeren Manteltasche eine flache Brandyflasche, hat plötzlich einen Silberflakon in der anderen Hand und gießt den Inhalt in die Brandyflasche, die er dann wieder in Ihren Mantel zurücksteckt.«

»Und haben Sie diesen Jemand erkannt, Mr. Davis?«

Der kleine Waliser nickte. »Es war Mr. Chester, der Hotelmanager.«

»Aber Mr. Davis – warum haben Sie mir das nicht sofort gesagt?«

»Wollte ich ja! Ich wartete in der Halle auf Sie. Doch dann kam Mr. Chester und stellte sich zu mir, und ich mußte ein Gespräch mit ihm anfangen. Und als Sie und Mrs. Temple erschienen, hat er es so geschickt verstanden, Sie von mir fernzuhalten, daß ich wußte, er würde bis zur Abfahrt nicht mehr von Ihrer Seite weichen. Da bin ich dann unauffällig durch einen Seitenausgang hinaus und wollte Sie weiter unten auf der Straße abfangen. Aber Sie haben den Wagen noch vor dem Hotel gewendet und sind dann nach der anderen Seite davongefahren.«

»Stimmt«, bestätigte Temple, »das hatte mir Mr. Chester geraten, als ich ihn nach einem Zigarettenautomaten fragte.«

»Sehen Sie, Mr. Temple – dieser Chester wollte offenbar unter allen Umständen verhindern, daß ich noch einmal mit Ihnen sprach. Merkwürdig, nicht wahr? Aber das ist noch nicht alles – da war noch etwas, Mr. Temple! Denn wie ich später am Abend noch ein Bier getrunken habe und bezahlen will, finde ich diesen Zettel in meiner Tasche!« Er holte einen länglichen Streifen Papier hervor und reichte ihn Temple. Mit Bleistift stand darauf gekritzelt: »Was auch geschehen mag – nicht Mrs. Trevelyan ist Rex, Rex ist das ›Mädchen in Braun‹.«

11

Als er dies gelesen hatte, brach Temple in schallendes Gelächter aus, so daß Steve, die eben den Salon betrat, erstaunt ausrief: »Was gibt es denn so zu lachen, Paul?«

Wilfred Davis aber fragte bestürzt: »Mr. Temple – kommt Ihnen das denn wirklich so komisch vor?«

»Verzeihen Sie, Mr. Davis«, entgegnete Temple und bemühte sich, ein ernstes Gesicht zu machen. »Ich weiß selbst nicht, was mich da angewandelt hat. Aber diese ganze Rex-Affäre wird allmählich derart verworren –« Er wandte sich an Steve: »Sieh mal, Darling – eine neue Botschaft.«

»Oh, und diesmal nicht mit Maschine geschrieben«, bemerkte Steve, nachdem sie einen Blick auf das Papier geworfen hatte. »Was meinst du, Paul – sollte man die Handschrift nicht untersuchen lassen? Außerdem sind sicher Fingerabdrücke auf dem Papier.«

»Bestimmt sind Fingerabdrücke darauf. Die von Mr. Davis, deine und meine und wer weiß, wessen noch«, gab Temple zurück. »Ich glaube, es würde die Mühe nicht lohnen. Denn diese Notiz stammt gewiß nicht von Rex, das sagt schon eine einfache logische Überlegung.«

»Meinen Sie wirklich, Mr. Temple?« fragte Davis kopfschüttelnd und spielte verlegen mit dem auffallend großen Siegelring, den er an der Linken trug. »Und ich hatte geglaubt, es könnte für Sie überaus wichtig sein und Sie auf eine brauchbare Spur führen. Ja – in Kriminalromanen ist eben alles ganz anders. Doch wie mag das Papier bloß in meine Tasche gekommen sein?«

»Natürlich hat es jemand heimlich hineingesteckt«, sagte Temple. »Und warum man es Ihnen in die Tasche praktiziert hat, will ich Ihnen auch verraten – man hat Sie mit mir sprechen sehen und daraus geschlossen, daß Sie sich irgendwie mit der Rex-Affäre beschäftigen. Wahrscheinlich wußte man sogar, daß

Sie dabeigewesen sind, als Norma Rice ermordet aufgefunden wurde.«

»Ach Gott, ach Gott«, äußerte Davis erschrocken, »dann soll es bestimmt eine Warnung sein, daß ich mich nicht einmische!«

»Nehmen Sie doch nicht gleich das Schlimmste an, Mr. Davis«, beruhigte ihn Temple. »Ich glaube eher, man setzte voraus, daß Sie dieses Papier mir oder der Polizei übergeben würden.«

Davis nickte nachdenklich. »Das hat etwas für sich. Offen gestanden, Mr. Temple, jetzt ist es mir peinlich, daß ich mich damit so wichtig machen wollte –«

»Mir war es sehr wertvoll, Mr. Davis«, widersprach Temple höflich, »wirklich sehr wertvoll – alles, was Sie gesagt haben!«

»O vielen Dank, Mr. Temple, das macht mich wieder froh«, versicherte Davis eifrig. »Bevor ich gehe, will ich Ihnen noch schnell sagen, daß ich in den nächsten Tagen im Auftrag meiner Firma wieder nach Canterbury muß. Wenn Sie meinen, könnte ich dann ja ein wenig hinter Chester herspüren . . .«

Er brach ab, denn die Tür öffnete sich, und Ricky kam geräuschlos herein, bedachte Davis mit einer schnellen Verbeugung und fragte leise: »Sie wünschen zu gehen? Darf ich Ihnen Mantel und Hut bringen, Mr. Cortwright?«

Temple sah überrascht von Ricky zu Davis. »Ist Ihnen denn Ricky schon früher einmal begegnet, Mr. Davis?« fragte er.

»Nein«, sagte dieser ruhig und schüttelte den Kopf, »nicht daß ich wüßte.«

»Aber Sir«, murmelte Ricky betroffen, »Sie erinnern sich nicht? Ricky, der Liftboy im Hotel Nevada, New York, dreiundzwanzigste Straße?«

»Nein, tut mir leid! Sie müssen sich irren«, äußerte Davis entschieden, »ich bin nie in New York gewesen.«

»Aber Mr. Cortwright –«, begann Ricky.

»Ich heiße Davis, Wilfred Davis. Sie müssen mich mit jemandem verwechseln – jeder soll ja irgendwo auf der Welt einen Doppelgänger haben.«

»Dann entschuldigen Sie bitte, Sir«, murmelte Ricky, ohne sein Gesicht zu verziehen, »ich habe damals im Hotel sehr viele Leute gesehen –«

»Schon gut«, erwiderte Davis freundlich und klopfte Ricky auf die Schulter, »jeder kann sich mal irren . . . .« Hierauf verabschiedete er sich von Steve und Paul und ging, von Ricky geleitet, in die Diele hinaus.

Nachdem Temple endlich dazu gekommen war, das heißersehnte Frühstück im nicht weniger heißersehnten Bad zu genießen und sich nun, noch dazu in frischer Wäsche und einem anderen Anzug, wie ein verhältnismäßig neuer Mensch vorkam, fiel ihm ein, Ricky herbeizurufen. »Ricky«, fragte er dann, »warum haben Sie Mr. Davis mit Mr. Cortwright angeredet?«

»Weil ich ihn unter diesem Namen kannte, Sir.«

»Aber er sagte doch, er wäre nicht Mr. Cortwright.«

»Dann müßte ich mich eben geirrt haben, Mr. Temple.«

»Ach wo, Ricky, Sie haben sich nicht geirrt«, beharrte Temple, »und das wissen Sie selbst am besten. Sie sind doch fest davon überzeugt, daß Sie diesen Gentleman seinerzeit im Hotel Nevada in New York getroffen haben und daß er sich damals Cortwright nannte, nicht wahr?«

»Mein Gedächtnis war immer sehr gut«, erklärte Ricky bescheiden. »Außerdem trug dieser Gentleman denselben Ring.«

»Und wann war das, als Sie Mr. Cortwright in New York begegneten?«

»Im Februar vorigen Jahres«, gab Ricky prompt zurück. »Er wohnte etwa drei Wochen im ›Nevada‹ und hatte ein Appartement im elften Stock. Er benutzte den Lift sehr oft und sprach immer freundlich mit mir. Mr. Cortwright und Mr. Davis sind ein und derselbe Mann, ich kann mich nicht irren, Mr. Temple.«

»Danke, Ricky, mehr wollte ich nicht wissen«, sagte Temple zufrieden und nickte dem kleinen Siamesen zu, der sich mit einer Verbeugung zurückzog.

Gleich darauf läutete das Telefon. Inspektor Crane rief an und teilte mit, der Chefkommissar hätte sich entschlossen, Mrs. Trevelyans Vernehmung nun doch erst auf etwa sieben Uhr abends festzusetzen. Dr. Kohima wäre nämlich soeben noch einmal dagewesen, hätte die Schlafende eine Weile beobachtet und erklärt, als Arzt müsse er darauf bestehen, daß sie bis gegen Abend in Ruhe gelassen würde; in jedem anderen Fall hätte Sir Graham persönlich die Verantwortung für die Folgen zu tragen.

Temple konnte bei dieser Mitteilung ein breites Schmunzeln nicht unterdrücken und versprach, sich um sieben Uhr im Yard einzufinden. Nachdem er den Hörer aufgelegt hatte, wandte er sich an Steve, die wieder einmal eifrig mit ihrem Strickzeug beschäftigt war. »Darling«, sagte er, »du hast ja eben gehört, daß ich um sieben wieder im Yard erwartet werde. Ich weiß nicht, wie lange es dauern kann. Aber ich hatte mich für neun Uhr in Luigis Restaurant am Haymarket mit einem alten Freund verabredet – Leo Brent aus Chicago –«

»Von dem hast du mir schon einmal erzählt«, warf Steve ein. »Ruf ihn doch an und sag die Verabredung ab oder triff dich später mit ihm.«

»Nein, das möchte ich nicht. Vielmehr wollte ich dich bitten, um neun bei Luigi zu sein und dich seiner anzunehmen, bis ich komme – sprechen muß ich ihn nämlich unbedingt. Übrigens habe ich dir nicht nur von ihm erzählt – du hast ihn auch schon getroffen. Und zwar als wir vor vier oder fünf Jahren in Juan les Bains waren.«

»Ach – der ist es«, rief Steve aus, »ein großer, gutaussehender Mann, nicht wahr? Natürlich! Erinnerst du dich, wie er uns ins Casino einlud, als ob er ein Dollarmillionär wäre? Und nachher mußtest du ihm das Geld fürs Taxi leihen –«

»Und ob!« lachte Temple auf. »Ja – so ist er, dieser Leo Brent! Großzügig und spendabel bis zum letzten Cent, den er in der Tasche trägt. Na – ich bin überzeugt, daß du dich gut mit diesem Amerikaner unterhalten wirst, bis ich komme.«

»Apropos Amerikaner«, meinte Steve, »was hältst du nun eigentlich von diesem Mr. Davis, der ja auch einige Beziehungen zu Amerika zu haben scheint? Wer mag ihm die seltsame Notiz über Rex in die Tasche gesteckt haben?«

»Wer?« gab Temple amüsiert zurück. »Nun, ich denke – niemand anderes als Mr. Davis selbst! Und ich denke auch, daß er die Notiz eigenhändig zurechtgekritzelt hat. Geschwindelt hat er nämlich sowieso, als er zum besten gab, er hätte Frank Chester, den Hotelmanager, durchs Schlüsselloch beobachtet, wie er sich an meiner Brandyflasche zu schaffen machte. Unser Zimmer im ›Seahawk‹ hatte nämlich ein Yale-Schloß mit einer dieser winzigen Sicherheitsschlüssel, bei denen es kein Schlüsselloch gibt, durch das man hindurchspähen kann!«

»Ach, das ist aber interessant«, meinte Steve verwundert. »Warum hast du ihn dann aber seine ganze Flunkerei zu Ende erzählen lassen und es ihm nicht gleich gesagt, Paul?«

»Weil ich ganz gerne hören wollte, was noch alles dabei herauskäme.«

Steve sah ihn nachdenklich an. »Hör mal, Paul – ich glaube aber, jetzt ist dir ein Fehler unterlaufen.«

»Wieso denn, Darling?«

»Ja, Paul – ich erinnere mich genau! Unser Zimmer im ›Seahawk‹ hatte ein Yale-Schloß, und das saß ziemlich hoch oben in der Tür. Aber weiter unten, unter der Türklinke, saß auch noch das alte normale Türschloß mit dem üblichen Schlüsselloch. Bestimmt, Paul – ich könnte es beschwören.«

Paul überlegte und begann zu lächeln. »Darling – sollte ich nicht am Ende deine kleine Schwäche für unseren geheimnisvollen walisisch-amerikanischen –«

»Unsinn, Paul«, gab Steve zurück, »aber ich möchte mit dir darum wetten! Wenn wir das nächstemal nach Canterbury kommen, wirst du es ja sehen –«

Den Nachmittag versuchte Temple ernstlich für seinen neuen Roman zu nutzen, aber die Arbeit ging ihm nicht recht von der Hand. Seine Gedanken verloren sich immer wieder an die ungelösten Rätsel und an die Gestalten der Rex-Affäre.

Zuerst spazierte ihm Mrs. Trevelyan durch den Sinn und regte ihn zu einigen Grübeleien an. Dann erinnerte ihn der Anblick seines silbernen Kugelschreibers natürlich an Dr. Kohima, und die Folge war eine längere Meditation über Kohima im besonderen und die Psychiater im allgemeinen. Vom Arzt zum Patienten ist es nicht weit – also wurde Mr. Carl Lathom zum nächsten Gegenstand zeitraubender Betrachtungen. Hierauf folgte das ›Mädchen in Braun‹, folgte der kleine Waliser, der möglicherweise Amerikaner war und offenbar nicht nur infolge seiner Kriminalromanleserei ganz schön zu flunkern verstand. Mr. Frank Chester alias Mulberry machte den Beschluß. Und schon kam, wie bei einem Karussell, Mrs. Trevelyan wieder herangeschwebt –

Glücklicherweise trat in diesem Augenblick Steve ins Zimmer, hinter ihr kam Ricky, in den Händen ein Tablett mit Tee und Muffins. Beim Anblick seines Lieblingsgebäcks erheiterten sich Temples verdüsterte Züge – ein Lichtblick gerade zur rechten Zeit!

Beim Tee, als sich Temple wie üblich schweigend an den Muffins gütlich tat, schnitt Steve eine Frage an, über die sie inzwischen hinreichend nachgedacht hatte. »Paul«, sagte sie und hielt vor lauter Spannung sogar mit dem Stricken inne, »in den Zeitungen hat doch bisher nicht ein Sterbenswörtchen über das ›Mädchen in Braun‹ gestanden, nicht wahr?«

»Nein«, sagte Temple mit vollem Mund.

»Und du hast über das ›Mädchen in Braun‹ bisher doch auch mit niemand anders als mit Mr. Lathom gesprochen?«

Diesmal hatte Temple den Mund so voll, daß er nur nicken konnte.

»Gut«, sagte Steve, »und wenn du nun annimmst, daß Wilfred Davis den Zettel selbst gekritzelt hat – wie sollte er dann von dem ›Mädchen in Braun‹ gehört haben?«

Vor Überraschung hätte Temple sich beinahe verschluckt. »Eine interessante Frage«, murmelte er. »Eine sehr interessante Frage.«

»Du meinst doch aber nicht, daß damit erwiesen wäre, Davis und kein anderer müßte Rex sein?« wollte Steve wissen. »Ich kann mir jedenfalls nicht vorstellen, daß dieser nette kleine Kerl der Mörder Rex sein sollte!«

»Kannst du dir überhaupt bei irgend jemandem, der in diesen Fall verwickelt ist, vorstellen, daß er Rex wäre, Darling?«

»Ja«, antwortete Steve prompt, »bei Inspektor Crane!«

»Aha – die weibliche Eingebung!« Paul lachte. »Gott sei Dank, daß ich Kriminalromane und keine Frauenromane schreibe! Weibliche Gedankengänge und Seelenregungen werden mir ein ewig unlösbares Geheimnis bleiben.«

»Aber Paul«, gab Steve belustigt zurück, »mir scheint, auf die Gedankengänge, Empfindungen und Seelenregungen einer gewissen Mrs. Trevelyan verstehst du dich doch ganz gut?«

Als Temple kurz nach sieben Uhr zu Scotland Yard kam, wurde ihm zu seiner Verwunderung von dem Sergeanten in der Anmeldung ausgerichtet, Inspektor Crane ließe ihn bitten, zunächst in sein Zimmer zu kommen.

Unterdes lief im Vernehmungszimmer Sir Graham ziemlich aufgebracht hin und her. Die Situation hatte sich gegenüber dem Vormittag gänzlich geändert – von Mrs. Trevelyan schien jede Verwirrung, jede Erregung gewichen, sie saß aufrecht da, die Hände im Schoß gefaltet und sagte leise, aber mit bestimmter Betonung: »Natürlich bin ich inzwischen mit mir ins reine gekommen, Sir Graham. Und ich weigere mich entschieden, mein sogenanntes Geständnis zu wiederholen oder gar zu unterschreiben.«

»Aber das ist doch lächerlich!« fuhr der Chefkommissar auf.

»Die ganze Nacht hindurch und bis in den Vormittag hinein beteuern Sie schreiend und weinend, daß Sie Rex sind, und jetzt auf einmal wollen Sie nichts mehr davon wahrhaben!«

»So etwas Ähnliches hätten Sie sich eigentlich selbst sagen können, Sir Graham«, ließ sich nun Dr. Kohima vernehmen, der neben Mrs. Trevelyan stand und ihr eine Hand auf die Schulter gelegt hatte. »Selbst ein Laie mußte den ausgesprochen verworrenen Zustand erkennen, in dem sich Mrs. Trevelyan zur Zeit ihrer sogenannten ›Geständnisse‹ befand. Da Sie selbst es jedoch unbegreiflicherweise nicht bemerkt zu haben schienen, erlaubte ich mir heute vormittag, es Ihnen in aller Deutlichkeit zu sagen.«

»Sie haben uns schon verschiedentlich die verschiedensten Sachen gesagt, Doktor Kohima, das weiß ich sehr wohl«, äußerte der Chefkommissar kühl. »Aber Mrs. Trevelyan bestand doch wie besessen darauf, Rex zu sein —«

»Halt, Sir Graham«, unterbrach der Doktor, »Sie wissen selbst recht gut, daß Mrs. Trevelyan gar nicht Rex sein kann! Wären Sie vom Gegenteil überzeugt gewesen, würden Sie gar nicht alle diese Umstände gemacht haben.«

»Ihre psychologisch fundierten Erklärungsversuche in Ehren, Doktor – aber Sie gestatten doch wohl, daß wir die Vernehmungsmethoden anwenden, die uns selber angebracht erscheinen«, gab der Chefkommissar gereizt zurück und wandte sich an Mrs. Trevelyan. »Warum sind Sie gestern abend nach Haybourne gekommen?«

Mrs. Trevelyan antwortete nicht. In verschärftem Ton fragte der Chefkommissar weiter: »Woher wußten Sie, daß an der Einmündung des Feldweges in die Landstraße Mr. Lathoms Auto mit einem Köfferchen mit zweitausend Pfund stehen würde? Ich will endlich Antworten auf meine Fragen hören, Mrs. Trevelyan!«

Dr. Kohima machte eine kleine Handbewegung. »Gestatten Sie, daß *ich* Ihnen antworte, Sir Graham! Mrs. Trevelyan begab sich nach Haybourne, weil sie dorthin geschickt worden ist!«

»Charles – bitte nicht!« flüsterte Mrs. Trevelyan.

»Bedaure, Doktor Kohima, ich kann Ihre Antwort nicht akzeptieren«, entgegnete der Chefkommissar förmlich. »Für uns muß einstweilen als erwiesen gelten, daß Mrs. Trevelyan an Mr. Lathom eine Aufforderung gelangen ließ, wonach er am fraglichen Ort zweitausend Pfund zu deponieren hätte, und daß sie dann hinging, um sich das Geld zu holen. Mit einem Wort – Mrs. Trevelyan ist –«

»Sir Graham«, unterbrach der Doktor in feierlichem Ernst, »ich gebe Ihnen mein Wort, daß Mrs. Trevelyan nicht Rex sein kann.«

Der Chefkommissar hob die Schultern. »Entschuldigen Sie – aber auf diese Art kommen wir nicht weiter. Ich werde jetzt –«

Er hielt jäh inne, denn die Tür tat sich auf, Inspektor Crane erschien und flüsterte ihm zu, daß Paul Temple eingetroffen wäre.

Der Chefkommissar entschuldigte sich bei Mrs. Trevelyan und Dr. Kohima und ging mit Crane in dessen Büro, wo Temple ihn mit der Frage empfing: »Nun, Sir Graham, wie steht die Sache? Haben Sie Mrs. Trevelyan noch im Kreuzverhör?«

»Natürlich habe ich ihr einige Fragen gestellt –«

»– aber sie beantwortet sie nicht oder behauptet das Gegenteil«, ergänzte Temple gut gelaunt. »Nun, es ist ja ein altes Vorrecht der Frauen, blitzschnell ihre Meinung zu ändern! Der Doktor weilt natürlich an Mrs. Trevelyans Seite, nicht wahr?«

Sir Graham nickte, räusperte sich bedeutungsvoll und bemerkte: »Hören Sie, Temple – so gravierend die Tatsache wirken mag, daß Mrs. Trevelyan sich nach Haybourne begeben hat, um dort das Geld abzuholen – es gibt daneben eine ganze Reihe weiterer Faktoren, die berücksichtigt werden müssen. Es mag Ihnen überraschend vorkommen, Temple, aber ich sage Ihnen ganz offen – so sicher ich anfangs war, daß Mrs. Trevelyan Rex ist, inzwischen sind mir schwerwiegende Zweifel gekommen.«

»Sie meinen, die Sache in Haybourne war zu eindeutig?«

»Ja«, erwiderte Sir Graham. »Erpressung pflegt, das wissen wir ja, zu einem unentrinnbaren Schicksal zu werden. Solange der Erpresser nicht unschädlich gemacht wird, behält er unabhängig von jeder an ihn geleisteten Zahlung eine unheimliche Macht über seine Opfer. Er kann sie zu allem zwingen. Und mir scheint, Mrs. Trevelyan ist gezwungen worden.«

»Das ist ein bedeutsames Wort, Sir Graham«, murmelte Temple. »Was meinen Sie denn dazu, Inspektor?«

»Ich teile Sir Grahams Meinung«, erklärte Crane ohne Zögern. »Ich habe ja Mrs. Trevelyan bei der ganzen Vernehmung heute nacht genau beobachtet und es allmählich für immer unwahrscheinlicher gehalten, daß sie Rex ist. Ebenso wie Sir Graham bin auch ich überzeugt, daß sie unter Zwang gehandelt hat, sowohl, als sie sich nach Haybourne begab, wie auch nachher, als sie starrsinnig und immer wieder behauptete, sie wäre Rex. Ich frage mich nur – wer ist es, der diesen Zwang auf sie ausübt?«

»Und wie beantworten Sie sich diese Frage?« sagte Temple.

»Nun – ich denke, Doktor Kohima ist der Mann, den wir suchen«, entgegnete der Inspektor. »Er hat diese Frau doch völlig in der Hand! Wir haben ja mit eigenen Augen gesehen, wie er sie seinem Willen unterwirft! Das würde sehr vieles erklären! Dazu kommt noch all das andere – zum Beispiel die Sache mit Ihrem Autounfall, Mr. Temple, zu der uns Doktor Kohima noch immer eine befriedigende Erläuterung schuldig ist, wie es möglich war, daß sein Wagen von einem angeblichen Chauffeur aus der Werkstatt abgeholt werden konnte. Dann der mit seinen Initialen versehene silberne Schreibstift neben James Bartons Leiche –«

»– von dem er steif und fest behauptet, daß es nicht sein Schreibstift wäre«, warf Temple ein.

»Na und, Temple«, fragte jetzt Sir Graham, »glauben Sie ihm das?«

»Offen gestanden – nein«, erklärte Temple mit eigenartigem Lächeln.

»Und trotzdem meinen Sie, Doktor Kohima wäre nicht Rex?« erkundigte sich Sir Graham in zweifelndem Ton.

»Das habe ich nicht gesagt«, erwiderte Temple.

»Sehen Sie, Temple!« trumpfte Sir Graham auf. »Und da Doktor Kohima hinsichtlich des Schreibstiftes die Unwahrheit sagt –«

»Halt, Sir Graham«, unterbrach Temple. »Daraus ist noch längst nicht abzuleiten, daß er Rex ist! Denken Sie an Ihre eigenen Worte von der Macht des Erpressers über seine Opfer, Sir Graham! Lügen, ein ganzer Wust von Lügen und Ausflüchten ist eine der Folgen dieser Macht. Nehmen Sie Mrs. Trevelyan als Beispiel. Wir sind durchaus nicht sicher, daß sie uns in allem die lautere Wahrheit sagt, und dennoch sind wir uns einig, daß sie nicht Rex ist.«

Der Chefkommissar warf Temple einen prüfenden Blick zu und sagte gedankenvoll: »Trotzdem erwäge ich ernstlich, Doktor Kohima des Mordes an James Barton zu beschuldigen. Übrigens, Temple – ich habe Sie schon immer mal fragen wollen, was Sie eigentlich damals in Canterbury zu tun hatten – an dem Abend, als Barton ermordet wurde.«

»Wieso? Ich habe Ihnen doch alles erzählt – über den Hotelmanager Frank Chester, über den kleinen Waliser Wilfred Davis, über Spinne Williams?«

»Ja, das haben Sie uns freiwillig alles erzählt«, ließ sich plötzlich an Sir Grahams Stelle Inspektor Crane vernehmen, und zwar in sehr eigentümlichem Ton. »Aber was Sie eigentlich in Canterbury wollten, Mr. Temple – davon haben Sie noch nichts gesagt!«

»Äh – einen Freund besuchen«, antwortete Temple, dem es vorkam, als begänne Inspektor Crane sich um Dinge zu kümmern, die ihn nichts angingen.

Sir Graham hatte wieder angefangen, ruhelos auf und ab zu laufen. »Nun sagen Sie mir aber, Temple – was soll ich jetzt mit dieser Mrs. Trevelyan machen?«

»Mein Rat wäre – versuchen Sie es einzurichten, daß Sie sie unter leidlich komfortablen Bedingungen vorläufig hier behalten. Sie werden sich wundern, wie prompt Mrs. Trevelyan auf einen derartigen Vorschlag eingeht. Sie weiß selbst am besten, daß sie außerhalb von Scotland Yard in ständiger Gefahr schwebt.«

»Wie wär's denn, Temple, wenn Sie jetzt einmal mit Mrs. Trevelyan und Doktor Kohima sprechen würden?« schlug der Chefkommissar vor.

»Das dürfte gar nicht nötig sein, Sir Graham. Auch Doktor Kohima wird keine Einwände erheben, denn er dürfte Mrs. Trevelyans Situation klar erkennen.« Temple sah auf seine Uhr. »Außerdem habe ich keine Zeit mehr. Ich bin bei Luigi verabredet.«

»Bei Luigi am Haymarket?« fragte Inspektor Crane interessiert.

»Ja. Kennen Sie dieses Lokal, Inspektor?«

»Sehr gut sogar. Zufällig bin ich später am Abend auch dort verabredet.«

»Also gut«, sagte Temple. »Wenn wir uns dann dort noch treffen sollten, lade ich Sie zu einem Drink ein, Inspektor.«

»Darauf freue ich mich«, versicherte Crane und zeigte ein böses Lächeln.

Temple legte dem offenbar etwas bedrückten Chefkommissar die Hand auf die Schulter. »Seien Sie zuversichtlich, Sir Graham«, meinte er in aufmunterndem Ton, »es sieht doch wirklich so aus, als ob in die Sache bald Klarheit kommen würde.«

Sir Graham schüttelte zweifelnd den Kopf. »Wenn Sie damit bloß recht behielten, Temple . . .«

12

Was ihn unterwegs wieder mal aufgehalten haben mochte, blieb unklar – jedenfalls war Temple um halb zehn immer noch nicht bei Luigi.

»Ist mit ihm doch dieselbe Geschichte wie früher«, bemerkte Leo Brent und lachte. Er hatte Steve sofort wiedererkannt und sie inzwischen sehr amüsant unterhalten. »Sie haben ihm also seine schlechten Gewohnheiten nicht austreiben können, Mrs. Temple. Erzählt er wenigstens auch jetzt noch von den wunderlichen Abenteuern, die ihn gehindert haben, pünktlich zu sein? Ich bin wirklich gespannt, was er uns heute zum besten gibt!«

»Er hat aber in der Tat eine wichtige Unterredung«, entgegnete Steve, »von der er vorher nicht wissen konnte, wie lange sie dauern würde. Doch wollte er Sie unbedingt sprechen.«

»Schlimm«, meinte Leo Brent, »ich habe nämlich noch eine Verabredung im Green Curtain Club und müßte jetzt wenigstens mal dort anrufen. Das heißt – da fällt mir etwas ein! Warum sollten wir eigentlich nicht gemeinsam in den Green Curtain Club gehen? Wir hinterlassen eine Nachricht für Ihren Gatten, und er kommt dann nach.«

»Geben wir ihm noch zehn Minuten«, entschied Steve. »Gehen Sie jetzt telefonieren, Mr. Brent – vielleicht kommt Paul, ehe Sie zurück sind.«

»Gut, machen wir es so«, stimmte Leo Brent zu und erhob sich. »In fünf Minuten bin ich wieder da.«

Steve sah ihm nach, wie er sich durch das überfüllte Lokal bewegte, und schalt im stillen auf Pauls ewiges Zuspätkommen, als sie vom Nebentisch her eine wohlbekannte Stimme sagen hörte: »Darf ich Sie zu einem Cocktail einladen, Mrs. Temple?«

Erstaunt blickte sie sich um – da saß Mr. Carl Lathom, vor sich eine Flasche Brandy, deren verminderter Inhalt darauf schließen ließ, daß er schon eine ganze Weile anwesend sein mußte.

»Vielen Dank, Mr. Lathom. Wollen Sie sich nicht an meinen Tisch setzen? Sie haben ja sicher gesehen, daß ich in Begleitung bin. Wir warten auf meinen Mann.«

»Wenn ich nicht störe – gern«, antwortete Lathom, kam herüber und setzte sich auf Leo Brents leeren Stuhl. »Gewiß hat Ihr Gatte Ihnen alles erzählt, was sich gestern abend zugetragen hat?«

»Mit Mrs. Trevelyan – natürlich!« Steve nickte. »Das muß für Sie ja eine ungeheure Nervenprobe gewesen sein, Mr. Lathom!«

»Zuerst ja«, gab Lathom zu. »Aber dann, als die Sache lief und mir klar wurde, welche Vorkehrungen Scotland Yard getroffen hatte, fühlte ich mich weniger unsicher. Trotzdem kommt es mir immer noch vor wie ein böser Traum!«

»Ebenso schlimm wie die Affäre in Kairo?« fragte Steve.

»Ach, das liegt so lange zurück, ich habe es schon fast vergessen«, murmelte Lathom und schien unangenehm berührt. »Ich wünschte nur, ich wüßte, woher Rex –« Er vollendete den Satz nicht, das ganze Thema schien ihm zuwider zu sein.

Steve ließ aber nicht locker. »Sie kennen Mrs. Trevelyan ganz gut, nicht wahr?«

»Ja, das kann ich wohl sagen«, gab er nachdenklich zurück. »Jedenfalls haben wir uns meistens nett unterhalten, wenn ich zu Doktor Kohima in die Sprechstunde kam. Wie man sich eben so unterhält – nichts Persönliches natürlich.«

»Aber dem Doktor haben Sie doch viele persönliche Dinge anvertraut?«

Lathoms konventionelles Lächeln erstarb. »Mrs. Temple – Sie wollen damit doch nicht etwa sagen, daß Doktor Kohima –?«

»Ich kenne ihn nicht, aber ich habe allerlei über ihn gehört, und als Psychiater, der in die intimsten Geheimnisse seiner Patienten eindringt –« Das übrige ließ sie in der Luft hängen.

Lathom starrte sie beunruhigt an. Dann sagte er schnell: »Immerhin, Mrs. Temple – mit Kairo hatte meine Halluzination nichts zu tun. Aber natürlich kann man nie wissen.« Er schüttelte den Kopf. »Die lezten Tage haben mich völlig durcheinandergebracht! Zuerst dieses ›Mädchen in Braun‹, das von einer Halluzination plötzlich zu einem Wesen aus Fleisch und Blut wurde, dann der Brief von Rex! Sagen Sie, Mrs. Temple – halten Sie es für möglich, daß eine Verbindung zwischen den beiden besteht?«

»Mag sein«, erwiderte Steve absichtlich kurz.

»Aber – aber das würde ja bedeuten, daß – daß Doktor Kohima mit dem ›Mädchen in Braun‹ zusammenhängt!«

»Mag sein«, sagte Steve abermals, »im übrigen –«

»Hallo, ihr beiden!« erklang eine fröhliche Stimme hinter ihnen.

Steve fuhr herum. »Paul – endlich! Wo hast du bloß so lange gesteckt?«

Paul lächelte bedeutungsvoll und zwinkerte ihr zu. »Wo steckt denn Leo?« fragte er dann. »Sag jetzt nur nicht, daß er dir davongelaufen wäre.«

»Nein, er telefoniert gerade mal.«

Temple hatte Lathom gegenüber Platz genommen, sah ihn prüfend an und erkundigte sich: »Wie haben Sie es überstanden, Mr. Lathom?«

»Ach, ich sagte schon zu Mrs. Temple – das Ganze kommt mir wie ein böser Traum vor, ich kann's immer noch nicht glauben.«

»Was können Sie nicht glauben, Mr. Lathom?«

»Daß Mrs. Trevelyan Rex ist! Wenn auch die Zeitungen berichten, daß sie gestanden hat. Sie waren doch im Yard dabei, Mr. Temple. Stimmt es – hat sie es wirklich gestanden?«

»Ja – und nein«, gab Temple zur Antwort. Lathom sah ihn verwundert an und wollte etwas fragen, doch da kam Leo Brent zurück. Temple machte Lathom und Brent miteinander bekannt und forderte Lathom auf, ihnen noch ein wenig Gesellschaft zu leisten. Lathom bedankte sich höflich, mußte aber ablehnen, da er, wie er sagte, in einem anderen Lokal mit einem Bekannten zum Abendessen verabredet war. Also verabschiedete er sich und ging.

»Ich kann's nicht herausfinden, wo ich diesem Vogel schon mal begegnet bin«, murmelte Brent, nachdem Lathom verschwunden war. »Mir ist aber so, als wäre es nicht gerade in einem der feinsten Lokale gewesen.«

»Es wird dir schon noch einfallen, Leo«, meinte Temple. »Doch hör dir bitte genau an, was ich dir jetzt erzählen möchte.« Dann sprach er längere Zeit leise auf ihn ein. Brents Ausdruck war zuerst ungläubig, dann verblüfft, schließlich gespannt, und als Temple geendet hatte, fragte Brent leise: »Und wie lange soll ich, deiner Meinung nach, in Canterbury bleiben?«

»Drei oder vier Tage, denke ich«, gab Temple zurück. »Dieser Chester, alias Mulberry, ist zwar nicht Rex, aber bestimmt steht er mit Rex in ständiger enger Verbindung. Und wenn du als einer dieser unausstehlich wißbegierigen amerikanischen Touristen auftrittst, Leo –«

»Was aber, wenn Chester Verdacht schöpft und eklig wird?«

»Dann bist du doch der richtige Mann, um mit gleicher Münze heimzuzahlen, Leo! Schließlich habe ich selbst miterlebt, wie du dich seinerzeit bis in die Endausscheidung der amerikanischen Universitätsboxmeisterschaft im Halbschwergewicht durchgeschlagen hast –«

»Aber das meine ich doch nicht, Temple! Bei einer ehrlichen Prügelei nehme ich es nach wie vor mit einem halben Dutzend auf. Doch auf Verbrechertricks, wie Chester sie anwenden würde, verstehe ich mich überhaupt nicht.«

»Wenn's eklig wird, bin ich zur Stelle«, versprach Temple. »Du weißt ja, Leo – jeden Morgen zwischen sieben und neun und jeden Abend zwischen zehn und zwölf rufst du mich an und berichtest. Das mußt du genau einhalten, Leo! Denn wenn ein Anruf ausbleibt, bin ich anderthalb Stunden später in Canterbury!«

»Dann wäre ja alles klar«, sagte Leo unternehmungslustig. »Gut, Temple – verlaß dich auf mich. Aber jetzt –«, er warf einen Blick auf seine Uhr, leerte sein Glas und erhob sich, »jetzt muß ich schleunigst gehen – Blondinen werden bekanntlich sehr ungeduldig, wenn man sie warten läßt!« Er schüttelte Steve zum Abschied die Hand. »Auf Wiedersehen, Mrs. Temple! Beim nächsten Mal darf ich hoffentlich Steve zu Ihnen sagen.«

»Auf Wiedersehen, Leo«, erwiderte Steve und lächelte.

Bevor er ging, beugte sich Leo Brent noch mal zu Temple hinab und flüsterte ihm ins Ohr: »Temple, wenn mein Anruf mal ausbleibt, und du kommst dann nach Canterbury und findest mich nicht – denk daran, ›alles nur Tricks, alles nur Spiegel‹!«

»Das werde ich nicht vergessen, Leo.« Temple lachte und nickte ihm zu.

Sie blickten ihm nach. »Ein wirklich netter Kerl!« meinte Steve. »Aber Paul – was hat er bloß damit gemeint, ›alles nur Tricks, alles nur Spiegel‹?«

»Eins unserer alten Scherzworte! Damals, in Chicago, hatten wir eine furchtbar neugierige Wirtin. Und wenn wir uns gegenseitig eine Nachricht hinterlassen wollten, von der die Wirtin nicht unbedingt zu erfahren brauchte, pflegten wir das Zettelchen mit der Nachricht hinter den großen Ankleidespiegel in unserem Zimmer zu kleben. Der Einfachheit halber meistens mit Kaugummi. Das war einer unserer Einfälle, auf die wir uns damals viel einbildeten.«

»Ich kann mir schon denken, daß ihr überhaupt allerlei angestellt habt«, vermutete Steve lächelnd.

»Nicht mal so furchtbar viel, Darling«, antwortete Paul und mußte bei der Erinnerung gleichfalls lächeln, »aber hin und wieder haben wir uns natürlich Dinge geleistet –« Er hielt plötzlich inne, da er bemerkte, daß Carl Lathom halb hinter ihnen neben dem Tisch stand. »Hallo, Mr. Lathom – ich dachte, Sie wollten noch anderswohin zum Abendessen!«

»Ja, gewiß – aber unterwegs merkte ich, daß ich meinen Regenschirm vergessen hatte, und machte schnell kehrt; man kann ja bei diesem Wetter nicht ohne Schirm sein! Und dann traf ich draußen im Vestibül Ihren kleinen Diener – anscheinend ist er über irgend etwas ziemlich beunruhigt.«

»Ricky?« fragte Steve verwundert. »Haben Sie denn mit ihm gesprochen, Mr. Lathom? Hat er Ihnen gesagt, was los ist?«

»Offen gestanden – ich bin aus seinem Gerede nicht ganz schlau geworden«, erwiderte Lathom. »Soviel ich heraushörte, ist eine junge Lady in Ihrer Wohnung erschienen und besteht darauf, Sie zu sprechen, Mr. Temple. Ricky scheint zunächst versucht zu haben, Sie hier anzurufen, hat aber wohl keinen Anschluß bekommen –«

»Eine junge Lady?« meinte Steve und schüttelte den Kopf. »Sagte er nichts Näheres? Keinen Namen oder so etwas?«

»Nein«, sagte Lathom und lachte, dem dies alles recht komisch vorzukommen schien, »nach Namen oder Adresse dürfte er kaum gefragt haben. Ich sagte ja – er scheint ziemlich beunruhigt und verwirrt!« Plötzlich wich die Belustigung aus Lathoms Zügen, er starrte Temple an und flüsterte erschrocken: »Aber – aber, Mr. Temple, es wird doch nicht etwa – doch nicht etwa das ›Mädchen in Braun‹ sein?«

»Sind Sie Gedankenleser, Mr. Lathom?« fuhr Temple auf. Dann wandte er sich zu Steve. »Komm, Darling – es ist wohl besser, wir hören es uns selbst mal an.« Sie erhoben sich und gingen eilig hinaus.

Lathom starrte ihnen nach.

»Hast du das Auto hier, Darling?« erkundigte sich Temple, als er für Steve die Tür zum Vestibül aufstieß.

»Ja, es steht gleich um die Ecke. Aber sieh, Paul – da ist ja Ricky!«

Der kleine Siamese kam ihnen entgegengelaufen und erzählte hastig, was es zu berichten gab.

Kaum zwei Minuten später saßen sie im Auto. Temple betätigte den Anlasser und drehte das Steuerrad, stutzte, beugte sich aus dem offenen Fenster, sah nach vorn und knurrte: »Ausgerechnet jetzt! Der rechte Vorderreifen ist platt!«

Ricky war schon wieder aus dem Wagen gesprungen und nach vorn gelaufen. »Hier liegen lauter Glasscherben, Mr. Temple!«

Temple stieg aus, besah sich die Angelegenheit und fand eine zerbrochene Portweinflasche unter den defekten Reifen gekeilt.

»Das ist bestimmt kein Zufall, Paul!« erklärte Steve, die inzwischen gleichfalls ausgestiegen war.

»Zumindest wäre es ein recht eigenartiger Zufall«, bestätigte Temple. »Normalerweise müßte man jetzt den Wagenheber hervorsuchen, den Wagen anheben, das Rad abmontieren, das Reserverad aufstecken und mit alldem eine reichliche Viertelstunde vertrödeln. Aber gerade das tun wir nicht! Wenn wir uns beeilen, laufen wir in zehn Minuten nach Hause. Dann werden wir die Garage anrufen, daß sie einen Monteur hierher schickt –«

In diesem Moment hielt neben ihnen mit quietschenden Bremsen ein Taxi. Temple fuhr herum, glaubte, das Taxi sei leer, und rief: »Hallo Taxi.«

Da wurde das rückwärtige Seitenfenster heruntergelassen. Dr. Kohima schaute heraus und fragte: »Was gibt's, Mr. Temple? Haben Sie Schwierigkeiten?«

»Und ob!« rief Temple. »Nehmen Sie uns ein Stück in Ihrem Taxi mit, Doktor?«

»Wie – ja, natürlich. Ich wollte eben –«

»Steve! Ricky!« befahl Temple. »Schnell in das Taxi!«

»Hoho«, brummte der Taxifahrer, »ich bin doch kein städtischer Omnibus –!«

»Schon gut«, sagte Dr. Kohima. »Wohin wollen Sie, Mr. Temple?«

»Eastwood Mansions neunundvierzig – so schnell der Wagen läuft!«

»Gemacht, Chef«, murmelte der Chauffeur und ließ den Wagen anrollen.

Temple machte inzwischen Steve und Dr. Kohima miteinander bekannt. Der Doktor vollführte im Sitzen eine höfliche Verbeugung, die nicht ganz gelang, dann wandte er sich zu Temple: »Ich hatte noch mit Ihnen sprechen wollen, Mr. Temple – ich komme eben erst aus dem Yard. Und Inspektor Crane sagte mir, ich würde Sie wohl bei Luigi treffen. Also nahm ich ein Taxi dorthin und –«

Das Taxi hielt mit einem Ruck. »Eastwood Mansions neunundvierzig«, verkündete der Chauffeur.

Temple sprang aus dem Wagen, gab dem Fahrer eine Zehnshillingnote, wandte sich zurück, half Steve beim Aussteigen und sagte zu Dr. Kohima: »Wenn es Ihnen nichts ausmacht, Doktor, ein paar Minuten hier im Taxi zu warten? Ich bin gleich wieder da.«

»O bitte, aber bitte«, gab Dr. Kohima verwundert zurück.

Ricky voran, eilten sie auf das Haus zu und stürzten zum Fahrstuhl.

»Die Tür ist ja nur angelehnt«, murmelte Temple befremdet vor der Wohnungstür und stieß sie mit einem Finger weit auf. Die Diele dahinter lag im Dunkel. »Ricky, haben Sie etwa vergessen –?«

»Nein, Mr. Temple, ich schwöre, daß ich abgeschlossen habe. Ich habe auch überall das Licht brennen lassen –«

Temple schaltete das Licht ein, ging auf die Salontür zu und öffnete sie mit einem Ruck. Auch der Salon lag im Dunkel.

Temple tastete nach dem Lichtschalter und knipste ihn an – Licht flutete durch den Raum. Aber zu sehen war niemand. Steve, die hinter Temple getreten war, flüsterte befremdet: »Sie muß wieder gegangen sein –«

Im nächsten Moment stieß sie einen Schreckensschrei aus – am Boden neben dem freistehenden kleinen Sofa hatte sie eine Frauenhand entdeckt.

Temple hastete hin und starrte die Frau an, die zusammenge-krümmt hinter dem Sofa lag. Blut rann aus einem kleinen Loch in ihrer linken Schläfe auf den Teppich. »Erschossen –«

»Paul – das ist ja das ›Mädchen in Braun‹!« stammelte Steve erschüttert. »Ist sie tot?«

»Soll ich den Doktor aus dem Taxi heraufholen?« fragte Ricky.

Temple hielt ihn zurück. »Nein, Ricky – der Doktor kann hier nicht mehr helfen. Sie ist tot.«

So sorgfältig Temple auch Umschau hielt – von einer Waffe war im ganzen Raum nichts zu entdecken. Auch fanden sich keinerlei Spuren eines Kampfes. Plötzlich blieb Temple stehen und lauschte.

»Was ist, Paul?« wisperte Steve.

»Horch«, flüsterte Temple.

Von irgendwoher kam das Geräusch vorsichtiger Schritte, dann wurde leise eine Tür geöffnet und wieder geschlossen. Gleich danach begann eine Wasserleitung zu rauschen.

»Die Leitung über dem Händewaschbecken«, raunte Steve. »Jemand ist im Badezimmer!«

Temple blieb sekundenlang lauschend stehen. Dann eilte er geräuschlos an seinen Schreibtisch, entnahm dem Geheimfach einen Polizeirevolver und schlich, die Waffe schußbereit in der Hand, in die Diele hinaus. Von der Tür aus befahl er: »Du bleibst hier, Steve! Sie auch, Ricky!«

Neben der Tür zum Badezimmer blieb er stehen, packte den Türknopf und rüttelte daran. Die Tür war von innen versperrt. »Aufmachen!« brüllte Temple. »Sofort aufmachen und 'rauskommen!«

Keine Antwort. Aber das Rauschen der Wasserleitung verstummte.

Temple ließ fünf Sekunden vergehen. Dann wiederholte er seine Aufforderung. »Aufmachen! Sofort aufmachen und 'rauskommen!«

Da wurde der Türriegel geräuschvoll zurückgezogen, und eine wohlbekannte Stimme sagte: »Keine Aufregung, Mr. Temple!«

Dann ging die Tür auf; dahinter stand Inspektor Crane und trocknete sich sorgfältig an einem mit verdächtigen roten Flecken beschmutzten Handtuch die Hände ab.

13

Crane hängte das Handtuch auf. – »Da sind Sie ja endlich, Mr. Temple«, sagte er, vorwurfsvoll und zugleich erleichtert.

Temple fixierte ihn. »Sie haben sich die Hand verletzt, Inspektor!«

»Ja! Gut, daß Sie gekommen sind, Mr. Temple – sicher haben Sie hier doch etwas Jod und einen Schnellverband.« Er sagte das, als ob es im Augenblick nichts Wichtigeres gäbe.

»Ich helfe Ihnen sofort, Inspektor, einen Moment bitte.« Temple machte einen Schritt in die Diele zurück und rief zum Salon hinüber: »Hallo, Steve, alles in Ordnung, es ist nur Inspektor Crane! Wir kommen in einer Minute. Mach uns bitte inzwischen Getränke zurecht!« Dann kehrte er ins Badezimmer zurück und holte aus einem Wandschränkchen ein Fläschchen Jod und einen Schnellverband. »So, Inspektor – ich bringe es in Ordnung. Aber erzählen Sie – was war los? Wie sind Sie überhaupt hierher gekommen?«

Crane ließ sich die tiefe Schnittwunde mit Jod betupfen und mit einem Schnellverband bepflastern. »Nun, Mr. Temple – ich hatte Ihnen doch gesagt, daß ich noch zu Luigi käme. Das tat ich, und da hieß es, Sie wären eben in höchster Eile nach Hause gefahren. Ich dachte mir, es könnte etwas passiert sein, nahm ein Taxi und fuhr hierher. Als ich den Lift bestieg, hörte ich einen Schuß. Woher er kam, konnte ich nicht erkennen. Aber dann fand ich Ihre Wohnungstür offen, trat ein und – na ja, im Salon sah ich die Erschossene liegen –«

»Sonst haben Sie niemanden gesehen?«

Crane schüttelte den Kopf. »Nein. Ich bin zwar sofort durch alle Räume gerannt, aber es war niemand zu entdecken. Nur im Schlafzimmer stand das Fenster weit offen. Ich beugte mich hinaus – direkt daneben verläuft die Feuerleiter. Fenster und Feuerleiter werden wir gleich morgen früh nach Fingerabdrükken untersuchen.«

»Damit dürften Sie auf dem richtigen Weg sein, Crane! Das Fenster hat bestimmt der Täter geöffnet – Steve pflegt alle Fenster sorgfältig zu schließen, ehe sie fortgeht. Übrigens, Crane – Sie müssen dem Täter unmittelbar auf den Fersen gewesen sein!«

»Natürlich.« Crane nickte. »Kaum eine halbe Minute, nachdem der Schuß fiel, war ich in der Wohnung.«

»Wo haben Sie sich eigentlich Ihre Schnittwunde geholt, Crane?«

»Ach die!« Crane lachte bitter auf. »Im Salon, an dem Zigarettenkasten auf dem Tischchen neben dem kleinen Sofa. Ich stützte mich allzu hastig auf, als ich über das Sofa weg einen Blick auf die Erschossene werfen wollte und rutschte ab. Der Zigarettenkasten hat eine aufgerissene Kante.«

Temple nickte. »Stimmt – dasselbe ist mir vor ein paar Wochen auch schon mal passiert. Ich muß das Ding endlich reparieren lassen!«

»Mr. Temple – haben Sie eine Ahnung, wer die Tote ist?«

»Ja, Inspektor. Und ich habe Ihnen auch schon von ihr erzählt. Sie ist das Mädchen, das hinter Mr. Lathom her war und auch meine Frau verfolgt hat.«

»Mit anderen Worten – das ›Mädchen in Braun‹«, sagte der Inspektor nachdenklich. »Richtig – jetzt wird mir bewußt, daß sie ja ganz in Braun gekleidet ist. Haben Sie übrigens gewußt, Mr. Temple, daß sie hier auf Sie gewartet hat?«

»Ja, deswegen sind wir ja so schnell von Luigi fort. Ricky war nämlich gekommen und berichtete, daß sie hier wäre.«

»Ricky? Ihr kleiner Diener? Er kam eigens zu Luigi, um es Ihnen zu sagen?«

Temple nickte. »Er besitzt anscheinend die Gabe, alles wirklich Wichtige zu erkennen.«

»Meinen Sie?« fragte der Inspektor zweifelnd. »Immerhin hat es sich inzwischen als Fehler erwiesen, daß er sie allein ließ. Kann ich mich mal ein wenig mit ihm unterhalten, Mr. Temple?«

»Selbstverständlich! Ich führe Sie gleich zu ihm in die Küche, Inspektor, das ist am einfachsten. Ich selbst laufe unterdes schnell hinunter, um ein paar Worte mit Doktor Kohima zu sprechen.«

»Mit Doktor Kohima?« fragte Crane in scharfem Ton. »Wie kommt der denn hierher?«

»Er nahm uns in seinem Taxi mit und wartet jetzt immer noch auf mich.«

Temple ging mit Crane in die Küche, wo Ricky schon das Geschirr für das Frühstück des nächsten Morgens zurechtstellte. »Ricky – das ist Inspektor Crane, der Ihnen ein paar Fragen stellen möchte. Also, Inspektor – ich bin in fünf Minuten zurück . . .«

Crane setzte sich auf die Ecke des Küchentisches, maß Ricky mit durchdringendem Blick und begann: »Also, Ricky – ich schätze, Sie waren der letzte, der diese junge Lady am Leben gesehen hat.«

»O Verzeihung, Inspektor«, widersprach der kleine Siamese. »Ich bin nicht der letzte gewesen, der diese junge Lady am Leben gesehen hat.«

»Nein? Wer denn?« fragte Crane überrascht.

»O bitte, Inspektor – vermutlich doch der Mörder.«

Crane räusperte sich und bedachte Ricky mit einem verweisenden Blick. »Natürlich, selbstverständlich – genaugenommen war der Mörder der letzte. Doch vom Mörder abgesehen, waren Sie es – das meinte ich damit. Haben Sie eine Ahnung, wer der Mörder ist?«

»Wenn ich eine Ahnung hätte, würde ich es Ihnen sagen, Inspektor – ich weiß, was ich der Polizei schuldig bin.«

»Hm«, machte Crane und sah Ricky forschend an. »Sie können sich wohl vorstellen, daß diese junge Lady vielleicht noch leben würde, wenn Sie nicht fortgegangen wären?«

Ricky hob die Schultern. »Wer weiß?«

»Warum haben Sie sie allein gelassen?«

»Weil sie so sehr dringend bat, ich sollte Mr. Temple verständigen – sie hätte nicht viel Zeit. Ich wußte, daß Mr. Temple sich mit Mrs. Temple bei Luigi treffen wollte, und versuchte dort anzurufen, doch alle Nummern waren besetzt. Da lief ich los.«

Inspektor Crane nickte, war aber offenbar nicht recht zufrieden. »Na, Ricky«, knurrte er, »anscheinend wissen Sie auf alles eine Antwort.«

Ricky sah dem Inspektor voll ins Gesicht. »In einem Fall wie diesem darf man nur wahrheitsgemäße Antworten geben.«

Inspektor Crane ließ es dabei bewenden.

Während er die Treppe hinunterlief, fiel es Temple ein, daß er Luigi noch einen schnellen Besuch abstatten müßte, um eine Kleinigkeit zu klären. Dr. Kohima hatte keine Einwendungen gegen diese Absicht – was zu sagen war, ließ sich auch während der Taxifahrt sagen. Temple gab also dem Chauffeur die nötigen Anweisungen. »Diesmal brauchen Sie sich aber nicht so sehr zu beeilen«, fügte er hinzu.

Als das Taxi langsam durch die Straßen schaukelte, begann Dr. Kohima zögernd: »Warum ich mit Ihnen sprechen möchte, werden Sie sich wohl denken können, Mr. Temple – ich will Ihnen die volle Wahrheit über Mrs. Trevelyan sagen, und ich will sie Ihnen gleich sagen, nicht erst morgen. Nur weiß ich nicht recht, wo ich anfangen soll. Wenn man zwanzig Jahre lang immer von anderer Leute Schwierigkeiten hören mußte, ist es nicht ganz leicht, nun zum ersten Male von den eigenen Schwierigkeiten zu sprechen.«

»Warum beginnen Sie nicht mit der entscheidenden Tatsache, Doktor«, schlug Temple behutsam vor, »nämlich mit der Liebe, die zwischen Ihnen und Mrs. Trevelyan entstand?«

Nach sekundenlangem Schweigen erwiderte Kohima: »Sie besitzen Menschenkenntnis, Mr. Temple, und verstehen zu beobachten. Ja, Sie haben recht – vor einigen Jahren entwickelte sich eine tiefe Liebe zwischen uns. Ach, was für eine wunderbare Frau ist Mrs. Trevelyan damals gewesen! So fröhlich, so lebensfroh, so liebenswert! Es wurde eine ideale Verbindung, da sie mir nicht nur als Frau nahestand, sondern gleichzeitig meine vertraute Mitarbeiterin war. Doch eines Tages fand ich alle meine Illusionen zerstört – ich entdeckte –« Der Doktor schwieg erschüttert.

Temple aber ergänzte: »Sie entdeckten, daß Mrs. Trevelyan gewisse Informationen über Ihre Patienten an jemand anders weitergab.«

Kohima nickte und fuhr bewegt fort: »Es war ein furchtbarer Schock für mich. Ich wußte nicht, was ich tun sollte. Nach qualvollen seelischen Kämpfen faßte ich den Entschluß, mich von Mrs. Trevelyan zu trennen. Aber bevor es dazu kam, trat etwas Unerwartetes ein – Mrs. Trevelyan erlitt einen schweren Zusammenbruch und gestand mir alles ein. Da bekam ich die ganze schreckliche Geschichte zu hören – Mrs. Trevelyan befand sich in den Klauen eines Erpressers, und dieser Erpresser war kein anderer als Rex.«

»Ich weiß, Doktor«, sagte Temple leise, »Mrs. Trevelyan hat es mir in großen Zügen anvertraut. Aber sagen Sie – war Mrs. Trevelyan eigentlich so vermögend?«

»Nein, keineswegs«, erwiderte Kohima, »sie hat nie nennenswert viel Geld gehabt. Ich möchte sagen – ihr größter Fehler ist ihr vollständiger Mangel an Verständnis für den Wert des Geldes. Wahrscheinlich ist sie dadurch auch Rex in die Hände gefallen.«

»Woher hatte sie denn die dreitausend Pfund, um Rex zu bezahlen?«

»Ich habe sie ihr gegeben«, bekannte Kohima schlicht, »es war praktisch alles, was ich besaß, aber es blieb keine Wahl.«

»Sie hätten sich doch an die Polizei wenden können«, erwiderte Temple.

»Ich hätte es tun sollen, das ist mir heute klar«, gab der Doktor zurück. »Doch ich habe es nicht getan, ich stellte lieber das Geld zur Verfügung. Wenn Sie wollen, Mr. Temple, können Sie diese Transaktion auch jetzt noch in meinen Bankabrechnungen nachprüfen.«

»Das halte ich nicht für nötig, Doktor«, antwortete Temple ruhig. »Aber warum eigentlich erzählen Sie mir das alles?«

»Weil ich«, fuhr Doktor Kohima auf, »weil ich Sie überzeugen will, daß Mrs. Trevelyan nicht Rex ist! Das müssen Sie mir glauben, Mr. Temple! Unbedingt!«

Das Taxi stoppte, der Chauffeur schob die Trennscheibe beiseite und bemerkte: »Angelangt! Hier ist Luigi.«

Temple hatte den Eindruck, daß ein doppelter Brandy dem Doktor nicht schaden könnte, und lud ihn ein, auf einen Drink mit hineinzukommen. Dr. Kohima nahm die Einladung an, sie verließen das Taxi und begaben sich in das Lokal, setzten sich an einen Ecktisch in der kleinen Bar neben dem Vestibül, bekamen ihre doppelten Brandy, tranken sich zu, und Temple sagte: »Lassen wir das Thema für heute ruhen, Doktor! Ihrer Worte werde ich mich dennoch erinnern ...«

Sie blieben nicht lange, aber bevor sie aufbrachen, hatte Temple an der Bar noch eine kurze Unterhaltung mit Luigi, dem Eigentümer, der ihm in alter Freundschaft ein paar Fragen schnell und gewissenhaft beantwortete.

Draußen verabschiedete sich Temple von Dr. Kohima, winkte ein Taxi herbei und war wenige Minuten später – nicht etwa in den Eastwood Mansions, sondern vor Mr. Carl Lathoms Wohnungstür.

Auf sein Klingeln öffnete Lathom selbst, schläfrig und in einen Schlafrock gehüllt. »Hallo, Temple«, sagte er, versuchte ein Begrüßungslächeln und mußte gähnen.

»Hallo, Mr. Lathom – hoffentlich habe ich Sie nicht gestört.«

»Ach wo, natürlich nicht. Kommen Sie herein«, sagte Lathom und geleitete seinen unverhofften Gast in den Salon, wo vor dem lodernden Kaminfeuer zwei bequeme Sessel standen; daneben ein Tischchen mit Flaschen verschiedenster Art. »Nein, Mr. Temple – ich war noch nicht zu Bett, ich habe nur hier vor dem Feuer gesessen und ein wenig geträumt. Was möchten Sie trinken – Whisky, Sherry, Brandy, Gin, Martini, Samos?«

»Wenn Sie ein Gläschen Portwein hätten?« meinte Temple vergnügt.

Auch Lathom war amüsiert. »Bedaure sehr, Sir – Portwein ist leider gerade alle, Sir«, sagte er im plärrigen Tonfall eines resignierenden Kellners, »aber unser Martini wäre zu empfehlen.«

»Also zweimal Martini«, gab Temple gut gelaunt zurück und nahm in dem von Lathom bezeichneten Sessel Platz.

Auch Lathom setzte sich; sie nippten an ihren Drinks, dann fragte Lathom: »Haben Sie diese junge Lady noch getroffen, Mr. Temple – das ›Mädchen in Braun‹?«

»Ja«, antwortete Temple ruhig, »sie war noch da.«

»Oh – dann ist ja zu hoffen, daß die leidige Nachschleicherei nun ein Ende hat! Wer ist sie ? Hat Sie Ihnen verraten, warum –«

»Nichts hat sie verraten, Mr. Lathom. Sie war nicht in der Lage, irgend etwas zu verraten – sie ist tot.«

Lathom erstarrte. »Wie, um alles in der Welt, ist denn das passiert?«

»Ganz einfach – jemand hat sie ermordet.« Aus Temples Stimme klang nicht die leiseste Erregung.

»Demnach war sie schon tot, als Sie – als Sie in Ihre Wohnung zurückkehrten?«

»Ja – leider.«

Lathom pfiff durch die Zähne, lehnte sich vornüber, um mit der Feuerzange eine herabrutschende glühende Kohle in die Flammen zurückzulegen, und fragte dann leise: »Wer war sie denn nun? Rex?«

»Rex bestimmt nicht! Und wer sie sonst gewesen sein mag, weiß ich nicht.«

»Wieso? Haben Sie denn nicht ihre Sachen durchsucht?«

»Ich – nein. Aber vielleicht hat es Inspektor Crane getan.«

»Inspektor Crane? Haben Sie ihn gerufen?«

»Nein – er war schon da, als ich kam.«

»Er war schon da«, wiederholte Lathom. »Alle Achtung – schnelle Arbeit!«

»Noch schneller, als Sie denken, Mr. Lathom – Inspektor Crane ist unmittelbar nach dem Mord eingetroffen.«

»Ach«, rief Lathom verblüfft. »Hat er jemanden gesehen?«

»Nein.«

»Und wissen Sie, was er in Ihrer Wohnung wollte?«

»Mich sprechen – sagte er jedenfalls. Und das erinnert mich daran, daß er immer noch auf mich warten dürfte. Kann ich mal Ihr Telefon benutzen?«

Lathom schob den Apparat hinüber. Temple nahm den Hörer auf und wählte. Steve meldete sich. Sie sagte, Inspektor Crane habe die Tote inzwischen durch eine Ambulanz abholen lassen und sei selbst gleich mitgefahren; er würde morgen früh anrufen.

Als das Gespräch beendet war und Temple nachdenklich schwieg, räusperte sich Lathom diskret und fragte: »Mr. Temple, wie lange kennen Sie Inspektor Crane eigentlich schon?«

»Kann mich im Augenblick nicht erinnern. Wieso?«

»Ach, ich meine nur so. Mir gefällt nämlich sein Blick nicht und auch nicht die Art, wie er lacht.«

»Meiner Frau auch nicht, aber das hat wohl nicht viel zu besagen«, entgegnete Temple und lächelte.

Lathom machte sich erneut mit dem Schürhaken im Feuer zu

schaffen. »Sie halten es demnach nicht für möglich, Mr. Temple«, fragte er in zweifelndem Ton, »daß Inspektor Crane das ›Mädchen in Braun‹ erschossen haben könnte?«

»Warum sollte er?« gab Temple erstaunt zurück. »Welchen Grund könnte ein Scotland-Yard-Inspektor haben, ein Mädchen umzubringen, das er wahrscheinlich nie zuvor gesehen hat?«

»Keinen natürlich«, murmelte Lathom, »falls er wirklich nur Scotland-Yard-Inspektor ist. Aber wenn er außerdem ein Komplice von Rex wäre, oder gar Rex selbst, dann könnte er das Mädchen zum Beispiel erschossen haben, weil er befürchtete, sie wüßte zuviel.«

»Woher wissen Sie eigentlich, daß das Mädchen erschossen wurde?« erkundigte sich Temple und beobachtete Lathom genau.

»Das haben Sie doch selbst gesagt, Mr. Temple«, entgegnete Lathom ohne das geringste Zögern und nippte wieder an seinem Glas.

»Nein, Mr. Lathom – ich habe nur gesagt, daß sie ermordet wurde.«

Lathom hob die Schultern. »Na – das kommt doch auf eins heraus, ermordet – erschossen –«

»Nicht ganz, Mr. Lathom! Sie hätte auch erdrosselt oder erstochen worden sein können. Die Polizei nimmt es mit diesen Nuancen sehr genau.«

Lathom lachte gezwungen. »Ja, sicher – das tut sie wohl. Aber, Mr. Temple – sagen Sie ganz offen, Sie glauben doch nicht etwa, daß ich mit dieser Sache zu tun haben könnte?«

»Haben Sie damit zu tun?«

»Gütiger Gott – nein! Natürlich kann ich nicht leugnen, daß das ›Mädchen in Braun‹ mir sehr auf die Nerven gegangen ist. Ich habe es mich viel Geld kosten lassen, sie aus meinen Vorstellungen zu verbannen, solange ich sie für eine Halluzination hielt. Aber Mord – nein, Mord ist nicht meine Sache!«

»Immerhin gut, das zu wissen, Mr. Lathom«, bemerkte Temple trocken. »Trotzdem – Sie müssen zugeben, daß Sie erleichtert sind, da Sie nun wissen, daß das ›Mädchen in Braun‹ Ihnen nicht mehr zusetzen kann.«

Lathom nickte gedankenvoll. »Damit haben Sie allerdings recht.«

»Betrachten wir die Sache einmal ganz objektiv, Mr. Lathom«, sagte Temple ernst. »Wie die Dinge liegen, haben Sie ein viel schwerer wiegendes Motiv für die Ermordung des ›Mädchens in Braun‹ als zum Beispiel Inspektor Crane. Daher schlage ich vor, daß Sie mir jetzt in Ihrem eigenen Interesse genaue Angaben über alles machen, was Sie getan haben, seit wir uns bei Luigi voneinander trennten.«

Lathom sah sehr nachdenklich drein. »Gar nicht so einfach«, murmelte er. »Jedenfalls nicht, wenn es bewiesen werden soll. Ich bin nämlich nicht mehr in ein anderes Lokal, sondern direkt nach Hause gegangen, Mr. Temple.«

»Und Ihr Diener? Hat er Sie nicht gesehen oder kommen hören?«

»Unglücklicherweise hat er ein paar Tage Urlaub und ist bei seiner Schwester in Coventry.« Wieder wurde Lathom nachdenklich, dann fuhr er auf und rief: »Aber, Mr. Temple – es ist ja bloß eine einfache Rechenaufgabe! Wenn Sie den Zeitfaktor zugrunde legen, müssen Sie doch erkennen, daß es für mich unmöglich gewesen wäre, noch vor Ihnen in Ihre Wohnung zu gelangen!«

»Wenn ich das erkannt hätte, wäre ich nicht hier«, erwiderte Temple kühl. »Wir hatten zwar ziemliche Eile, von Luigi nach Hause zu kommen, aber – der eine Vorderreifen unseres Autos war platt. Irgend jemand hatte ihn, offenbar in voller Absicht, mit einigen scharfkantigen Scherben behandelt.«

»Sie sagen – offenbar in voller Absicht?«

»Ja.«

Lathom schüttelte den Kopf, setzte sein Glas auf das Tischchen, erhob sich und begann auf und ab zu gehen. Nach einer

Weile sagte er verzweifelt: »Ich habe genau überlegt, Mr. Temple – aber ich erinnere mich nicht, auf meinem Heimweg auch nur einer einzigen Menschenseele begegnet zu sein, die mich identifizieren könnte! Es hängt also jetzt nur von Ihrem guten Willen ab, Mr. Temple, mich aus dieser Sache herauszuhalten.«

»Ich habe Sie nicht in diese Sache verwickelt, Mr. Lathom«, erinnerte Temple, »und ich bin auch nicht etwa nur deswegen hierher gekommen, um ein paar Ermittlungen über den Mord an dem ›Mädchen in Braun‹ anzustellen.«

Lathom blieb jäh stehen und schien erschreckt. »Sie meinen, da wäre noch etwas, wovon Sie bisher nichts gesagt haben?«

»Ja.« Temple nickte. »Da wäre noch etwas! Ich möchte Sie warnen!«

»Warnen? Vor wem oder vor was?« fragte Lathom schrill.

»Vor Rex!«

Lathom ließ sich in seinen Sessel fallen. »Gütiger Gott! Warum?«

»Sollte das so schwer zu erraten sein, Mr. Lathom?« meinte Temple ruhig. »Ich denke, Rex ist nicht sehr erbaut darüber, daß Sie mich über seinen Erpressungsversuch in Kenntnis gesetzt und um Rat gefragt haben.«

Lathom zuckte zusammen. »Aber ich habe doch sonst alles getan, was er forderte! Das Geld war zur Stelle! Daß Mrs. Trevelyan dann –«

»Glauben Sie denn, Mrs. Trevelyan wäre Rex?« unterbrach Temple.

»Nein, nein!« rief Lathom pathetisch. »Das glaube ich nicht! Und das habe ich vorhin auch schon Mrs. Temple gegenüber betont! Aber Sie müssen selbst zugeben, Mr. Temple, daß die Umstände sehr gegen Mrs. Trevelyan sprechen. Es dürfte ihr schwerfallen, die Polizei von ihrer Unschuld zu überzeugen.«

»So, meinen Sie? Nun, dann lassen Sie sich von mir sagen, Mr. Lathom – Sir Graham Forbes ist inzwischen völlig überzeugt, daß Mrs. Trevelyan nicht Rex ist.«

»Ach«, seufzte Lathom, »das erleichtert mich irgendwie. Sie ist ja auch gar nicht der Typ –«

»Wer wäre Ihrer Meinung nach denn der Typ, Mr. Lathom?«

»Das – das kann ich nicht sagen – ich weiß nur, daß Mrs. Trevelyan nicht der Typ ist. Aber, Mr. Temple – was könnte Rex denn gegen mich unternehmen?«

Temple hob die Schultern und schwieg.

»Um Gottes willen, Mr. Temple – Sie glauben doch wohl nicht, daß ich in Gefahr bin?« fragte Lathom mit angstvoll verzogenem Gesicht.

»Kein Grund zur Aufregung«, versetzte Temple gelassen. »Aber vielleicht sollte ich ein wenig auf Sie achtgeben, Mr. Lathom . . .«

14

Früh am nächsten Morgen rief Inspektor Crane an und bat Temple, sich mit ihm in der Leichenhalle von Scotland Yard zu treffen.

Als sie dann vor der Bahre standen, betrachtete Temple nachdenklich die Tote, die ihm als ›Mädchen in Braun‹ manches Rätsel aufgegeben hatte. Jetzt lag sie still und friedlich da, das wachsbleiche, hübsche Gesicht mit dem noch erkennbaren Make-up von dem schönen rotbraunen Haar umrahmt, die gepflegten Hände mit den lackierten Fingernägeln über der wohlgeformten Brust wie zum Gebet gefaltet.

»Ist bei der Obduktion das Geschoß gefunden worden?« fragte Temple leise und breitete das Laken wieder über die Tote.

Crane nickte. »Ja, es stammt aus einer 33er Waffe, war in der rechten Schädelwand verkeilt. Muß aus mindestens sieben bis neun Metern Entfernung abgefeuert worden sein, sonst hätte das Geschoß den Schädel ganz durchschlagen. Der Täter hat also sofort von der Tür aus geschossen, als das Mädchen eben versuchen wollte, sich hinter dem kleinen Sofa in Deckung zu werfen.«

»Gut rekonstruiert, aber weiterhelfen kann uns das auch nicht«, bemerkte Temple. »Übrigens ein wenig verbreitetes Kaliber, diese 33er. Wie ist das eigentlich, Inspektor – hat nicht Scotland Yard eine Serie neunschüssiger 33er angeschafft?«

»Stimmt, aber sie erfreuen sich keiner großen Beliebtheit und sind wohl fast alle noch im Schußwaffendepot«, entgegnete Crane freimütig. »Ich selbst zum Beispiel habe sie auf dem Schießstand probiert und bin lieber bei meiner altbewährten 38er BSA geblieben.«

Temple nickte zustimmend und fragte: »Was ist mit den Sachen der Toten geschehen, ihrer Kleidung, ihrer Handtasche?«

»Die Kleidung ist wohl noch im Labor«, sagte Crane, »alles amerikanischer Herkunft und von guter Qualität, aber ohne Identifizierungsmerkmale. Die Handtasche nebst Inhalt habe ich in meinem Büro; auch sie gibt keine Aufschlüsse. Kommen Sie doch mit, Mr. Temple; sehen Sie es sich an.«

Auf dem Weg über die Treppen und die langen Flure kam Inspektor Crane auf Mrs. Trevelyan zu sprechen: »Ich überlege immer, ob es nicht besser wäre, wir ließen sie wieder frei – natürlich sorgfältig beschützt und bewacht. Rex würde doch bestimmt versuchen, sich mit ihr in Verbindung zu setzen, und wer weiß, ob wir ihn dann nicht erwischen könnten.«

»Möglich ist alles«, meinte Temple, »aber wahrscheinlicher wäre, daß Rex schneller funktioniert als der beste Polizeischutz. Er würde gewiß wieder seine große Trumpfkarte ausspielen, die Überraschung. Dann wäre die Liste seiner Opfer um den Namen Trevelyan länger, und Scotland Yard hätte nichts gewonnen.«

»Vielleicht haben Sie recht, Mr. Temple«, erwiderte Crane nachdenklich. »So – da wären wir.« Er stieß die Tür zu seinem Büro auf. Die Handtasche des Mädchens lag auf einem Tisch, rings darum der Inhalt – Spiegel, Lippenstift, Nagellack, Zigarettenetui, Feuerzeug, zwei schmale Schlüssel und mehrere kleine Taschentücher.

Temple besah es sich kopfschüttelnd, nahm die leere Tasche auf und tastete ihre Innenseite ab. »Da scheint irgend etwas unter das lose Futter gerutscht zu sein, vielleicht ein Kinobillett oder eine Fahrkarte. Halt hier hab' ich's schon!« Es war eine Visitenkarte mit der Anschrift: Walter Ayrton, London W 1, Soho Square 77a.

»Sieh an, Walter Ayrton«, sagte Inspektor Crane, nachdem ihm Temple die Karte gegeben hatte, »ein guter Bekannter. Er ist einer der wendigsten Privatdetektive, die Sie sich überhaupt nur denken können, Mr. Temple! Hat sich auf ein einziges Gebiet spezialisiert, und zwar auf die Abwehr von Erpressungsversuchen.«

»Merkwürdig, daß ich noch nie von ihm gehört habe«, murmelte Temple. »Offenbar versteht er es, sich völlig im Dunkel zu halten.«

Crane ließ ein leises Lachen hören. »Das ist seine Stärke, Mr. Temple«, bestätigte er. »Ayrton arbeitet ganz allein, übernimmt nur eine beschränkte Anzahl Fälle, hält sich der Polizei aus dem Wege, erzielt aber ganz im stillen ausgezeichnete Erfolge und kassiert hohe Honorare. Nur selten kommt einer seiner Fälle vor Gericht. Doch einmal hatte ich das Glück, einer Verhandlung gegen einen Erpresser beizuwohnen, der von Ayrton zur Strecke gebracht worden war. Ich kann Ihnen nur sagen, ich habe gestaunt!«

»Und welche Verbindung mag er mit dem ›Mädchen in Braun‹ gehabt haben?«

»Keine Ahnung, Mr. Temple. Aber ich werde ihn anrufen und fragen, ob wir ihn aufsuchen können.« Hierauf führte er ein kurzes, etwas geheimnisvoll anmutendes Telefongespräch und sagte dann recht zufrieden: »Na sehen Sie, Mr. Temple – er ist den ganzen Vormittag in seinem Büro und würde sich freuen, Sie kennenzulernen.«

*

Kaum zehn Minuten später saßen sie Walter Ayrton gegenüber – einem eleganten, jugendlich wirkenden Vierziger mit unerhört wachen, grauen Augen, langer schmaler Nase und gestutztem Schnurrbärtchen. Sein geschmackvoll und luxuriös eingerichtetes Büro erzählte deutlich genug von der Höhe seiner Honorare.

»Es ist mir wirklich eine Ehre, Mr. Temple«, versicherte Ayrton nach der Begrüßung, »und endlich mal wieder ein Grund, von meinen wohlbehüteten, handgefertigten Spezialhavannas anzubieten.« Nachdem die kostbaren Zigarren in Brand gesetzt waren, fuhr er in seiner lebhaften Art fort: »Natürlich habe ich schon genug von Ihnen gehört, Mr. Temple, um zu wissen, daß Sie nicht zufällig kommen. Was kann ich also für Sie tun?«

»Inspektor Crane wird es Ihnen erklären, Mr. Ayrton.«

Crane lächelte selbstbewußt, reichte Ayrton die Visitenkarte, gab eine kurze Beschreibung des »Mädchens in Braun« und umriß mit wenigen Worten, was geschehen war.

»Armes Ding«, murmelte Ayrton, als Crane geendet hatte. »Natürlich kann ich Ihnen sagen, wer sie ist –«

»Vor allem würde mich interessieren, Mr. Ayrton«, warf Temple ein, »wie Ihre Visitenkarte in die Handtasche der Toten gekommen sein mag.«

»Das ist leicht erklärt, Mr. Temple. In New York habe ich einen Geschäftsfreund namens Jeff Myers –«

»Der frühere FBI-Mann?« fragte Temple gespannt dazwischen.

Ayrton nickte und sprach weiter: »Wir arbeiten in loser Form zusammen, das heißt – wir tauschen Informationen aus, auch übermitteln wir uns Klienten, je nachdem, was gerade nötig ist – jedenfalls eine oft bewährte Verbindung. Vor einiger Zeit nun erschien die erwähnte junge Lady mit einem Empfehlungsschreiben von Jeff Myers bei mir. Sie hieß Carol Reegan, war eine Art Assistentin von Myers und wegen eines Spezialfalles herübergekommen – eine bestimmte Klientin, die früher in Amerika gewesen ist, hatte sie eigens angefordert. Carol war nämlich auf die Abwehr von Erpressungsversuchen an Frauen spezialisiert. Myers schien ihr übrigens bei der Bearbeitung solcher Fälle ziemlich freie Hand zu lassen –«

»Haben Sie eine Ahnung, Mr. Ayrton, wer die Klientin ist, in deren Interesse Miss Reegan nach England gekommen ist?« warf Temple ein.

»Ja. Es war Norma Rice, die bekannte Schauspielerin, die Anfang September ermordet wurde. Miss Reegan ist kurz danach noch einmal bei mir gewesen – sie war furchtbar aufgebracht, daß Rex sie überspielt hatte, und schwor Stein und Bein, sie würde herausfinden, wer dieser Rex wäre.«

»Darüber hätten Sie uns aber früher Bescheid geben sollen, Mr. Ayrton«, bemerkte Inspektor Crane ärgerlich. »Wir, und vor allem auch Mr. Temple, waren über dieses ›Mädchen in Braun‹ sehr beunruhigt, weil wir glaubten, sie wäre eine Komplicin von Rex.«

Ayrton hob die Schultern. »Sie wissen ja, Crane, daß ich genug mit meinen eigenen Fällen zu tun habe und mich prinzipiell aus allem heraushalte, was mich nicht direkt angeht. Außerdem schien Miss Reegan ihrer Sache so sicher –«

»Na, wenn sie ihrer Sache so sicher war«, unterbrach Inspektor Crane in zweifelndem Ton, »verstehe ich eigentlich nicht, warum sie gestern zu Mr. Temple gekommen ist.«

»Vielleicht dachte sie, ich wüßte mehr über den Fall«, vermutete Temple. »Oder sie hat mich warnen wollen, denn sie dürfte Rex ja dichter auf den Fersen gewesen sein als jeder andere.«

»Ich kann es Ihnen leider nicht verraten, Mr. Temple«, erklärte Ayrton bedauernd. »Es ist über zwei Monate her, daß ich zum letzten Male mit Miss Reegan gesprochen habe. Ich wußte nicht, wo sie sich aufhielt. Aber ich hatte ihr gesagt, daß sie mich jederzeit zu Hilfe rufen könnte, wenn sie es für nötig hielte. Mehr kann ich Ihnen zu dieser Sache nicht sagen. Nur so viel – dieser Rex dürfte ein sehr gefährlicher Kunde sein!«

»Was Sie uns gesagt haben, Mr. Ayrton, erscheint mir sehr wertvoll«, versicherte Temple, »denn nun ist wieder ein wichtiges Teilstück dieses Falles geklärt.«

»Natürlich werde ich mich jetzt auf dem schnellsten Wege mit Myers in Verbindung setzen«, kündigte Ayrton an. »Erstens muß er ja erfahren, was mit seiner Assistentin passiert ist, und vielleicht weiß er außerdem ein paar Kleinigkeiten über die Hintergründe des Falles – jedenfalls werde ich Ihnen sofort mitteilen, was ich von ihm höre.«

»Gut, Mr. Ayrton – auch wir werden Sie auf dem laufenden halten«, versprach Inspektor Crane würdevoll. »Doch da wäre noch etwas, Mr. Ayrton – wir erwarten Sie heute nachmittag um drei Uhr bei der Leichenschau für Miss Reegan in Scotland Yard. Sie sind ja der einzige, der das Mädchen identifizieren kann . . .«

Bei der Leichenschau waren nur Crane und Temple als Zeugen anwesend. Walter Ayrton identifizierte die Tote als Miss Reegan, vermutlich Bürgerin der Vereinigten Staaten, persönliche Daten und Wohnort unbekannt, und der Spruch des Coroners lautete auf ›Mord, begangen von einer oder mehreren Personen‹.

Den Nachmittag über war Temple zu Hause und widmete sich einige Stunden lang ungestört der Arbeit an seinem neuen Buch. Als gegen Abend Steve ins Zimmer trat, um ihm zu sagen, daß Dr. Kohima am Telefon wäre und ihn unbedingt zu sprechen wünsche, war er wenig erbaut und stand nur widerwillig vom Schreibtisch auf, meldete sich dann aber höflich: »Ja, guten Abend, Doktor Kohima – was kann ich für Sie tun?«

Besorgt kam die Stimme des Doktors über den Draht: »Es ist wegen Mrs. Trevelyan – man hält sie immer noch verhaftet!«

»Aber lieber Doktor – lassen Sie sich sagen, daß es für Mrs. Trevelyan so am besten ist«, versicherte Temple. »Im übrigen kann es sich ja nur noch um ein paar Tage handeln.«

»Es ist schrecklich für die Ärmste – sie ist ein so freiheits-liebender Mensch.«

»Beruhigen Sie sich, Doktor! Mrs. Trevelyan hat ein hübsches Zimmer zur Verfügung, sogar mit einigem Komfort. Sie kann ausruhen und sich entspannen –«

»Ich weiß, ich weiß«, entgegnete Kohima gereizt, »aber Scot-land Yard ist nicht der rechte Platz zum Entspannen! Bei mir im Haus wäre sie doch genauso sicher –«

»Das wage ich zu bezweifeln«, warf Temple ein.

»– und dann gibt es auch die Habeas-Corpus-Akte.«

»Natürlich, Doktor – doch bis Ihr Anwalt alle erforderlichen Formalitäten erledigt hat, dürfte Mrs. Trevelyan ohnehin schon wieder auf freiem Fuß sein.«

»Hoffentlich haben Sie recht, Mr. Temple«, erwiderte der Doktor kurz und brach das Gespräch ab.

Steve, die alles mit angehört hatte, meinte nachdenklich: »Tut er das alles nun wirklich aus lauter Liebe? Oder steckt etwas anderes dahinter? Vielleicht ist er doch Rex und spielt nur Thea-ter. Daß er ihr damals die dreitausend Pfund gegeben hat, kann doch auch mit zu seinem Bluff gehört haben.«

Temple mußte lachen. »Aber Darling – hast du plötzlich alles Vertrauen in die menschliche Natur verloren? Hab nur ein we-nig Geduld, dann wirst du schon sehen, wer Rex wirklich ist. Mir kommt jedenfalls vor, als ob er in allernächster Zukunft den unvermeidlichen Fehler machen wird und dann –«

»Ach, Paul«, unterbrach Steve sorgenvoll, »mir kommt es aber so vor, als ob er noch etwas Furchtbares anstellen wird, ehe ihr ihn fassen könnt . . .«

Am nächsten Morgen fand Temple unter der eben zugestellten Post einen Brief, den er mit ziemlicher Gewißheit erwartet hatte – aufgegeben in Hampstead-und mit der Maschine geschrieben, die bestimmte charakteristische Fehler aufwies. Er öffnete ihn und überlas den Inhalt, mußte lächeln, faltete den Brief wieder zusammen und barg ihn sorgfältig in der Innentasche seines Jacketts. Was immer der Brief auch mitteilen mochte – Temple fühlte sich dadurch in keiner Weise beeindruckt, blieb den ganzen Tag über am Schreibtisch und kam mit seinem neuen Roman großartig voran . . .

Zum Dinner hatte Steve den Chefkommissar eingeladen. Sir Graham schien reichlich bekümmert, da der Innenminister ihm wegen Carol Reegans Ermordung wieder einmal die Hölle heiß gemacht hatte, und als er nach dem Essen allein mit Temple zusammensaß, ließ er seinen Sorgen freien Lauf. »Ein Jammer mit diesem ›Mädchen in Braun‹! Warum bloß konnte sie nicht rechtzeitig zu uns kommen? Wir hätten uns doch ihrer Interessen angenommen! Crane hat mir berichtet, daß sie eine Art Assistentin von diesem berühmten Myers, dem früheren FBI-Mann, gewesen ist. Sie dürfte vieles gewußt haben, was auch uns hätte nützen können! Nun ist sie tot. Es hat eben doch keinen Zweck, wenn man gewisse Dinge auf eigene Faust zu betreiben versucht und leichtfertig darauf verzichtet, sich durch die Polizei wenigstens unterstützen zu lassen! Haben Sie übrigens irgendeine Vermutung, Temple, weshalb sie zu Ihnen gekommen sein mag?«

»Das schon«, entgegnete Temple, »doch zunächst, Sir Graham, möchte ich Sie bitten, diesen Brief zu lesen, den ich heute früh mit der Post bekam. Aber lassen Sie ihn Steve nicht sehen, falls sie zufällig hereinkommt.«

Sir Graham setzte seine Brille auf und las: »Wenn Ihnen Ihr Leben lieb ist, Mr. Temple, beenden Sie Ihre Einmischung augenblicklich. Dies ist meine erste und letzte Warnung. Rex.«

»Kurz und unmißverständlich, nicht wahr?« kommentierte Temple. »Und natürlich wieder mit der gleichen Schreibmaschine in Canterbury geschrieben.«

»Unerfreulich, sehr unerfreulich«, bemerkte Sir Graham sorgenvoll. »Es ist ja ganz schön und gut, daß Sie diese düstere Angelegenheit in Canterbury so ganz unter der Hand weiterverfolgen. Ihr amerikanischer Freund ist nun seit vorgestern dort. Aber wenn Sie auch alles Vertrauen zu seinen Fähigkeiten haben, Temple – ich meine, wir sollten doch einen unserer Leute hinschicken, Crane oder Bradley vielleicht. Rex hat dort immerhin sein Hauptquartier –«

»Eben deshalb!« fiel Temple ein. »Sowie dort jemand auftaucht, der auch nur im geringsten nach Polizei aussieht, verlegt Rex sein Hauptquartier im Handumdrehen, und für uns fangen die Nachforschungen von neuem an. Nein, auf Leo Brent und seinen Geist ist unbedingt Verlaß –«

»Wann haben Sie zuletzt von ihm gehört?« fragte Sir Graham.

»Er hat planmäßig heute früh angerufen, natürlich nicht vom Hotel aus – beim Bahnpostamt in Canterbury gibt es Selbstwählautomaten für den Fernverkehr, die Tag und Nacht benutzt werden können. Direkt feststellen konnte er bisher zwar noch nichts Verdächtiges, nach außen hin geht im Hotel alles seinen normalen Gang. Doch scheint er auf irgend etwas gestoßen zu sein, denn er sagte, vielleicht riefe er gegen Abend mal zwischendurch an, wenn es sich lohnte. Wir werden ja hören –«

Da kam Steve mit dem Kaffee herein, und die Unterhaltung wurde allgemeiner. Aber kaum eine Viertelstunde später begann das Telefon zu läuten.

»Vielleicht ist das schon Leo«, sagte Temple und ging an den Apparat.

»Hallo, Paul –?« erklang von weither eine Stimme, die Leitung schien etwas gestört.

»Bist du es, Leo?«

»Ja, ich bin's.«

»Nun – was gibt's Neues?«

»Gar nichts. Bitte, halt mich nicht für quengelig, Paul, aber hier geht es derart still und langweilig zu – hier passiert auch nichts, hier kann gar nichts passieren! Ich glaube, du bellst den falschen Baum an, Paul.«

»Das klingt ja recht pessimistisch, ganz anders als heute früh.«

»Ja – es ist aber auch nicht mehr zum Aushalten vor Lange-weile! Ich habe unseren Freund den ganzen Tag nicht aus den Augen gelassen – er kümmert sich ein bißchen um das Hotel, und die übrige Zeit spielt er Golf. Sonst nichts, gar nichts! Ich kann dir nur sagen, Paul, es ist verschwendete Zeit.«

»Na gut«, entgegnete Temple, »dann komm morgen nach Lon-don zurück, Leo. Ich denk' mir etwas anderes aus.«

»Fein, Paul – bis morgen also –«

Temple legte den Hörer auf, zeigte ein grimmiges Gesicht und knurrte: »Das war nicht Leo!«

Steve stieß einen leisen Überraschungsruf aus, und Sir Gra-ham fragte: »Wie kommen Sie darauf, Temple? Wie wollen Sie das wissen?«

»Sehr einfach«, entgegnete Temple, »er nannte mich immerzu ›Paul‹. Leo hat aber vom ersten Tag an stets und ständig nur ›Temple‹ zu mir gesagt. Es war also nicht Leo, und das bedeutet, daß etwas faul ist. Wir müssen sofort nach Canterbury, Steve.«

»Daraufhin wollen Sie gleich Hals über Kopf los, Temple?« wandte Sir Graham ein und schien etwas indigniert. »Sie ha-ben doch noch gar keinen Beweis. Halten Sie es denn wirklich für so wichtig?«

»Wichtig?« wiederholte Temple. »Sir Graham – ich glaube, hier geht es um Leben und Tod . . .«

»Freilich nicht gerade höflich, daß wir unseren Gast so schnöde sitzenlassen mußten«, erklärte Temple, als sie eine gute halbe Stunde später die letzten Ausläufer der östlichen Londoner Vor-orte hinter sich ließen und auf die freie Landstraße kamen. »Im-merhin ist ja genug Whisky da, mit dem er sich trösten kann.«

»Nun, Paul«, meinte Steve skeptisch, »hoffentlich verläuft diese Hetzjagd nicht wie das Hornberger Schießen –«

»Wenn sie es täte, wär's mir in mancher Hinsicht recht lieb«, erwiderte Temple und trat das Gaspedal bis zum Anschlag durch, so daß der schnelle Wagen wie ein Blitz über die gerade, mondhelle Straße jagte. »Jedenfalls kann ich es kaum erwarten, Mr. Frank Chesters Visage wiederzusehen . . .«

Im »Seahawk« war es dann aber nicht Chester, der sie begrüßte, sondern ein anderer Hotelangestellter, den sie bei ihrem vorigen Besuch nicht gesehen hatten. Er gab ihnen den Schlüssel für ihr telefonisch bestelltes Zimmer und erklärte auf Temples Frage, Mr. Chester sei nicht da, er habe heute nachmittag einen mehrtägigen Urlaub angetreten.

Als sie die Rezeption verließen und sich in ihr Zimmer hinaufbegeben wollten, lief ihnen jedoch ein anderer Bekannter in die Quere – der offenbar unvermeidliche Mr. Wilfred Davis. Strahlend begrüßte er sie: »Hallo, Mr. Temple – guten Abend, Mrs. Temple! Wie reizend, Sie wiederzusehen!« Seltsamerweise wirkte er ziemlich angegriffen und hätte sich auch wieder einmal rasieren müssen.

Ohne besondere Begeisterung sagte Temple: »Hallo, Mr. Davis – ich dachte mir schon, daß wir Sie hier wieder treffen würden.«

»Aber natürlich« – Steve nickte – »Mr. Davis hatte uns ja erzählt, daß er wieder nach Canterbury fahren wollte. Mr. Davis – Sie sehen nicht ganz wohl aus. Waren Sie krank?«

»Ja – nun, nicht direkt«, antwortete Davis etwas betreten. »Das Wetter, wissen Sie – der viele Regen nimmt mich immer so mit. Aber ich freue mich sehr, Sie wiederzusehen. Werden Sie diesmal etwas länger bleiben?«

»Nur für eine Nacht«, sagte Temple und beobachtete den Gesichtsausdruck des kleinen Walisers genau. »Aber falls Sie uns brauchen sollten – wir haben Zimmer Nummer zweiunddreißig.«

Davis quittierte diese Mitteilung mit einer kleinen Verbeugung und meinte: »Bestimmt treffen wir uns morgen noch mal beim Frühstück.« Dies klang einigermaßen reserviert.

Nachdem sie sich von Mr. Davis verabschiedet hatten, gingen Paul und Steve in ihr Zimmer hinauf, und sobald sie die Tür hinter sich zugemacht hatten, raunte Temple: »Bleib du hier, Steve – ich gehe mal schnell in Leos Zimmer. Er hat Nummer vierzehn, eine Treppe tiefer.«

»Wenn du ihn aber nicht triffst, Paul?«

»Dann hat er bestimmt eine Nachricht hinterlassen – ›alles nur Tricks, alles nur Spiegel‹, du erinnerst dich doch, Darling? Also – bis gleich.«

Natürlich fand er die Tür zu Nummer vierzehn verschlossen, aber das Yale-Schloß machte ihm keine Schwierigkeiten, da er für alle Fälle Glimmerstreifen zu sich gesteckt hatte. Zwei Minuten später war er wieder in seinem eigenen Zimmer.

»Sieh her, Darling«, sagte er atemlos. »Das hier war tatsächlich hinter den Spiegel geklebt.« Er hielt ihr einen mit Bleistift beschriebenen Zettel hin.

Gemeinsam entzifferten sie die schwer leserliche Schrift: »Lieber Temple, dies für den Fall, daß ich heute abend nicht mehr telefonieren kann. Seit heute früh hat sich einiges getan. Vormittags sah ich Chester davonfahren und habe ihn mit einem schnell geliehenen Motorrad unbemerkt bis zur sogenannten Kleefeld-Mühle verfolgt, einem gottverlassenen Ort. Wahrscheinlich ist dort der Treffpunkt von Chester und Rex. Die Kleefeld-Mühle liegt ungefähr vier Meilen westlich von Moondale, und zwar neben einem Wäldchen nahe einem Feldweg, der beim Meilenstein 38 von der Landstraße nach rechts abzweigt – sie ist nicht allzu schwer zu finden. Mittags konnte ich erlauschen, wie Chester dem Mann in der Anmeldung sagte, er müsse heute nachmittag noch mal fort. Natürlich werde ich ihn wieder verfolgen. Halt mir die Daumen. Leo.«

»Kleefeld-Mühle«, murmelte Temple gedankenvoll. »Kannst du dich erinnern, Steve – der Hohlweg mit dem Stahlseil? Als wir dann nachher zur Landstraße zurückfuhren, lichtete sich doch der Nebel plötzlich, und der Mond kam durch. Da habe ich irgendwo links vom Weg ein Wäldchen und daneben eine alte Wassermühle gesehen.«

»Aber Paul – wenn Leo heute nachmittag dorthin gefahren ist, müßte er doch längst zurück sein?«

»Und ob!« unterbrach Paul. »Schnell, Darling – zieh dir den Tweedmantel und ein Paar Sportschuhe an. Wir wollen uns diese Kleefeld-Mühle mal näher ansehen . . .«

Heller Mondschein erleichterte die Orientierung. Ohne Schwierigkeiten fand Temple beim Meilenstein 38 den nach rechts abzweigenden Feldweg. Es war, wie erwartet, der gleiche Hohlweg, in den sie damals von dem vermeintlichen Polizisten gewiesen worden waren. Kaum fünf Minuten später entdeckten sie das Wäldchen und daneben, halb unter den überhängenden Bäumen verborgen, die Umrisse der alten Wassermühle, zu der eine morastige Zufahrt führte.

Als sie den Wagen am Anfang der Zufahrt verließen, hörten sie von fernher eine Kirchturmuhr Mitternacht schlagen. Sonst war alles still. Vorsichtig schlichen sie sich an die Mühle heran. Temple hielt seine Taschenlampe bereit, schaltete sie aber nicht ein, da er keine unnötige Aufmerksamkeit erregen wollte.

»Es sieht aber aus, als ob hier überhaupt niemand wäre«, wisperte Steve.

Unmittelbar vor der Mühle mußten sie eine schmale hölzerne Brücke überqueren, die bei jedem ihrer Schritte ächzte und schwankte, als ob sie im nächsten Augenblick zusammenstürzen wollte.

»Paul«, flüsterte Steve, als sie sich um das alte Gebäude herumtasteten und nach dem Eingang suchten, »das macht doch alles den Eindruck, als wäre es seit Jahrzehnten unbenutzt.«

»Ich weiß nicht recht«, entgegnete Temple ebenso leise und richtete den abgeblendeten Lichtstrahl der Taschenlampe auf die Achse des Mühlrades. »Sieh mal, Darling – die Achse ist frisch geschmiert!«

Sie fanden die Tür – sie schien verschlossen. Doch als Temple sich dagegenstemmte, gab sie quietschend nach; sie hatte sich infolge der vielen Feuchtigkeit verzogen. Mondlicht, das gebrochen durch die schmutzige Fensterscheibe drang, erhellte den Innenraum nur dürftig. In einer Ecke lagen leere Säcke gestapelt; daneben waren einige Kisten übereinandergetürmt. Ein Stück weiter führte eine primitive Stiege in das obere Stockwerk hinauf. Sonst war der Raum leer.

So lautlos wie möglich gingen Steve und Paul umher und versuchten, sich zu orientieren. Plötzlich blieb Steve stehen und hielt Paul am Ärmel fest. »Hörst du nichts?«

Temple lauschte, die Rechte um den schußbereiten Revolver gespannt, die nichteingeschaltete Taschenlampe in der Linken. Von irgendwoher kam ein Stöhnen.

»Was war das?« fragte Steve fast unhörbar. »Und woher kam das?«

Ehe Temple antworten konnte, ertönte ein erstickter Schrei.

»Von unten«, flüsterte Steve und wies auf den Boden. »Ein Hilfeschrei?«

Temple ließ sich auf Hände und Knie fallen und preßte ein Ohr auf die Dielenbohlen. Der Schrei wiederholte sich, Temple fuhr auf: »Das klang nach Brent!« Dann brüllte er: »Leo – wo steckst du?«

»Im Keller«, kam es leise und dumpf zur Antwort. »Unten im Keller.«

Temple entdeckte im Schein der abgeblendeten Taschenlampe den in die Dielenbohlen eingelassenen Falltürring, packte ihn mit beiden Händen und zog mit aller Kraft – die Falltür ließ sich nicht öffnen. Dann bemerkte er, daß sie durch einen langen, ebenfalls in die Dielen eingelassenen Bolzen gesichert war, zog den Bolzen beiseite und konnte die Klappe nun anheben.

»Bist du's, Temple?« kam eine verzweifelte Stimme aus der finsteren Tiefe. Temple leuchtete in den Keller hinab. Da lag Brent zusammengekrümmt in einer Ecke, die Haare wirr, das Gesicht schmerzverzerrt und schmutzbedeckt, die Hände auf den Rücken gebunden.

»Ich komme, Leo, ich komme«, rief Temple und begann die schmale Leiter unterhalb der Falltür hinabzuklettern. »Bist du verletzt, Leo?«

»Hab' mein Teil weg«, ächzte Brent. »Hat mein rechtes Bein erwischt – gebrochen, glaub' ich. Bin ich froh, daß du da bist!«

Temple kniete nieder, löste den Fesselstrick von Leos Händen und befühlte dann vorsichtig das rechte Bein. »Scheint wirklich gebrochen, alter Junge«, murmelte er.

»Wem erzählst du das?« gab Leo keuchend zurück. »Aber sag – wie um alles in der Welt kommst du hierher, Temple?«

»Hab' deine Nachricht gefunden.«

»Meine Nachricht?« wiederholte Leo verblüfft.

»Ja – sie war hinter dem Spiegel.«

»Machst du Scherze?« ächzte Leo verstört.

Temple zog das Papier hervor und beleuchtete es mit der Taschenlampe.

»Das ist doch nicht meine Schrift«, stöhnte Leo Brent. »Hast du das denn nicht erkannt?«

»Seit Jahren habe ich keine Zeile mehr von dir bekommen«, erwiderte Temple. »Ich war überzeugt –«

Ein gellender Schrei schnitt ihm die Rede ab.

»Steve!« brüllte Temple, sprang auf und raste auf die Leiter zu. Kaum hatte er die ersten paar Sprossen erklommen, als über ihm mit donnerndem Knall die Falltür zukrachte. Gleich darauf war das Knirschen des Riegels zu hören.

Heftiges Trampeln klang durch die Decke, dann hastige Schritte. Aber kein Schrei mehr –

Temple hastete so weit wie möglich die Leiter empor und begann wie ein Rasender mit den Fäusten gegen die Falltür zu hämmern.

Brent kam herbeigekrochen und versuchte sich an der Leiter aufzurichten, sackte aber wieder zusammen. »Wenn ich nur helfen könnte!« stöhnte er.

Unentwegt hämmerte Temple gegen die Falltür und brüllte: »Steve! Steve!« Von oben war kein Geräusch mehr zu hören.

Plötzlich aber erklang ein dröhnendes Surren.

»Was ist das?« schrie Brent angsterfüllt.

Temple ließ das Hämmern und lauschte. »Ein Dynamo –?«

In das Surren hinein tönte holperiges Rumpeln.

»Das Mühlrad!« rief Temple und kam die Leiter heruntergeklettert.

»Das Mühlrad?« wiederholte Brent ratlos. »Verdammt! Was haben diese Teufel vor?«

Temple antwortete nicht. Verzweifelt leuchtete er die feuchten steinernen Wände und den fugenlosen Boden ab. Nirgendwo war ein Hammer, eine Eisenstange oder sonst ein Gerät zu entdecken, mit dem sich die Falltür hätte einschlagen lassen.

»He, Temple«, ächzte Brent, »der Boden wird naß! Von irgendwoher kommt Wasser!«

Im Lichtstrahl der Taschenlampe schimmerten dunkle Pfützen, die sich schnell vergrößerten.

Wieder ließ Temple den Lichtstrahl über die Wände wandern. Hoch oben in einer Ecke entdeckte er die mehr als fußbreite Öffnung, durch die das Wasser unaufhörlich die Wand heruntergeschossen kam.

»Temple! Sie setzen den Keller unter Wasser!« gellte Brents Schreckensschrei.

Temple raste die Leiter hinauf und begann von neuem gegen die Falltür zu hämmern.

»Wie Ratten werden wir ersaufen!« jammerte Brent. »Es steigt, es steigt! Jetzt steht es schon eine Spanne hoch!«

Temple versuchte sich mit den Schultern gegen die Falltür zu stemmen – die Leitersprossen knirschten und knackten unter seinen Füßen und drohten zu brechen. Schweigend kam er die Leiter heruntergestiegen.

»Mein Gott!« stöhnte Brent. »Sie können uns doch nicht einfach ersäufen! Sie können doch nicht –« Seine Stimme erstarb, er war bewußtlos geworden. Die Schmerzen in dem gebrochenen Bein und die Verzweiflung hatten ihn überwältigt.

Nichts war zu vernehmen als das Surren des Dynamos und das Rumpeln des Mühlrades.

15

Nachdem seine Gastgeber ihn so jählings verlassen hatten, lehnte sich Sir Graham zwar bequem in den Sessel zurück und genoß den vorzüglichen Kaffee, dachte zugleich aber auch angestrengt nach. Gesetzt den Fall, Temple hatte recht und der Anruf aus Canterbury wäre fingiert gewesen – was hätte er bezwecken können? Nur den Versuch, Temple aus London wegzulocken, damit vielleicht Rex freie Bahn für ein neues Unternehmen hätte? Oder steckte mehr dahinter? Sollten Temple und Steve etwa in eine Situation gebracht werden, durch deren Bedrohlichkeit Rex der Forderung seines Briefes an Temple drastischen Nachdruck verleihen wollte?

Sir Graham fühlte sich immer unbehaglicher. An eine dritte Möglichkeit wollte er im Augenblick lieber gar nicht denken. Er beschloß aufzubrechen und zum Yard zurückzukehren. Dort würde er sich mit Inspektor Crane besprechen.

Als er sich eben erhob, vernahm er zu seiner Überraschung neben sich eine leise Stimme, die ihn höflich fragte, ob er nicht doch noch einen Drink wünsche – Ricky, der sich offenbar die ganze Zeit unbemerkt im Zimmer aufgehalten hatte.

»Nein danke, Ricky«, entgegnete Sir Graham, »ich will nämlich gehen. Aber hören Sie – falls Mr. Temple anruft und Sie es für – äh – dringend halten, müssen Sie mich sofort verständigen. Ich werde mich bis Mitternacht im Yard aufhalten.«

Ricky neigte den Kopf und äußerte ernst: »Gewiß, Sir Graham, ich verstehe . . .«

*

»Inspektor Crane ist in die Kantine gegangen, um eine Kleinigkeit zu essen – ich werde ihn verständigen, daß er Sie aufsucht, Sir«, erklärte der Wachtmeister in der Telefonzentrale, als Sir Graham über den Hausapparat Crane zu sich herüberbitten wollte.

Um die Zwischenzeit zu nützen, begab sich der Chefkommissar in den Raum, den man für Mrs. Trevelyan hergerichtet hatte. Die Polizeibeamtin im Vorzimmer erhob sich bei seinem Eintritt von ihrem Kreuzworträtsel. »Gewiß, Sir, Mrs. Trevelyan ist noch auf«, sagte sie beflissen und öffnete die Tür.

Als sie Sir Grahams sorgenvolle Miene sah, fuhr Mrs. Trevelyan aus ihrem bequemen Sessel empor und fragte angsterfüllt: »Was macht er? Geht es ihm gut?«

Der Chefkommissar, mit seinen Gedanken ganz bei Temple, vergegenwärtigte sich nicht, daß sie natürlich Dr. Kohima meinte und erwiderte: »Ja, ja – aber er ist eben nach Canterbury gefahren.«

»Um Gottes willen«, schrie Mrs. Trevelyan, »er darf nicht ins ›Seahawk‹! Sie müssen es verhindern!«

»Was wissen denn Sie über das Hotel?«

»Nichts weiter. Nur – die Briefe von Rex kommen von dort her. Sir Graham – warum ist Doktor Kohima –?«

»Doktor Kohima meinte ich doch gar nicht«, beruhigte sie der Chefkommissar, »Mr. und Mrs. Temple sind nach Canterbury gefahren! Wissen Sie wirklich weiter nichts über das ›Seahawk‹?«

»Nein, nein – nichts«, beteuerte Mrs. Trevelyan. »Aber – wann kann ich von hier fort, Sir Graham?«

»Ich denke bald. Wir behalten Sie doch nur zu Ihrer eigenen Sicherheit hier. Wir wollen verhüten, daß Rex gegen Sie einen neuen Erpressungsversuch unternimmt – falls er sich das nächstemal überhaupt mit Erpressung begnügen würde.«

Mrs. Trevelyan schreckte zusammen. Dann fragte sie: »Meinen Sie, daß er jetzt versuchen könnte, sich an Doktor Kohima zu halten?«

Der Chefkommissar nickte bedeutsam. »Diese Möglichkeit haben wir in Betracht gezogen, Mrs. Trevelyan. Zwei unserer besten Leute bewachen den Doktor auf Schritt und Tritt.«

»Ach – hoffentlich stößt ihm nichts zu«, seufzte Mrs. Trevelyan, »hoffentlich –«

»Wenn Sie beide doch bloß etwas weniger besorgt umeinander wären«, murmelte der Chefkommissar und zog die Tür hinter sich zu.

In sein Zimmer zurückkehrend, fand er dort bereits Inspektor Crane vor und erzählte, was geschehen war. Crane wurde sehr ernst und knurrte: »Gefällt mir gar nicht, daß Temple und seine Frau allein dort hingefahren sind. Wir sollten schleunigst ein paar Mann hinter ihnen herschicken.«

»Nein«, entgegnete Sir Graham und hatte plötzlich einen Entschluß gefaßt, »nein – wir beide werden selbst fahren . . .«

In Canterbury angekommen, ließen sie ihren Wagen in einer Nebenstraße stehen und näherten sich dem Hotel ›Seahawk‹ zu Fuß. Infolge der späten Stunde lag das Hotel bereits still und dunkel da, doch sahen sie zu ihrer Überraschung eine wohlbekannte Gestalt aus einer Seitentür kommen und in einem bereitstehenden kleinen Sportwagen davonfahren.

»Der Waliser!« raunte Sir Graham. »Schnell zum Wagen zurück, Crane – hinter dem müssen wir her!«

»Scheint in die Straße nach Faversham eingebogen zu sein«, erklärte Crane und hatte recht mit dieser Vermutung. Denn schon nach wenigen Minuten sahen sie vor sich die Rücklichter des Sportwagens die Landstraße entlangjagen.

Temple stampfte in ohnmächtiger Wut durch das jetzt schon fast fußhoch stehende Wasser auf und ab. Er konnte keinen klaren Gedanken mehr fassen. Schließlich machte er sich daran, den kraftlos gegen die Leiter gelehnten Brent etwas höher aufzurichten.

Brent kam wieder zu sich und schlug die Augen auf. »Verdammte Situation«, keuchte er. »Was sollen wir bloß tun?«

Temple kniete sich neben ihn. »Schling mir die Arme von rückwärts um den Hals, Leo. Ich will versuchen, dich ein Stück die Leiter hinaufzuschleppen. Hoffentlich kracht das wacklige Ding nicht zusammen.«

Die Schmerzen, die das gebrochene Bein verursachte, lähmten Brents Kräfte. Zweimal, dreimal rutschten seine Hände ab, ehe sein Griff hielt.

Sprosse um Sprosse quälte sich Temple mit seiner Last die Leiter hinauf. Das Wasser stieg unaufhörlich.

Auf halber Höhe der Leiter hielt Temple atemlos inne und verschnaufte. Plötzlich glaubte er, durch das Surren und Rumpeln und Gurgeln des Wassers ein anderes Geräusch zu vernehmen – Schritte über sich!

Ein, zwei Sekunden lauschte er wie gebannt. Dann stieß er ein kurzes Gebrüll aus und lauschte wieder.

»Himmel«, keuchte er, »es ist Forbes!« Im nächsten Augenblick schrie er, so laut er konnte: »Sir Graham! Sir Graham!«

»Temple!« scholl es von oben zurück. »Ich komme!« Dann knirschte der Riegel, die Falltür wurde aufgerissen, und Temple blickte in die Gesichter von Sir Graham und Inspektor Crane, die ihm besorgt entgegenstarrten.

»Was ist mit Steve?« war Temples erste Frage.

»Alles in Ordnung«, erwiderte Sir Graham. »Sie sitzt draußen vor der Mühle auf einem Stein und erholt sich – sie ist ohnmächtig gewesen. Aber wen haben Sie da auf dem Rücken?«

»Leo Brent – er hat das rechte Bein gebrochen und kann sich nicht allein bewegen. Ich glaub' nicht, daß ich ihn so durch die Luke kriege –«

»Hier ist ein Seil«, ließ sich Inspektor Crane vernehmen. »Klettern Sie wieder zurück, Temple – ich komme hinunter und mache das Seil fest. Dann zieht Sir Graham oben, und wir helfen von unten nach.«

Das Wasser stand jetzt schon über drei Fuß hoch. Crane und Temple wurden bis an die Hüften naß, als sie den hilflosen Brent anseilten. Doch dann ging alles glatt vonstatten, und kaum zwei Minuten später war Crane bereits dabei, einen Notverband um Brents gebrochenes Bein zu legen, während Temple ins Freie lief, um nach Steve zu sehen. Sie kam ihm auf unsicheren Füßen entgegen.

»Ich starrte in den Keller hinunter, Paul«, berichtete sie atemlos, »da preßte mir plötzlich jemand von hinten ein feuchtes Taschentuch aufs Gesicht. Wahrscheinlich war es mit Chloroform getränkt. Ich konnte gerade noch einen Schrei ausstoßen. Das nächste, woran ich mich erinnere, sind Sir Graham und Inspektor Crane, die mich aufrecht hielten und ins Freie führten, und dann ging es mir bald wieder besser. Doch was ist mit Leo? Soll ich beim Verbinden helfen? Nein? Aber hier – das Riechsalz –« Sie zog den Flakon aus der Manteltasche, hielt ihn unter Brents Nase, und Brent begann prompt nach Luft zu schnappen.

Temple mußte lächeln. »Wie, um alles in der Welt, sind Sie bloß hierher gekommen?« wandte er sich an Sir Graham und den Inspektor.

»Eine lange Geschichte, Temple«, erklärte der Chefkommissar. »Aber die Person, die uns tatsächlich das letzte Stück bis zu dieser gottverlassenen Mühle geführt hat, war Ihr Freund Wilfred Davis.«

»Großer Gott«, rief Temple erstaunt. »Soll das heißen, Sie haben ihn bis hierher verfolgt?«

»Ja, und vielleicht ist er noch ganz in der Nähe! Er schnurrte mit seinem Sportwägelchen wie von ungefähr glatt über die wacklige Brücke und verschwand in dem Wald hinter der Mühle. Wir mußten mit unserem schweren Auto natürlich vor der Brücke halten. Dabei fiel das Scheinwerferlicht zufällig durch die halboffene Tür der Mühle, und drinnen sahen wir Steve am Boden liegen.«

Crane war mit dem Verbinden fertig. Er erhob sich und fragte: »Wie wär's, Sir Graham – sollten wir nicht doch diesem Davis folgen?«

»Unnötige Mühe, Crane! Ich habe mir seine Wagennummer gemerkt. Wenn wir ihn haben wollen, können wir durch Polizeifunk überall nach ihm fahnden lassen.«

»Was meinen Sie, Mr. Temple«, erkundigte sich Crane. »Ob nicht am Ende dieser Davis Rex ist? Ich hatte ja eigentlich Dr. Kohima in Verdacht, aber jetzt bin ich mir nicht mehr so sicher.«

Jetzt mischte sich Brent in die Unterhaltung; es schien ihm schon wieder besser zu gehen. »Verdammt mysteriöser Fall, das muß ich schon sagen. Hab's zuerst nicht so ganz ernst genommen, als du davon erzähltest, Temple. Doch jetzt bin ich vom Gegenteil überzeugt. Du selbst weißt natürlich auch nicht, wer dieser Rex ist, wie?«

»Das weiß niemand«, verkündete Sir Graham.

»Doch – ich weiß es«, sagte Temple ruhig.

Diese Neuigkeit schien dem Chefkommissar die Sprache zu verschlagen. Steve aber fragte erschreckt: »Paul – meinst du das wirklich? Du sagst so etwas doch bestimmt nicht ohne guten Grund, doch –«

»Doch – ich meine es ganz im Ernst«, versicherte Temple. »Einen bestimmten Verdacht hatte ich schon seit einiger Zeit. Jetzt aber weiß ich, daß dieser Verdacht begründet ist.«

»Also, Mr. Temple – wer ist Rex?« fragte Crane ungeduldig.

»Ja, das will ich auch wissen! Sie müssen es uns sagen, Temple!« verlangte Sir Graham. »Also, Temple – wer ist Rex?«

»Unbesorgt, Sir Graham«, erwiderte Temple. »Es wird mir eine Freude sein, Ihnen Rex morgen abend – oder sollte ich lieber sagen, heute abend – höchstpersönlich vorzustellen. Und Ihnen natürlich auch, Inspektor. Darf ich Sie beide also gegen acht Uhr in meiner Wohnung erwarten – oder wäre Ihnen das zu früh?«

»Natürlich sind wir pünktlich zur Stelle«, sagte Sir Graham. »Aber wie wollen Sie Rex denn in Ihre Wohnung bekommen?«

»Ganz einfach«, entgegnete Temple gut gelaunt, »ich habe vor, ihn in aller Form einzuladen . . .«

16

Kurz vor acht am folgenden Abend stand Temple vor dem Frisierspiegel im Schlafzimmer, bürstete sich die Haare und pfiff vergnügt vor sich hin.

»Du bist wohl sehr zufrieden mit dir, Paul?« fragte Steve, die am Toilettentisch saß und ihr Make-up vollendete.

»Bin ich, Darling«, bestätigte Temple, machte einen Schritt rückwärts und kam ins Stolpern – er war auf einen befremdlich weichen Gegenstand getreten. »O Darling – schon wieder dein Wollknäuel! Immer an den unmöglichsten Orten, bis mal jemand dadurch ernstlich zu Schaden kommt.« Damit ging er zur Tür, um Ricky zu rufen – Steve aber lächelte schuldbewußt.

»Ricky«, fragte er den kleinen Siamesen, der aus der Küche herbeigeeilt kam. »Steht der Gin für die Gäste bereit?«

»Gewiß, Sir«, erwiderte Ricky und strahlte. »Der Gin und der Sherry und der Portwein und der Whisky und der Vermouth. Ich hab' zwar heute meinen freien Abend, aber ich werde bleiben und die Gäste bedienen – wenn es Ihnen recht ist, Sir.«

»Das ist nett von Ihnen, Ricky«, sagte Temple erfreut, und der kleine Siamese lief so glücklich davon, als wäre er beschenkt worden. »Ein verständiges Kerlchen, dieser Ricky«, meinte Paul zu Steve, nachdem er die Tür wieder geschlossen hatte. »Bleibt an seinem freien Abend zu Hause. Na ja, ein bißchen gehört er ohnehin dazu, und außerdem ist er ja auch interessiert – ich meine, als Student der Kriminologie –«

»So, so«, lächelte Steve. »Deshalb also hast du eine volle Stunde am Telefon verschwendet, um einen anderen Studenten der Kriminologie in Canterbury zu erreichen und für heute abend hierher zu bitten?«

»Ist Davis etwa kein Student der Kriminologie? Du hast es ihn selbst doch oft genug sagen hören, Darling.«

»Ach, Paul – du hältst sicher wieder mal eine Überraschung bereit!«

»Und ob! Du wirst dein Stricken darüber vergessen, Darling!«

Ricky klopfte und meldete, daß Sir Graham Forbes und Inspektor Crane eingetroffen wären, mit Ihnen Mr. Lathom. »Sagen Sie ihnen, daß wir sofort kommen, Ricky«, gab Temple zurück.

Steve fragte verwundert: »Mr. Lathom? Etwa ein dritter Student der Kriminologie?«

»Aber Darling – Mr. Lathom gehört doch mit in die Sache, genau wie Ricky und Mr. Davis. Komm – wir wollen die Herren begrüßen.«

Gleich nachdem sie sich die Hände geschüttelt hatten – Temple fing eben an, die Gläser zu füllen –, mußte Inspektor Crane eine Neuigkeit loswerden: »Ihr Freund Chester ist geschnappt, Mr. Temple! Man sagte es uns vor einer Stunde aus Rochester durch. Und wissen Sie, was ich glaube? Daß der kleine Mr. Davis diese Verhaftung ermöglicht hat – er muß heute nacht hinter Chester her gewesen sein und ihn verfolgt haben, als Chester die alte Mühle verließ. Jedenfalls teilte uns gegen Morgen ein anonymer Anrufer in unverfälschter Waliser Mundart mit, wenn wir Chester haben wollten, dann könnten wir ihn in dem und dem Gasthaus in Rochester verhaften lassen.«

»Wenn das nun aber Rex gewesen wäre, der diesen Tip gegeben hat?« warf Steve ein. »Zuzutrauen ist ihm das – nach all den Schlechtigkeiten, die er gegen Mrs. Trevelyan begangen hat. Wenn Sie wollen, Inspektor, können Sie Mr. Davis ja nachher fragen. Wir erwarten nämlich auch ihn.«

Crane zeigte sich überrascht. Ehe er etwas äußern konnte, ertönte die Türklingel. Temple, der gern selbst öffnen wollte, reichte Steve den Mixbecher und sagte: »Bitte, Darling – mix du schnell mal weiter«, und ging in die Diele hinaus.

Steve warf Lathom einen hilflosen Blick zu. »Ich bin so ungeschickt in solchen Dingen.«

»Aber bitte, Mrs. Temple, lassen Sie mich weitermixen«, erbot sich Lathom und begann den verchromten Becher wie ein geübter Barkeeper zu handhaben.

»Es dürften Mrs. Trevelyan und Doktor Kohima sein, die eben geklingelt haben«, vermutete Sir Graham, als Steve zu ihm trat. »Mir paßt es ja nicht so recht, aber Ihr Gatte bestand darauf, auch diese beiden heute abend hier zu haben.«

»Warum denn nicht?« gab Steve zurück. »Die beiden scheinen doch ganz gehörig in die Sache verwickelt.«

Unterdes begrüßte Temple draußen in der Diele die Angekommenen.

»Warum sollten wir hier erscheinen?« fragte Mrs. Trevelyan nervös.

»Oh – nur eine kleine Party«, erwiderte Temple leichthin.

»Aber, Mr. Temple«, äußerte Dr. Kohima befremdet. »Mich haben Sie doch wissen lassen, daß Sie uns vertraulich sprechen wollten!«

»Alles zu seiner Zeit, Doktor«, entgegnete Temple. »Kommen Sie erst einmal herein und trinken Sie etwas.« Damit führte er Mrs. Trevelyan und Dr. Kohima zu den anderen in den Salon, wo ihn Lathom mit den Worten empfing: »Gerade im rechten Augenblick, Mr. Temple – hier bitte, Ihr Gin-Fizz ist fertig.«

»Danke, Mr. Lathom«, sagte Temple und nahm das Glas entgegen, als die Türklingel abermals anschlug. Das Glas in der Hand ging Temple wieder hinaus.

Dr. Kohima trat auf den Chefkommissar zu. »Weshalb hat Mr. Temple uns hierher kommen lassen, Sir Graham? Was sollen wir hier?«

Sir Graham hob die Schultern. »Soviel ich weiß, bereitet sich eine entscheidende Wendung in der Rex-Affäre vor.«

»Aber geht denn uns das etwas an?« fragte Lathom befremdet. »Mir hat Mr. Temple ein paar Zeilen geschickt, ich solle um acht Uhr hier sein – es handele sich um etwas, woran ich Interesse haben dürfte.«

»Vielleicht will er Ihnen eine Idee für ein neues Stück unterbreiten, Mr. Lathom«, versuchte es Steve. Inspektor Crane aber hielt es nicht mehr aus und erklärte in kühlem Ton: »Ich weiß, warum wir uns hier versammeln, und von mir aus können Sie es ebensogut jetzt wie später erfahren. Wir sind hier, um Rex zu treffen!« Lathom, Mrs. Trevelyan und Dr. Kohima wechselten erstaunte Blicke und starrten dann Inspektor Crane an, der seelenruhig weitersprach: »Mr. Temple hat angekündigt, uns Rex heute abend kurz nach acht Uhr vorzustellen!«

In diesem Augenblick öffnete sich die Tür. Herein kam, von Temple geleitet, strahlend Wilfred Davis, der sofort auf Steve zuging, um ihr herzlich die Hand zu schütteln. Temple machte ihn dann mit den anderen bekannt, die ihn mit mißtrauischen Blicken maßen. Inspektor Crane setzte sogar eine Miene auf, die wieder einmal taktlose Fragen befürchten ließ, so daß Temple den kleinen Waliser schnell mit der Bemerkung an die Hausbar zog: »Zunächst müssen wir aber mal einen Schluck miteinander trinken, Mr. Davis.« Damit reichte er ihm ein Glas Portwein und murmelte: »Ich habe doch auch mal einen Drink gehabt, wo ist bloß mein Glas geblieben?«

»Aber Paul«, raunte Steve ihm zu, »du hältst es doch in der linken Hand –«

»Wie? Na so was! Ja, ja, die Jahre.« Temple lächelte, hob das Glas gegen Davis, nahm einen kleinen Schluck, verzog das Gesicht und sagte: »Brr – der Gin taugt aber nicht viel! Hoffentlich sind die anderen Getränke besser.«

»Der Whisky ist ausgezeichnet«, versicherte Sir Graham, und

Wilfred Davis erklärte schwärmerisch: »Ich hab' selten einen so feinen Portwein gekostet.«

»Oh – da bin ich aber erleichtert«, entgegnete Temple, versuchte noch einen Schluck von seinem Gin und verzog abermals das Gesicht. Danach sagte er: »Darf ich Sie nun alle hinüber ins Bibliothekszimmer bitten? Ricky – ah, da ist er ja schon – wird die Hausbar hinüberrollen und dafür sorgen, daß die Gläser stets gefüllt sind, nicht wahr?«

Der kleine Siamese machte eine höfliche Verbeugung, die Gäste begaben sich ins Nebenzimmer und nahmen in den Sesseln Platz, die im Halbkreis um das hellodernde Kaminfeuer aufgestellt waren. Temple lehnte sich an den Kaminsims, lächelte allen zu und begann: »Vor einiger Zeit, bei der Affäre mit dem ›Marquis‹, habe ich mir schon einmal erlaubt, alle Verdächtigen gemeinsam in meine Wohnung einzuladen – genau, wie ich heute Sie alle zu mir gebeten habe.«

»Will das besagen, daß ich verdächtigt werde?« fragte Dr. Kohima indigniert.

»Inspektor Crane ist nicht überzeugt, daß Sie unverdächtig sind, Doktor«, erwiderte Temple. »Stimmt's, Inspektor?«

»Vielleicht«, knurrte Crane. »Aber Mr. Temple, Sie haben doch erklärt, Sie wären unbedingt sicher, wer Rex ist?«

»Um Gottes willen«, flüsterte Mrs. Trevelyan bestürzt, »soll das bedeuten, daß Rex wirklich hier im Zimmer ist? Einer von uns?«

»Genau das, Mrs. Trevelyan«, bestätigte Temple.

Wieder musterten sich alle mit mißtrauischen Blicken, bis Lathom fragte: »Mr. Temple, glauben Sie nicht, daß Sie uns hierzu einige Erklärungen schuldig sind?«

»Selbstverständlich«, sagte Temple, »und ich will gleich mit dem Verdächtigen Nummer eins beginnen, mit –«

»Mrs. Trevelyan?« warf Wilfred Davis gespannt ein.

»Nein«, gab Temple lächelnd zurück, »Nummer eins ist der Gentleman, der zugegen war, als Norma Rice ermordet aufgefunden wurde – Mr. Wilfred Davis, alias Mr. Cortwright, alias – ähim – Jeff Myers.«

»Jeff Myers?« wiederholte Sir Graham verblüfft.

»Es überrascht Sie, Sir Graham«, äußerte Davis und sprach auf einmal mit einer viel volleren Stimme und ohne jeden Akzent, »aber es ist wahr. Ich bin wirklich Jeff Myers, früher beim FBI. Sir Ernest Cranbury hatte mich nach England kommen lassen.«

»Cranbury, der beim ›Brain-Trust-Gespräch‹ der BBC so plötzlich verstarb?« murmelte Lathom gedankenvoll.

»Wenn Sie wirklich Jeff Myers sind«, erkundigte sich Sir Graham, »aus welchem Grund hat Cranbury Sie denn herübergeholt?«

»Aus dem gleichen Grund, aus dem Sie Mr. Temple bemühen, Sir Graham«, warf Dr. Kohima sarkastisch ein, »nämlich, um – Rex zu fangen. Habe ich recht, Mr. Temple?«

Temple nickte. »Ja – Jeff Myers gilt als Spezialist für vertrauliche Angelegenheiten – und Sir Ernest Cranburys Fall war eine streng vertrauliche Angelegenheit.«

»Mr. Myers«, fragte Inspektor Crane, »Sie hatten doch eine Assistentin, nicht wahr?«

»Carol Reegan«, bestätigte Myers. »Sie sollte Norma Rice beschützen –«

»Und diese Miss Reegan«, unterbrach Temple, »kennen wir alle als das ›Mädchen in Braun‹!«

Lathom ließ einen Überraschungsruf hören. »Dann wäre das Mädchen, das mich und auch Mrs. Temple verfolgt hat, eine Detektivin gewesen?«

»Paul – weshalb hat sie denn auch mich verfolgt?« fragte Steve.

Myers gab die Antwort darauf. »Seit Mr. Temple sich an den Nachforschungen gegen Rex beteiligte, waren Sie in Gefahr, Mrs. Temple. Und wir wünschten nicht, daß es Ihnen ergehen sollte wie Norma Rice.«

»Norma Rice«, wiederholte Mrs. Trevelyan. »Man hat doch meinen Namen in ihr Notizbuch geschrieben gefunden –«

»– und auch auf einer Visitenkarte, die Richard East bei sich trug«, ergänzte Sir Graham.

Mrs. Trevelyan starrte den Chefkommissar sekundenlang an, dann wandte sie sich an Temple. »Glauben Sie, daß ich Norma Rice und Richard East umgebracht habe, Mr. Temple?«

»Ich weiß, daß Sie es nicht getan haben, Mrs. Trevelyan«, erwiderte Temple, »denn der Mörder war Rex, und Sie sind nicht Rex, so befremdlich auch manche Ihrer Handlungen erscheinen mußten. Soweit Sie es noch nicht wissen, sollen Sie näm- lich erfahren«, wandte er sich an die Anwesenden, »daß Rex, nachdem er von Mrs. Trevelyan dreitausend Pfund erpreßt hatte, dazu überging, von ihr Informationen über Doktor Kohimas Patienten zu verlangen. Als Mrs. Trevelyan sich zu weigern versuchte, verschärfte Rex seinen Druck – er hinterließ bei seinen Verbrechen gefälschte Indizien, die auf Mrs. Trevelyan hinwiesen –«

»– so daß die Polizei zu dem Verdacht kam, Mrs. Trevelyan wäre Rex!« warf Lathom ein.

»Genau das, Mr. Lathom«, bestätigte Temple. »Sie sehen – Rex erpreßte von seinen Opfern nicht nur Geld, er zwang sie außerdem zu allen möglichen anderen Leistungen und Diensten. Dieser angebliche Frank Chester in Canterbury zum Beispiel war ihm völlig ausgeliefert und mußte tun, was ihm befohlen wurde. Mrs. Trevelyan befand sich in einer ähnlichen Lage, und nicht viel besser erging es seit einiger Zeit auch – Doktor Kohima, den Rex unter Ausnutzung seiner Druckmittel gegen Mrs. Trevelyan zu erpressen begann.«

»Unglaublich, wirklich unglaublich«, rief Lathom und schüttelte den Kopf. »Demnach meinen Sie auch, Mr. Temple, daß Mrs. Trevelyan gezwungen worden ist, nach Haybourne zu fahren und nachher zu gestehen, sie wäre Rex?«

»Eben das versuche ich Ihnen ja klarzumachen.« Temple nickte.

»Damit kommt endlich auch Licht in die Angelegenheit mit dem silbernen Schreibstift neben James Bartons Leiche!« rief Sir Graham aus.

Mrs. Trevelyan nickte erschüttert und murmelte: »Rex hat angerufen und mich unter Drohungen gezwungen, ihm Doktor Kohimas Schreibstift zu beschaffen.«

»Und ähnlich erging es mir selbst mit der Reparaturkarte für mein Auto«, ergänzte Dr. Kohima. »Damals, an dem Abend, als Sie den Unfall hatten, Mr. Temple.«

Inspektor Crane leerte sein Glas, räusperte sich und sagte schroff: »So, Mr. Temple – damit wäre nun der Kreis der Verdächtigen sehr eingeengt – nur noch zwei, falls wir Ricky mitrechnen.«

Ricky, an der Hausbar mit dem Mixen neuer Getränke beschäftigt, blickte interessiert auf, äußerte aber nichts.

»Sich selbst zählen Sie wohl nicht mit, Inspektor?« fragte Temple.

»Großer Gott«, fuhr Crane empört auf, »halten Sie mich denn etwa auch für verdächtig?«

»Ich kann nicht leugnen, daß ich's nicht zwischendurch mal getan hätte«, gestand Temple. »Besonders, als ich Sie hier nach der Ermordung des ›Mädchens in Braun‹ antraf. Ich habe mir dann immerhin erlaubt, Ihre Angaben sehr genau nachzuprüfen, Inspektor ... Und damit hätten wir jetzt nur noch einen Verdächtigen.« Temple wandte sich Lathom zu und sah ihn fragend an. »Nun, Mr. Lathom?«

Lathom machte ein verdutztes Gesicht, dann brach er in lautes Gelächter aus. »Scherzen Sie, Mr. Temple? Sie waren doch selbst dabei, als ich den Brief bekam, in dem Rex zweitausend Pfund von mir verlangte!«

»Und was beweist das, Mr. Lathom?«

»Daß ich nicht Rex bin! Ich schreibe mir doch nicht selbst Erpresserbriefe!« entgegnete Lathom teils belustigt, teils aufgebracht und bemerkte verwundert, daß Sir Graham und Inspektor Crane ihn mit wachsendem Interesse beobachteten.

»Irrtum, Lathom«, erklärte Temple. »Es beweist, wie teuflisch schlau und gewissenlos Rex zu handeln verstand! Mit diesem fingierten Erpressungsversuch wollten Sie den Verdacht von sich ab und auf Mrs. Trevelyan lenken! Sie haben von jeher alles äußerst raffiniert ausgeheckt und viel Sorgfalt auf die Details verwendet – deswegen war Ihnen so schwer beizukommen. Mir haben Sie etwas über eine mysteriöse Affäre in Kairo vorgelogen; bei Doktor Kohima sind Sie aus taktischen Gründen als Patient aufgekreuzt und haben ihn mit Ihren angeblichen Leiden beschwindelt – schade, daß der Doktor Ihnen nicht gleich bei der ersten Konsultation eine Wahrheitsdroge verabfolgt hat! Das hätte uns viel Mühe erspart!«

»Aber das ist ja lächerlich«, bemerkte Lathom geringschätzig.

»Das ›Mädchen in Braun‹«, fuhr Temple ungerührt fort, »bot Ihnen eine prachtvolle Möglichkeit, Ihr Krankheitsbild zu komplizieren, obwohl Sie natürlich wußten, daß sie keine Halluzination war –«

»Carol war Ihnen von Anfang an auf der Spur, Lathom«, warf Myers ein, »es gab für sie nicht den geringsten Zweifel, aber leider –«

»– leider konnte sie nichts beweisen«, ergänzte Temple.

»Und Sie, Mr. Temple?« fragte Lathom herausfordernd. »Können Sie vielleicht etwas beweisen?«

»Es wird Sie überraschen, Mr. Lathom – ja, ich kann allerlei beweisen!« versetzte Temple. »Denken Sie nur einmal an den Abend, als wir uns bei Luigi begegneten. Erstens haben Sie mich dort belauscht, als ich Steve erzählte, was Leo Brent mit der Bemerkung ›alles nur Tricks, alles nur Spiegel‹ meinte, und das hat Ihnen den netten kleinen Coup in Canterbury ermöglicht, der uns beinahe das Leben gekostet hätte. Außerdem haben Sie, als Sie Ricky trafen und er Sie bat, uns eine Mitteilung zu überbringen, sofort die einmalige Chance erkannt, das lästige ›Mädchen in Braun‹ ein für allemal loszuwerden. Sie kauften sich also an der Bar eine Flasche Portwein – Luigi hat mir das bestätigt –, liefen rasch hinaus, zerschlugen die Flasche und keilten die Scherben kunstgerecht unter unseren rechten Vorderreifen. Dann erst kamen Sie, um uns von Ricky zu berichten. Und als wir aufbrachen, konnten Sie sicher sein, daß wir durch den defekten Reifen aufgehalten werden würden. Sie selbst aber rasten auf schnellstem Wege zu unserer Wohnung, und als wir schließlich ankamen, fanden wir das ›Mädchen in Braun‹ ermordet auf. Anschließend stattete ich Ihnen einen kurzen Besuch in Ihrer Wohnung ab, und da, Mr. Lathom, machten Sie einen törichten Fehler –«

»Wenn Sie jetzt etwa darauf hinaus wollen, daß ich gesagt habe, das Mädchen wäre erschossen worden –«, wandte Lathom ein, doch Temple brachte ihn mit einer Handbewegung zum Schweigen.

»Nein, Mr. Lathom – das war nicht der Fehler, den ich meine! Sie zählten dann eine Menge Getränke auf, als Sie mir einen Drink anboten. Ich fragte aber nach Portwein, und Sie sagten, Portwein hätten Sie leider nicht. Dabei wußte ich doch von Luigi, daß Sie bei ihm eine Flasche Portwein gekauft hatten! Und die Scherben unter dem Reifen stammten von dieser Flasche, Lathom! Das ist nicht nur durch die Etikettfetzen und durch Luigis Aussage erwiesen, sondern sogar durch Ihre Fingerabdrücke –«

Mit einer katzenhaft gewandten Bewegung sprang Lathom auf, stieß einen Stuhl beiseite und machte ein paar schnelle Schritte rückwärts. Die rechte Hand hielt er in der Jackettasche um einen Revolver gespannt, dessen Umrisse sich unter dem Stoff deutlich abzeichneten. »Niemand macht die geringste Bewegung!«

»Jetzt, Mr. Lathom, haben Sie sich selbst entlarvt«, sagte Temple gelassen.

180

Lathom lachte wie irr auf. »Wenn Sie erlauben, hätte ich Ihnen noch eine interessante Kleinigkeit zu sagen, Mr. Temple.«

»Bitte, Mr. Lathom«, sagte Temple, »wir sind alle gespannt.«

»Gut«, versetzte Lathom kichernd. »Sie wissen ja, Mr. Temple, woran Norma Rice und Sir Ernest Cranbury gestorben sind – an einer Überdosis Crailin. Ein sehr verwendbares Gift, dieses Crailin – unbedingt tödlich, dabei erst nach einer gewissen Zeit wirksam.«

»Und was wollen Sie damit sagen, Lathom?« rief Inspektor Crane wütend.

»Ahnen Sie das nicht, Inspektor?« entgegnete Lathom höhnisch. »Nun, Sie erinnern sich, daß Mr. Temple vorhin seinen Gin nicht sehr wohlschmeckend fand – ich habe ein tödliches Quantum Crailin hineingemixt. Halt, Mrs. Temple – rühren Sie sich nicht!« Steve erstarrte augenblicklich, als sie sah, wie Lathom die Hand in der Jackettasche bewegte. Lathom sprach weiter: »Nein, Mr. Temple – Sie haben Rex zu gering eingeschätzt, wenn Sie dachten, er würde sich all ihr Gerede seelenruhig anhören, ohne noch einen Trumpf parat zu haben! In Zukunft wird Rex bei seinen Unternehmungen jedenfalls nicht mehr von Mr. Paul Temple behelligt werden.«

»Dessen wäre ich an Ihrer Stelle nicht so sicher, Mr. Lathom«, entgegnete Temple, der die ganze Zeit leise lächelnd am Kamin gelehnt hatte.

Lathom schüttelte sich in teuflischem Triumphgelächter. »Ich weiß es doch! Ich bin absolut sicher!«

»Nichts ist absolut sicher auf dieser Welt, Mr. Lathom«, erklärte Temple ruhig. »Haben Sie denn vergessen, was sich abspielte, nachdem Sie mir den Drink gegeben hatten? Es klingelte und ich ging mit dem Glas in der Hand hinaus. Dieses Glas samt Inhalt steht als Beweismittel gegen Sie wohlverschlossen in der Küche. Das andere Glas, das ich dann mitbrachte, als ich Mr. Myers hereinführte, enthielt reines Leitungswasser – und das habe ich nie besonders gern getrunken.«

Lathom zuckte zusammen, machte einen jähen Satz rückwärts, trat fehl und kam ins Stolpern. Im gleichen Moment flog aus dem anderen Ende des Zimmers ein großer Gegenstand gegen seinen Kopf – Lathom fiel um und blieb reglos liegen. Sofort waren Sir Graham und Inspektor Crane neben ihm – der Chefkommissar nahm den Revolver an sich, und der Inspektor ließ Handschellen um Lathoms Gelenke schnappen.

»Großartig getroffen, Ricky«, lobte Temple.

»Die schöne Vase«, klagte Ricky. »Es tut mir so schrecklich leid. Aber ich hatte sie gerade zu günstig zur Hand!«

»Lieber Ricky – wir sind Ihnen herzlich dankbar«, versicherte ihm Temple. »Wer weiß, was sonst alles zu Bruch gegangen wäre. Aber wodurch ist Lathom eigentlich ins Stolpern geraten?«

»Ich weiß es, Paul«, schaltete sich Steve ein und lächelte etwas schuldbewußt, »er ist auf mein Wollknäuel getreten . . .«

Steve hatte ihre Erfahrungen. Daher wunderte sie sich nicht, daß es bis zur Teezeit am nächsten Nachmittag dauerte, ehe Paul wieder Zeit für sie fand. Er hatte viele Stunden im Yard verbracht und war anschließend mit Sir Graham und Lord Flexdale zum Lunch gegangen. »Nun ist also alles geklärt«, berichtete er heiter, »doch Seine Lordschaft schien dennoch enttäuscht – er hat ja jetzt einen Vorwand weniger, über alle Sender an die Nation zu appellieren.«

Steve mußte lachen. Dann meinte sie: »Alles geklärt, sagst du. Aber für mich gibt es immer noch ein paar Punkte, die ich nicht ganz verstehe. Da ist zum Beispiel dieser Davis oder Jeff Myers, wie er wirklich heißt. Warum hat er sich dir gegenüber nicht früher zu erkennen gegeben?«

Temple hob die Schultern. »Scheint eine kleine Schwäche von ihm zu sein. Ich habe heute vormittag ausführlich mit ihm gesprochen – er ist unbedingt daran gewöhnt, allein zu arbeiten und seine eigenen Wege zu gehen. Außerdem setzte er allen Ehrgeiz darein, Rex eigenhändig zu erwischen. Übrigens hattest du recht, Darling – die Türen im ›Seahawk‹ haben außer den Yale-Schlössern auch noch die alten Schlösser mit den Schlüssellöchern. Myers hat wirklich gesehen, wie Chester sich an meiner Brandyflasche zu schaffen machte. Er hat ziemlich viel über Chester herausgebracht und war auch vorletzte Nacht hinter ihm her. Wir haben es jedenfalls Myers zu danken, daß Sir Graham und Inspektor Crane zu unserer Falle fanden. Er hat natürlich gemerkt, daß sie ihm folgten und hat sie auf diese Weise direkt zu der alten Wassermühle –«

Das Klingeln des Telefons schnitt ihm die Rede ab. Er meldete sich und führte eine etwas unverständliche Unterhaltung. »War Doktor Kohima«, erläuterte er, nachdem er den Hörer wieder aufgelegt hatte. »Er bittet darum, daß wir für Mrs. Trevelyan und ihn als Zeugen auftreten.«

»Nanu – kommen die beiden denn vor Gericht?«

Temple hob bedeutungsvoll einen Finger. »Es geht sogar um ›lebenslänglich‹«, sagte er. »Sie wollen nämlich heiraten, und wir sollen Trauzeugen sein. Aber sag bloß Darling, was wird das für ein seltsamer hellblauer Pullover, den du da angefangen hast? Hellblau steht dir doch gar nicht!«

»Aber Paul – erstens wird das gar kein Pullover, und zweitens nimmt man rosa für ein Mädchen und blau für einen Jungen.«

»Hellblau für einen Jungen?« murmelte Paul verdutzt. »Du meinst doch nicht etwa –«

Steve lächelte fröhlich. »Und Sie wollen Detektiv sein, Mr. Paul Temple?«

Leseprobe

Ein Einbrecher! Gordon Selsburys erster Gedanke
war, auf den Mann loszuspringen – aber dann
überlegte er und näherte sich ihm vorsichtig . . .

»Hände hoch, oder ich schieße!« Das Licht der
Taschenlampe verlöschte. Doch Gordon hatte den
Mann erkannt!

Jetzt hätte er sofort Scotland Yard verständigen
müssen – nur wäre das äußerst unklug gewesen.
Dann hätte man ihn nämlich gefragt, was er nachts
in einem fremden Zimmer zu suchen hatte . . .

Nein, John ist ein Gentleman – obgleich er im Polizeipräsidium auf der Liste der besten Geldschrankknacker steht.«

»Dann ist er also ein Bankräuber?« sagte er verstehend. »Wie interessant! Und natürlich besucht er nur Banken, bei denen er kein Depot hat!«

»Selbstverständlich – das ist sein Beruf. Ich habe ihn früher begleitet, aber er fühlte sich beunruhigt und nervös, wenn ich dabei war. Deshalb habe ich dann auf eigene Faust gearbeitet, und so bin ich auch mit dem Doppelgänger zusammengekommen. Er ist zwar nicht gerade sehr ehrlich, aber er kann etwas. Das muß man ihm lassen. In seinem Fach ist er ungewöhnlich tüchtig. Er behandelt seine Partnerin stets wie eine Dame. Das ist aber auch das einzig Anziehende an ihm.«

Sie sprach von ihm, wie eine Schauspielerin etwa von einem Kollegen gesprochen hätte – ohne Ärger, ohne Neid.

Gordon hörte nun auf, mit den Fingern auf den Küchentisch zu trommeln und kehrte wieder zur Wirklichkeit zurück.

»Kommt denn nun der Doppelgänger hierher? In meiner Verkleidung? Läuft die ganze Sache darauf hinaus? Welch ein Idiot war ich doch! Und Sie waren der Lockvogel ... und alle unsere Unterhaltungen über seelische Probleme waren ...«

»Unsinn!« fiel sie ihm ins Wort. »Es wäre schon an und für sich Unsinn gewesen. Alles derartige Gerede und Gewäsch ist Blech!«

»Aber – warum sind Sie denn überhaupt hierher ins Haus gekommen?«

»Weil ich mein Geld zurückhaben will – das Geld, das ich meiner Freundin vorgestreckt habe. Er wollte es mir nicht geben. Er log mir vor, daß er das Geld für den Scheck von Smith noch nicht habe. Er sagte, daß er selbst nichts habe, und dabei schwimmt er doch im Überfluß. Er war so auswattiert mit Banknoten, daß man ihn nicht anfassen konnte, ohne daß es raschelte. Als ich ihm sagte, daß ich nicht weiterarbeiten würde, bis er die alte Rechnung beglichen habe, sagte er, ich solle zum Teufel gehen, ich hätte kein Recht gehabt, meine Freundin auszuzahlen, und er würde die Sache auch ohne mich zu Ende bringen. Aber das wird ihm nicht gelingen!«

Gordon sah sie düster an.

»Warum sagen Sie mir denn das alles? Ist Ihnen nicht klar, daß Sie sich dadurch vollständig in meine Hand gegeben haben? Ich brauche nur die Polizei anzurufen, dann sitzen Sie fest!«

Sie war nicht im mindesten verwirrt.

»Mein Junge, Sie haben wirklich einen Verstand wie eine Fledermaus! Vergessen Sie alles, Onkel Artur!«

Ihre Worte trafen ihn wie Schläge. Onkel Artur! Es war ja alles hoffnungslos!

»Wie kann ich denn diesen Doppelgänger erkennen – wenn er kommt? Wann erwarten Sie ihn denn?«

Was sich auch immer ereignen sollte, er war fest entschlossen, den Plan des Doppelgängers zum Scheitern zu bringen.

»Warum wollen Sie denn das wissen? Dan wird auf einmal dasein, ganz natürlich! Er ist der schlaueste und tüchtigste Kerl in seinem Fach. Unser gespanntes Verhältnis veranlaßt mich nicht dazu, ihn ungerecht zu beurteilen. Er ist einer von den ganz Großen. Er hat zwar keine Begabung für einfache Division, aber wir sind eben nicht alle als Mathematiker geboren. Wenn der kommt, werden Sie es nicht wissen. Er kommt auch nicht immer in der Rolle seines Opfers. Manchmal spielt er auch sehr geschickt einen Butler.«

Gordon erschrak und dachte an Superbus. Aber es erschien ihm doch unmöglich, daß der Mann sich soweit erniedrigen sollte, eine solche Rolle zu spielen.

»Glauben Sie, daß der Detektiv –?«

»Ich habe es früher schon erlebt, daß Dan als der Detektiv aufgetreten ist, der seine Opfer bewachen sollte. Das ist sogar eine seiner Lieblingsverkleidungen. Er ist unerschöpflich in seinen Erfindungen. Aber, mein Junge, ich gebe Ihnen hier Aufschlüsse, die mehr als eine Million Dollar wert sind. Sie sollten mir auf den Knien danken. Aber Sie sind natürlich ein undankbares Geschöpf. Wissen Sie, seine beste Rolle ist eigentlich, wenn er den Geistlichen spielt, der auf Besuch kommt. Darin ist er einfach unübertrefflich. Er hat mir erzählt, daß er einmal eine Viertelmillion Dollar auf diese Weise aus der Kirche herausgeholt hat.«

»Ein Pfarrer – heute war doch einer hier?« sagte Gordon

nachdenklich. »Aber warum machen Sie sich denn nicht den Gesetzesparagraphen zunutze, nach dem Sie frei ausgehen, wenn Sie gegen ihn als Zeugin auftreten?«

»Sind Sie denn ganz verrückt? Sie beleidigen mich, wenn Sie mir so etwas zumuten! Die ganze Sache ist eine reine Privatangelegenheit zwischen Dan und H. C. Ich heiße nämlich Chowster. Mein Vater war der Pastor Chowster in Minneapolis. Ich habe eine höhere Schule besucht und bin zu sehr Dame, als daß ich jemand bei der Polizei verpfeifen würde. Abstammung und Erziehung lassen sich nicht so leicht vergessen!«

Er bedeckte das Gesicht mit den Händen.

»Was bin ich doch für ein Esel gewesen, es ist unglaublich!«

Heloise betrachtete ihn. In dieser Haltung war er ihr interessanter.

»Ich werde es nicht dulden! Was sich auch ereignen mag, ich werde ihm einen Knüppel zwischen die Beine werfen!«

»Was meinen Sie?« fragte sie ironisch.

»Soll ich vielleicht ruhig zusehen, wie ein Verbrecher . . .«

»Gebrauchen Sie nicht solche Ausdrücke!« protestierte sie.

». . . ungestraft die menschliche Gesellschaft ausplündert?«

»Mein John sagt, daß er einen Geldschrank sogar mit einer Haarnadel öffnen könne –«

»Ich werde es der Polizei berichten«, sagte Gordon entschieden. »Es war töricht von mir, daß ich es nicht gleich tat. Vielleicht werde ich dadurch bloßgestellt, es mag meinen gesellschaftlichen Ruin bedeuten . . . aber ich werde dafür sorgen, daß Sie beide hinter Schloß und Riegel kommen – Sie alle beide!«

Sein Wutausbruch machte aber keinen Eindruck auf sie.

»Mein honigsüßer Liebling!« girrte sie. »Werde doch nicht verrückt, mein Baby.«

Er fuhr zornig auf sie los.

»Nur Sie sind daran schuld, daß Miss Ford glaubt, zwischen uns bestehe irgendein Verhältnis. Ich könnte Ihnen alles verzeihen, aber das nicht!«

»Ach, haben Sie mich nie geliebt?« verspottete sie ihn. »Oh, mein lieber Junge, lache doch, mein Liebling, mein reizendes Baby, zeige doch einmal deine reizenden kleinen Zähnchen!«

Diana war in die Küche getreten und hatte die paar letzten Worte gehört.

»Wollen Sie so freundlich sein, Ihre Liebeserklärungen für eine Zeit aufzuheben, wenn Sie wieder aus dem Hause sind?« fragte sie böse. Gordon erschrak, als er ihre Stimme vernahm.

»Aber warum denn?« fragte Heloise und lachte Diana unverschämt an. »Hat denn ein Verbrecher nicht auch das Recht auf ein bißchen Liebe? Ich will ja gern zugeben, daß Onkel Artur nicht so hübsch und süß ist wie Ihr lieber Wopsy, aber er ist in Tante Lizzies Augen wirklich ein netter Junge.«

Gordon wäre dazwischengefahren, wenn er nicht vollständig gebrochen gewesen wäre. Er ging in die Aufwaschküche und ließ seinen schmerzenden Kopf auf die Messerputzmaschine sinken.

Diana fühlte, daß es absurd war, sich einer solchen Frau gegenüber zu verantworten. Aber sie tat es dennoch.

»Mr. Dempsi ist – ein lieber Freund von mir. Wie können Sie ihn mit Ihrem Komplicen vergleichen?« Es war ihr elend zumute, denn sie erkannte plötzlich bestürzt, daß der Doppelgänger entschieden der Begehrenswertere von beiden Männern war. Heloise hatte sie gespannt beobachtet.

»Ach, die letzten Ereignisse haben mir einen Stoß versetzt. Es ist wirklich keine Beschäftigung für mich«, seufzte Heloise.

Ihre Worte machten Eindruck. Dianas Gesicht hellte sich auf und nahm einen freundlichen Ausdruck an.

»Es tut mir manchmal wirklich leid um Sie.«

Heloise senkte den Kopf.

»Ich bin fast immer traurig. Wenn Sie wüßten – es ist ein Höllenleben«, sagte sie bitter.

Diana fühlte Mitleid mit ihr. Die Verlassenheit und das tragische Geschick dieser Frau riefen nach Hilfe.

»Daran hätte ich eben denken sollen«, sagte Diana gütig. »Es tut mir leid, daß ich eben so hart zu Ihnen war.«

Der größte Stratege zeichnet sich dadurch aus, daß er den Augenblick erkennt, in dem der Feind zu schwanken beginnt. Heloise brachte jetzt ihr schweres Geschütz in Front.

»Ich war gut, bevor ich ihm begegnete!« Sie schluchzte unterdrückt.

LESEPROBE

Gordon hörte zu seinem Entsetzen diese Worte und kam eilig in die Küche zurück.

»Diese Heuchelei –«

»Seien Sie sofort ruhig!«

Der Mut verließ ihn wieder, als Diana ihn zornig anblitzte.

»Er hat mich erst schlecht gemacht, er hat mich in den Abgrund gezogen –«

Heloise kämpfte um ihre Sicherheit und Freiheit. Sie war eine ausgezeichnete Schauspielerin.

Dianas Stimme zitterte, als sie sich an den bestürzten Mann wandte.

»Sie gemeiner, brutaler Mensch! Daß es überhaupt möglich ist, solch einen Verbrecher auf die Menschheit loszulassen! Ich habe das schon geahnt. Sie sind ein Tiger, ein Vampir in Menschengestalt! Warum verlassen Sie ihn denn nicht, Heloise?« fragte sie liebevoll.

Heloise wischte sich die Augen und schluchzte.

»Er hat mich vollständig in der Hand. Diese Männer lassen eine Frau nicht wieder los. Ich bin ihm verfallen bis zum Ende!«

Gordon sprang auf. Sie wich angstvoll vor ihm zurück.

»Lassen Sie nicht zu, daß er mich anrührt!« rief sie erschrocken.

In der nächsten Sekunde hatte Diana den Arm um sie gelegt.

»Zurück!« donnerte sie Gordon an. »Schlägt er Sie auch?«

Heloise nickte mit jener zögernden Schüchternheit, die so überzeugend wirkt.

»Ich bin manchmal am ganzen Körper schwarz und braun und blau«, weinte sie. »Er wird mich sicher deshalb wieder furchtbar schlagen. Aber kümmern Sie sich nicht um mich, Miss Ford, ich bin es nicht wert. Ich muß bei ihm bleiben bis zum bitteren Ende – der Himmel mag mir helfen!«

»Sie gemeiner Schuft!«

Heloise weinte. Gordon war so entsetzt, daß er auch hätte weinen mögen.

»Warum können Sie ihn denn nicht verlassen? Sind Sie mit ihm verheiratet?«

Heloise hatte sich wieder etwas beruhigt. Sie lächelte jetzt unendlich traurig, und ihre müden, abgespannten Gesichtszüge schienen eine Geschichte von maßloser Qual und Erniedrigung zu erzählen.

»Diese Art Männer heiraten nicht«, sagte sie leise.

Diana schaute Gordon mit Basiliskenaugen an.

»Aber er wird Sie jetzt heiraten«, erwiderte Diana.

Heloise warf sich Gordon zu Füßen. Er machte nicht einmal den Versuch, seine Hand fortzuziehen, als sie sie umklammerte. Dieser entsetzliche Traum mußte doch einmal zu Ende sein! So ungeheuerliche Dinge konnten sich doch in einer wohlgeordneten Welt nicht zutragen! Er brauchte sich ja nur ruhig zu verhalten – gleich würde ihn Trenters Stimme wecken: »Es ist acht Uhr, mein Herr. Ich fürchte, es regnet heute.« Trenter entschuldigte sich immer wegen des schlechten Wetters. Und dann würde er die Augen öffnen . . .

Aber Heloisens seufzende Stimme weckte ihn.

»Du hast gehört, was die liebe junge Dame eben gesagt hat – heirate mich, Dan! Ach bitte, heirate mich!«

Gordon lächelte wie ein Narr. Diana hielt das für ein höhnisches, sarkastisches Grinsen.

»Mach mich doch wieder so gut, wie ich war, als du mich von Connecticut fortlocktest«, bat Heloise.

Sie hatte zum Schluß nur noch ganz leise gesprochen, und nun erstickten ihre Worte in einem Schluchzen. Für einen Augenblick erlangte Gordon seine Selbstbeherrschung wieder.

»Was soll denn dieses ganze Geplärr bedeuten?« fuhr er sie an und versuchte, seine Hand frei zu machen.

»Mann!« rief Diana wütend. »Sehen Sie sich jetzt vor!«

»Ich sage Ihnen –«

»Sie werden das Mädchen heiraten!«

»Ich – ich kann nicht – und ich will auch nicht! Schert euch doch alle zum Teufel!«

Heloise brach unter diesem Schicksalsschlag vollkommen zusammen.

»Aber du hast es mir doch versprochen – denke doch an deine heiligen Eide! Du wirst dich doch noch an dein Wort halten! Sage doch, daß es nicht wahr ist, Dan!«

Diana empfand das tiefe Leid dieser Frau.

»Du meinst es doch nicht so, Dan – du hast doch eben nur einen Scherz gemacht!«

Gordon zeigte seine Zähne und schnitt eine Grimasse.

»Oh, ich sehe, du lächelst wieder – du siehst mich wieder gütig an! Wir werden in Zukunft dieses elende Handwerk lassen – diese liebe junge Dame hat recht. Wir wollen ein anderes Leben beginnen. Nicht wahr, Dan, du versprichst es mir? Ich werde dann wieder deine liebe, kleine Frau sein, die auf der Veranda sitzt, während du die Hühner im Garten fütterst!«

»Das verdammte Hühnerfutter!« rief Gordon außer sich vor Wut. »Ich wünsche Sie und Ihre ganze Veranda zum Kuckuck! Heiraten soll ich Sie auch noch? Diana, kannst du denn dieses ganze Theater nicht durchschauen? Sie spielt dir etwas vor! Zwischen uns besteht keine Beziehung!«

»Er verhöhnt mich auch noch!« stöhnte Heloise und warf sich auf den Boden. Diana war sofort an ihrer Seite und hob sie wieder auf.

**Goldmann
Verlag
München**